愛しのオオカミ、恋家族

鳥谷しず

幻冬舎ルチル文庫

CONTENTS ✦目次✦

愛しのオオカミ、恋家族

✦カバーデザイン＝久保宏夏（omochi design）
✦ブックデザイン＝まるか工房

イラスト・コウキ。✦

愛しのオオカミ、恋家族

母親がいるという離れへ入るための門は祖父の家の裏庭の奥にあり、辺りにたくさん植えられている木々の緑に覆われてひっそりと佇《たたず》んでいた。

それは古くて小さな木戸だった。けれども、蓮《れん》が押してもびくともしない。

十歳にしては身体《からだ》つきがほっそりしている蓮が特別非力だからでも、少し前から降りはじめた雪のせいで水仙を持つ手がかじかんでいるからでもない。

門には呪《しゅ》の鍵がかかっていて、祖父が許可した者しか通れないのだ。

蓮がどれほど一所懸命に頼んでも、祖父は母親に会っていいとは言ってくれない。だから、蓮にはこの小さな門をくぐることができない。

「もう帰りましょう、蓮様。風邪《かぜ》をひきますよ」

蓮が纏《まと》うダウンジャケットの肩に薄く積もった雪を払い、旭陽《あさひ》が帰宅を促す。

こうしてここに突っ立ったまま、何時間が経っただろうか。身体は冷え切っているし、足先もじんじんと痺《しび》れて痛い。けれども、蓮は「帰らない」と強く首を振った。

今日は母親の誕生日だ。今日こそは母親に会いたい。そして、毎年そうしているように、今年も家の花壇で摘《つ》んだこの花を渡すのだ。

「お母さんに会うまで、帰らない」

白い息を吐いて、蓮はぐっと唇《くちびる》を噛《か》む。すると、旭陽が「駄目です、帰りましょう」と諭す声音で繰り返す。

「雪で電車がとまったりしたら、家まで歩いて帰らないといけなくなるかもしれません。そんなことになったら、ものすごく疲れますよ？」

「お母さんに会えたら、疲れてもいい」

「蓮様……。どれだけここで待っていても、お祖父様《じいさま》は門を開けに来てはくれませんよ」

「どうして？　どうして、僕のお母さんなのに会っちゃいけないの？」

「お教えしたでしょう？　繭理《まゆり》様は——お母様は、とても重いご病気なのです。もう、蓮様のこともわからなくなられているでしょう」

「——そんなことないっ。絶対ないっ」

思わず叫んだときだった。母屋《おもや》のある方向から誰かが歩いてくるのが見えた。一瞬、祖父が考えを改め、母親に会わせてくれる気になったのかもしれないと期待したが、違った。

蓮のほうへまっすぐに近づいてきたのは見たことのない年上の少年だった。

すらりと背が高く、制服を着た彼は、蓮の前に立つと微笑《ほほえ》んで腰《こし》を屈《かが》めた。

「君、もしかして蓮君？」

低くなった目線をやわらかく向けられた蓮は、返事をするのも忘れてぽかんとまたたく。

すっと綺麗《きれい》な形に流れる眉《まゆ》に、深く澄んだ黒曜石の眸《ひとみ》。肌《はだ》は雪よりも白くて透明で、唇はつやつやと赤く何だか妖《あや》しくもある。その姿は凜《りん》としていて、少女めいた雰囲気は少しも感じない。なのに、驚かずにはいられないほど美しく、まるで雪の国の妖精《ようせい》王子のような彼に、旭陽が蓮の代わりに頭を下げる。

「はい。お騒がせして、申しわけありません」

いいえ、と淡く笑んだ彼は蘭篠雅誓《らんじょうみやちか》と名乗った。

「その花、君のお母さんにあげたいの？」

少し前からこの秦泉寺《しんぜんじ》家で暮らしているという彼は、事情を知っているらしい。

蓮はこくりと頷《うなず》く。

「じゃあ、お母さんの部屋に飾ってもらえるように僕が頼んであげる」

「……自分で渡したい」

「それは無理だよ。君のお祖父さんは、さっき仕事で出かけたんだ。何日か留守にするそうだから、ここにいても寒いだけだよ」

「でも……、でも……、お母さんに会いたい」

彼は困ったように双眸《そうぼう》を細め、蓮の頭を撫《な》でた。彼の手はとても温かかった。

「雪がひどくならないうちに帰ったほうがいい。こんなに冷たくなって、寒いだろう？」

一ヵ月前に突然、学校へ行っているあいだに祖父と伯父《おじ》に連れていかれてしまった母親に会うために、蓮は毎日のようにこの家へ通っている。平日は学校帰りに、土日は朝から。けれども、祖父母も伯父夫婦も年上の従兄《いとこ》たちも、まるで取り合ってくれない。何度尋ねても、母親がどうしているのかすら教えてくれなかった。

だから、ここへ来るようになってこんなにも優しくされたのは初めてだ。気がつくと、ひと月のあいだずっと堪《こら》えていた涙が、あとからあとからぽろぽろと溢《あふ》れていた。

「お母さんに会いたい。お母さんに会いたいよ……」

彼にぎゅっと縋《すが》りつき、蓮は繰り返す。

どれだけ待っても、望む答えは返ってこない。けれど、その代わりなのか、彼は冷えきった蓮の身体を抱きしめ、温かな掌で背を撫でてくれた。

しんしんと降りしきる雪の中に蓮の泣き声がとけて消えるまで、ずっと。


駄々を捏《こ》ね続ければ、自分を心配してくれている蘭篠に迷惑がかかる。そうしたくはなかったので、蓮は蘭篠に水仙を託して秦泉寺家をあとにした。

旭陽と一緒に駅へ向かって雪道を歩きながら、蓮は小さく鼻をすする。

「……あの人、親戚《しんせき》かな」

祖父母と伯父一家が住む秦泉寺家には、特殊な家業を支える親族や関係者が常に数多く出入りしているが、一族の顔ぶれを蓮はいまだにはっきりとは把握していない。いつも父親の悪口を言う祖母と母親は仲違《なかたが》いをしていたし、蓮もまた苦手だったので、秦泉寺家とは最低限のつき合いしかなかった。

会ったばかりで大好きになった蘭篠は、親戚のひとりなのだろうか。

先ほどはみっともなく泣きじゃくることに忙しく、それを確かめることも、慰めてもらった礼を言うこともできなかった。

「さあ。それはわかりません。でも、あの方は狼の本性《ほんしょう》をお持ちですよ」

狼の本性を持つとは、人型をしていても真の姿は狼だということだ。

驚いて、蓮はまだ濡《ぬ》れている目を大きく瞠《みは》る。

「じゃあ、旭陽みたいに人間じゃないの？　鬼なの？」

「いいえ。おそらく、何分の一かは人のはずです。私は蓮様の身の回りのお世話をするくらいしかできない力の弱い使鬼ですから、はっきりとは感じられませんでしたが、鬼仙界《きせんかい》の血が濃い方のようですね」

「ふうん。ねえ、あの人はどんな狼なの？」

声を高く弾ませて、蓮は問う。

蓮は動物が好きだ。小さい頃に読んだ本では悪者にされていることが多かったけれど、蓮は狼は強くて賢くてとても綺麗な生きものだと思っている。だから、優しくて妖精王子のように美しいだけでなく、格好いい狼に変身できる蘭篠をますます好きになった。

「動物園にいるみたいな狼？　もっと大きいの？　毛は何色？」

それもわかりません、と旭陽は苦笑する。

「どんな属性の本性を持っているかは、多少の力があれば誰でも感じとれます。でも、具体的な姿は見せてもらわない限りわかりません。人間の姿形がひとりひとり違っているように、属性が同じでも本性の姿はそれぞれ異なっていますから。あの方は黒い狼かもしれませんし、人間界にはいない虹色に輝く狼かもしれませんね」

「頼んだら、狼になってもらえる？」

「とても仲よくなれば、そうしてもらえるかもしれません。本性は、大切な相手にしか見せないものなので」

狼になった蘭篠は、きっととても綺麗だろう。その姿を、自分もいつか見ることができるだろうか。そんなことを考えていると何だかわくわくしてきて、母親に会えない寂しさを蓮はいっとき忘れた。

＊＊＊

窓のない調剤庫の中には、ひどく冷たい空気が満ちていた。

極度の緊張のせいもあってか、粉雪の舞う外よりも寒々しく感じる。凛と冴《さ》えた冷気はセーターを擦《す》り抜け、肌を痛いほどに突き刺す。

あまりの寒さに柚木《ゆずき》蓮は一旦、昨日突然に降りかかった問題を説明する言葉を区切り、薄い肩を小さく震わせる。そして、作務衣《さむえ》姿で作業台の前に座り、すり鉢で何かを潰していた伯父の背に向けて話を続けようとしたときだった。

ずっと黙っていた伯父が、ふと蓮のほうへ首を巡らせた。

「忍冬《すいかずら》の葉を取ってくれ」

ちょうど蓮のすぐそばに置かれていた籠が指さされる。

そこには数種類の新鮮な青葉が入っていた。ラベルなどは何も貼られていなかったけれど、解毒作用のあるその葉を蓮は迷わず手に取り、伯父に渡す。

すると、白いものがわずかに混じった眉が軽く上がった。

「獣医学部では、草のことも学ぶのか？」

花も一緒についていればともかく、葉だけで植物を見分けることは素人《しろうと》には難しい。なのに、忍冬の葉の形状を訊《き》くこともせず、それを即座に選び取ったことが意外だったらしい伯父に、蓮は「ええ、少しなら」と愛想《あいそ》笑いを返す。

「庭に植えられている植物や、道端の草を食べて具合の悪くなった犬が病院に運びこまれることは、珍しくありませんから」

蓮はこの春に五年生になる獣医学部の学生だ。犬や猫などのペットが口にすると危険な植物に関するていどのことなら授業で学ぶものの、薬草に関する知識は大学で得たのではない。幼い頃、心を病む前の母親に教わったのだ。

だが、十二年前に他界した母親のことについて、蓮は伯父に蟠《わだかま》りを持っている。七年ぶりに訪れた母親の実家で図々《ずうずう》しい頼み事をしなければならなくなるかもしれない今、冷静に話す自信のない思い出話は避けたほうが得策だ。

蓮は答えを曖昧《あいまい》にごまかし、逸《そ》れかけた話を元へ戻す。

「あの……。それで、伯父さんは、その宇田川《うだがわ》さんという方をご存じでしょうか？」

「ああ。噂《うわさ》を少し聞き知っているていどだがな。妖魔と人間の混血で、お前の父親と同じ異端の鬼狩り師《おにかりし》だ。それから、猟鬼《りょうき》でもある」

低い声を返し、伯父は忍冬の葉を小さくちぎる。

高い位置から散らされ、ゆっくりと舞い落ちてゆく葉のかけらは、青白い光の尾を引いていた。その光は空中で漢字と梵字《ぼんじ》が混ざり合ったような不思議な文字の形を成して、すり鉢の中へ吸いこまれていった。

普通の人間ならきっと、こんな現象を目《ま》の当たりにすれば、頭の中を本能的な恐怖に支配されるだろう。だが、蓮は違う。眼前の超常現象へのちょっとした驚きと、調剤中の伯父の姿は何だか怪しげな毒薬を作っている魔法使いのようだという感想を抱いたくらいだった。

なぜなら、蓮は知っているからだ。

この世が、「鬼仙界」と呼ばれる異形《いぎょう》のものたちが住まう世界と繋《つな》がっていることを。そこから迷い出たものを封じたり、操ったりする「鬼狩り師」や、異形の生きものによって負わされた傷、あるいは呪術《じゅじゅつ》による病を癒《いや》す「治癒師《ちゆし》」が存在することを。

そして、かつては多くいたらしい治癒師が時代を経るごとにその数を減らし、今では伯父が当主として取りまとめる秦泉寺一族が日本で唯一の正統な治癒師の家系だということも。

この世に密かに溢れるそうした不思議を、蓮は自分を育ててくれた鬼の旭陽から教わった。

「異端同士、お前の父親とは気が合ったようだが、で、宇田川が何なのだ？」

「父は亡くなる少し前に宇田川さんから妖獣を購入したらしいのですが、手持ちがなかったため、三年後に代金を支払う約束をしたそうなんです。その期限が今月末だと伝えに宇田川さんが昨夜うちに来られて、父の負債は息子《むすこ》である俺の負債だと……」

「いくらだ？」

治癒師の報酬は高額で、秦泉寺家が平安の昔から連綿と築き上げてきた資産は莫大なものになると聞いている。だからなのか、どんな金額でもまるで気にしないような口ぶりだ。

「五百万です」

思わず身を乗り出して答え、蓮は一息に続ける。

「貸していただけないでしょうか？　獣医として収入を得られるようになるのは、順調にいって二年後ですから時間はかかりますが、必ず利子をつけてお返ししますので」

父親が――より正確には、父親からの送金を旭陽がやりくりしたり、投資したりして遺《のこ》してくれた蓮名義の通帳の残高は五百万よりも少し多いので、金がないわけではない。

しかし、蓮にとってそれはほぼ全財産だ。卒業までの学費と生活費なのだから、宇田川に渡すことはできない。かと言って、払う気はないと突っぱね、人の世の理《ことわり》とは別次元で生きる術師《じゅつし》を怒らせてしまうような恐ろしい真似《まね》もできない。

「伯父さん、どうかお願いします」

理由があったこととは言え、秦泉寺家に寄りつかなくなったのは蓮のほうだ。こんな頼み事ができた立場ではないとわかっていても、今の蓮にはもうひとりの家族もいない。

門前払いも覚悟しての訪問だったが、そうしなかった伯父の慈悲に縋るよりほかにどうしようもなく、蓮は深く頭を下げる。

「金はいくらでも無利子で貸してやる。何なら、くれてやってもいい」

無頓着に応じたあと、「治癒師となって、我が一族に正式に加われればな」と続けた伯父の背を、蓮はおずおずと見上げる。

「あの、でも……、年齢が高くなればなるほど、修行づけの毎日を送っても、治癒師として使いものになるまでには何年もかかるもの……、ですよね？」

以前、伯父からそう聞いたことを蓮はまだ覚えている。

「そうだ。力の操り方を身につけることは、這《は》うことしかできなかった赤ん坊が立ったり、歩いたりといった身体運動を覚えることに似ている。つまり、重要なのは知識の蓄積よりも本能による体得だ。だからこそ、修行に入るのは若ければ若いほどいいし、身体よりも頭が先に働く年齢に達してしまえば、普通ならかなりの年数がかかるものだ」

だが、と伯父は鋭い視線を肩越しにちらりと蓮に投げる。

「お前の場合は、それほど長くはかからないはずだ。一、二年もあれば十分だろう」

「どうしてですか？」

「お前の中に在《あ》る能力が高いからだ」

強い響きが返ってくる。

「この力はただ眠らせておけば次第に弱くなり、いつかは消えてしまうのが常だ。だが、お前のそれは芽吹いたときと同じ、なみなみと豊かなまま。桁外れの強さの証《あかし》だ」

能力者の血を引いていても、必ずしも力を受け継ぐわけではない。長じてから突如、覚醒する者もいれば、蓮の母のように無能力者のままで一生を過ごすものもいる。

蓮が治癒師の能力に目覚めたのは十五歳だ。秦泉寺家の祖父の葬儀の手伝いに呼び出された十五の夏、わけもわからないまま伯父に「目覚めている」と告げられたのだ。

もっとも、蓮は修行を拒んだため、使い方のさっぱりわからない特殊能力はただ潜在しているだけで、普段はその存在を意識することすらない。

獣医学部に進んだときには正直、治癒師の潜在能力が役立つかもしれないと少し期待をしたものの、そんな都合のいいことはまったくなかった。

「はあ。そう、なのですか……」

実感などまるでないまま、蓮はまたたく。

「ああ。力も血と同じで、異なるものと混ざり合うと強くなるものだが、秦泉寺の血とあの異端の血は相性がよかったようだな。お前ならば修行などせずとも、いずれ何かのきっかけで第二覚醒を起こし、そう望もうが望むまいが勝手に治癒師となるかもしれん」

「第二覚醒？」

「第一の覚醒では単に力が萌芽するだけだ。しかし、第二覚醒を迎えれば、その力を思いのままに操ることが可能になる。秦泉寺の長い歴史の中で第二覚醒を迎えた者はごく一握りで、ここ数十年ほどは出ていないが、お前の中から漂ってくる力の気配は、そうなるのではないかと予感させるほど強く、深い」

静かに告げて、伯父はすりこぎを回す。線香花火のそれに似た青い光が、すり鉢の中でぱちぱちと弾《はじ》けた。

どうやら伯父は、蓮が何かに切羽詰まって秦泉寺家の門を叩《たた》いたことを見抜き、最初からこの交換条件を飲ませる腹づもりだったようだ。

蓮は慌てて、伯父を不快にさせない言葉を選びつつ、抗《あらが》いを試みる。

援助はほしい。けれど、蓮は普通の人間として生きたいのだ。

「俺は病院の研究室に所属しています。春休みが終わればかなり忙しくなりますし、大学と修行の両立はとても無理です」

ほかの条件なら何でも飲みます、と言いかけたが、その言葉は喉《のど》の奥へすべり落ちる。

治癒師の能力のほかに、伯父が望むものを蓮は何ひとつ持っていないからだ。

「……伯父さん、俺はどうしても獣医になりたいんです。子供の頃からの夢だったんです。利子のほうで何とかしていただけませんか？」

お願いします、と蓮はもう一度深く頭を垂れる。

「我々は鬼狩り師たちの使鬼も——妖魔や妖獣どもも治癒の対象とする。お前の守り役だったあの鬼のように、主人に人型と知能を与えられているものもいるが、その本性は卑しいけだものだ。獣医になって動物を診るのも、治癒師になって手負いの使鬼を診るのも、そう大差はないはずだ。お前が望むなら、使鬼専門にしてやるぞ？」

「……ペットと鬼は、かなり違うと思います」

「不満そうだな」

鼻を鳴らし、伯父は「頭を上げろ」と声を投げてくる。

「私はお前に無理強いをする気は毛頭ない。宇田川が取り立てに来るまで、まだ時間はあるようだから、じっくり考えて好きに決めろ」

そう言ってから、伯父は思い出したようにつけ加えた。

宇田川は呪殺が得意な、無慈悲な男らしい、と。

鬼仙界には竜や虎、鳳凰《ほうおう》などの仙獣の本性を持ちつつ人型で生きる鬼仙族と、人型に変化できる高等妖魔とできない下等妖魔、そして妖獣が住んでいる。強い仙力を有する鬼仙族と高等妖魔は鬼仙界と人間界を自由に行き来できるが、下等妖魔と妖獣にはその能力がない。ひとたび人間界へ迷い出れば、命を終えるまでずっと人の世を彷徨《さまよ》うしかない。

妖怪や悪魔やUMA《未確認生物》など、古今東西で様々な呼ばれ方をしてきたものの正体だ。それらはたいてい人に害をなす存在となり、日本では古来より「鬼」と総称された。その鬼を自身の使役する鬼で狩り、ときには人をも狩る——つまりは呪殺する能力者が鬼狩り師だ。

具体的な数を蓮は知らないが、単に「術師」と称されることも多い鬼狩り師は、絶滅危惧種と化している治癒師とは異なり、今でもかなりの人数が存在するという。

血によって能力を受け継ぐ一族と、修行によって技能や知識を習得し、共有する集団がそれぞれいくつかあるらしい。さらに、そのどちらにも属さず、突然変異によって能力を得、単独で狩りを請け負う「異端」も。

蓮の父親は、異端の鬼狩り師だった。それも、かなりの変わり種の。

通常、鬼狩り師は狩りに使うために使鬼を得る。しかし、蓮の父親はただ「所有したい」という欲求から、妖魔や妖獣を蒐集《しゅうしゅう》することに夢中だった。

鬼狩り師が使鬼を得る方法は主に三つ。一番簡単な方法は、人間界で彷徨う鬼を捕らえることだ。もっとも、人の世で蠢《うごめ》く鬼は力の弱い小物で、まともな鬼狩り師ならまずは鬼仙界の狩り場で使鬼を得ようとする。しかし、鬼狩り師が鬼仙界の狩り場へ立ち入ることができるのは、生涯で一度きり。しかも、たったの三日間。その限られた時間内に強い力を秘めた妖魔や妖獣を見つけられるか否かは運によるところが大きく、ほとんどの鬼狩り師は自身の所有する使鬼に満足していない。そのため、大物の妖魔を購入する者も多い。

蓮の父親も、たまにはそうしていたようだ。しかし父親は、その目にはこの上なく愛嬌《あいきょう》のある生きものに見えていたらしい小物の妖獣を最も好んだため、たいていは自分の手で捕獲していた。年がら年中、あちらこちらを放浪して。

そうして集めた使鬼たちを父親はまるでペットのように可愛《かわい》がっており、病気になったり、怪我《けが》をしたりしたものがいれば治癒師のもとを訪ねていた。それが、父親と、秦泉寺家の前当主の末娘だった母親とが出会うきっかけになったという。

変わり者だがとびきり見目がよく、博識だった父親と言葉を交わすうちにすっかり心を奪われた母親は、家族の反対を押しきって父親のもとへ嫁《とつ》いだ。

父親は、結婚後もよき家庭人とはならなかった。家のことはすべて旭陽に任せ、鬼を求める放浪をやめず、在宅しているのは年にほんの数日というありさまだったが、蓮は母親の愚痴を一度も聞いたことがない。

『たとえ一緒にいなくても、お父さんとお母さんは心でしっかり繋がっているの。だから、ちっとも寂しくなんかないのよ』

蓮が幼い頃、母親はよくそう言って笑っていたが、いつしかその笑顔は消えた。

子供だった蓮には気づきようがなかったが、母親は深く募らせた父親への恋しさに心を蝕《むしば》まれていたらしい。そして、どこにいるかわからない父親を探そうとして、見よう見まねの姿見の術を使って失敗し、心も身体も闇に巣くわれたのだ。

それはほどなく祖父の知るところとなり、母親は秦泉寺家へ連れ戻された。だが、手当ての甲斐《かい》もなく、母親のよどんだ命はそれから半年ももたずに消えてしまった。

心身を闇に冒された母親の状態は、正視に耐えないものだったそうだ。そのことを、蓮は忌明《いみあ》けの儀式の最中に親戚たちの噂話によって知った。

もうそうできる歳《とし》だったので、祖父や伯父が母親に決して会わせてくれなかったのも、死に顔を見せてくれなかったのも、それが理由だったのだと理解した。

けれども、そうした措置を感謝しようとはどうしても思えなかった。たとえどんな姿になっていようと、母親にひと目だけでも会いたかったという気持ちや、父親の面影《おもかげ》が濃い自分をあからさまに疎んじる祖母への蟠りがそれを邪魔したのだ。

だから、蓮は頑《かたく》なに首を振った。

妻の訃報などどこ吹く風で鬼蒐《あつ》めの放浪を続ける父親に呆《あき》れ果てた伯父が蓮の身を案じ、秦泉寺家で暮らすよう勧めてきたときも。能力に目覚めたとたん、目の色を変えて喜んだ祖母が蓮を伯父の養子にしようと言い出したときも。

自覚のないまま治癒師の能力を芽吹かせた十五のときは、ちょうど思春期と反抗期が重なる年頃だった。母親の死後、最初に伯父が秦泉寺家へ迎え入れようとしたときには強硬に反対したにもかかわらず、利用価値があるとわかったとたん、手の平を返して接してきた祖母に蓮は強く反発した。

秦泉寺に入ることを頑なに拒んだ蓮に、祖母はひどく冷たい目で言い放った。

『可愛げのない子だよ、まったく。繭理も可哀想《かわいそう》に。不幸な結婚生活の果てに遺せたものが、あのろくでなしそっくりの出来損ないがひとりじゃ、浮かばれやしない』

ほかにも原因はあったけれど、祖母に自分の存在を否定するような言葉を投げつけられたその日を境に、蓮は秦泉寺家に寄りつかなくなった。数年して祖母が亡くなったあとも親戚づき合いを断ったまま、蓮は旭陽とふたりで生きてきた。

父親は旭陽に自分と似た人の形と、「仕事で留守がちの父親から保護者役を任された叔父《おじ》」という設定を与えていた。父親に似ている旭陽は当然ながら蓮とも似ており、近所の住民や学校関係者にも特に怪しまれることはなかった。

職業を問われると「在宅勤務のプログラマー」と答えていた旭陽には、どうやって身につけたのか、人間社会の仕組みに関する知識や、世間の目にとまらず生きていくための常識があった。相変わらず年に何度かしか戻ってこない父親が、放浪先から定期的に送ってくる仕送りのやりくりも上手《うま》かった。

おかげで、母親を亡くした悲しみも徐々に癒《い》えてゆき、蓮は恙《つつが》なく大学まで進学できた。旭陽とふたりの、時折は父親が混じって三人になる生活が、いつまでも続くのだと思っていた。なのに、終わりは突然やってきた。三年前の父親の死によって。

蓮は父親の遺体を見ておらず、まだ葬儀もしていない。けれども、はっきりと死を認識できた。ある夜、一緒に食卓を囲んでいた旭陽が蓮の目の前で消えてしまったからだ。契約に縛られた使鬼は、主が命を落としたときにその姿を霧散させてしまうものなのだ。

父性に欠けた風変わりな人物だったけれど、いくつになっても少年のような笑顔を浮かべ、決して声を荒らげることのなかった父親が、蓮は嫌いではなかった。だから、父親がもうこの世にいないのだと悟ったときには、とても悲しかった。そして、生まれたときからずっと一緒だった旭陽ともう二度と会えなくなったことがとほうもなく辛《つら》かった。

何日かを呆然《ぼうぜん》と過ごしたあと、蓮は決めたのだ。

鬼の世界に関わると、大切な家族との別れがある日突然、何の前触れもなくやってくる。心構えをする時間もなければ、別れの言葉を交わすことすらできない。どんな死に際だったかもわからない。こんなにも辛くて悲しい経験を二度としたくないから、この奇妙な世界とはもう決して交わらないと。同じ思いをさせたくないから、自分は家族を作ったりしないと。こんな忌《い》まわしい血を遺したりはしないと。

普通の人間として、ひとりでひっそり生きていこう、と決めたはずなのに。

胸のうちで大きくため息をつき、調剤庫を出ると、地表はうっすらと雪に覆われていた。

蓮は肩を震わせ、広い中庭を横切って門のほうへ向かう。

人の世の理が通じない世界とはもう関わりたくなかったのに、伯父に縋ってしまった。そのあげく、呪殺が得意な鬼狩り師から逃げる術《すべ》を持たない身では、伯父の出した条件を明確に拒むこともできなかった。「少し考えさせてください」と猶予を求めるのが精一杯で。

自分の無力さを情けなく思いながら、とぼとぼと雪の上を歩いていたときだった。

「ふざけるな、秋俊《あきとし》！」

興奮気味に叫ぶ男の声が耳を打つ。

驚いて首を巡らせ、ひらりひらりと舞い散る雪の向こうに目をこらす。

母屋の勝手口の近くで、藍色の着流し姿の男と伯父と同じ作務衣を纏う男が睨《にら》み合うように向き合っていた。何かを言い争うふたりは、どちらも均整の取れた長身だった。作務衣を着た、整いすぎて冷淡な印象の強い顔つきの男は、伯父の長男の秋俊だ。

その五つ年上の従兄と同年代らしい、よく鍛錬された鋼を思わせる見事な体格をしたもうひとりの男は誰だろう。凝らしかけた目を、蓮はすぐに大きく瞠る。

最上級の絹糸のような艶《つや》を帯びた漆黒の髪に縁取られた顔は、ひと目では人種の判断に迷ってしまうほど彫りが深く、繊細に整った造作は見事なまでに高貴で凄艶《せいえん》——。

女性的なところなどどこにもないのに、美しいとしか評しようのないその男は蘭篠だった。

それがわかった瞬間、蓮の心臓は跳ね上がった。

「ふざけてなどいない。あいつらはもう駄目だ。このまま――」

何かを言いかけた秋俊がふいに言葉を呑《の》み、その切れ長の双眸から鋭利な刃物めいた視線を蓮に冷たく投げつける。その隣で、蘭篠もまた目を眇《すが》める。

ふたりと最後に顔を合わせたのは、七年前。十五歳の中学生だった当時と比べると背が伸び、多少の面変わりもしている自分が誰なのか、秋俊と蘭篠が気づいているのかはわからない。ただ、自分がふたりにとっての邪魔者になっていることは、はっきりと感じとれた。

蓮は慌てて頭を下げ、逃げるように門前へ走る。

足を蹴《け》り出すつど、心臓の鼓動が速まってゆく。

久しぶりに蘭篠に会えた嬉《うれ》しさと、伝えることもできずに散ってしまった初恋の残骸が混ざり合い、金の工面に悩んでいた胸の中は奇妙に熱くなっていた。

かつては羽振りがよかったものの、戦後の混乱期に没落したらしい柚木家の敷地は、蓮ひとりではとても管理できないほど広大だ。様々な種類の樹木や草が無造作に生《お》い茂り、今やちょっとした森の様相を呈している庭には、大きな朽ちかけの蔵が二戸前《ふたとまえ》、緑に埋もれるようにしてある。

蔵の中の貴重品は、父親がまだ幼い頃に相次いで他界した曾祖父《そうそふ》と祖父によって大半が売却されたそうだが、何か少しくらいは残っているかもしれない。

そんな期待を抱き、蓮は帰宅後、蔵に入ってみた。

アンティークっぽい家具や、古美術・骨董品の類《たぐい》に見えなくもないものがいくつかありはしたものの、価値はさっぱりわからない。それに何もかもが埃《ほこり》まみれのせいか、薄暗い蔵の中で目が慣れてくるにつれ、ただのがらくたのようにも思えてきた。

ネットで近くの古物商を探し、駄目元で査定をしてもらおうかと考えながら、蓮は蔵の鍵を閉める。蔵漁《あさ》りをしているあいだに、雪はさらに深くなっていた。

日が暮れるまでにはまだ間があるのに、曇天の鈍色は闇を吸ったように濃く、着こんでいる安物のダウンジャケット越しに冷気が肌を刺してひどく寒い。

自室の暖房が恋しく、雪の積もった庭を早足に歩いていたさなか、ふと視界の隅でガラスの温室がちらついた。蓮が子供だった頃、母親が造ったものだ。

そこで母親が育てていたものの中には危険な毒草もあり、蓮が勝手に入らないように父親が結界を張っていた。その見えない壁は、父親の死後も残ったままだ。

人にしろ鬼にしろ、幼い者は存在がまだ曖昧なゆえに単純な結界なら擦り抜けてしまうことがあるらしく、何重にも強く張り巡らされているためだ。

手入れをしたくても立ち入れず、ジャングルと化してしまった温室を眺めていると、眼前にぼんやりと母親の顔が浮かんできた。それから、父親と旭陽の顔も。

こみ上げてきた熱いもので、喉が詰まりそうになる。体内にしんしんと沁《し》みこんでくるような思い出を首を強く振って払いのけ、蓮は小走りに雪を踏みしめる。

ここは二十三区外だが、住みやすい街として人気が高い。宅配業者などに廃屋と間違われることもある古い平屋の家のほうはともかく、複数の大型商業施設が隣接する駅まで徒歩圏内のこの土地を売れば相当な額になるはずだ。

どうせ、ひとりでは持て余すしかない。

――いっそのこと、五百万の代わりにこの土地を宇田川に差し出そうか。

父親の死を確信した三年前、蓮は形式的な捜索願を出している。あと四年経ったら失踪宣告の申請をし、葬式を出す予定だ。決して安くはないだろうこの家の相続税についてはそのときに考えるつもりだったが、元々売却しなければならない可能性も視野に入れている。

今はまだ父親名義の家と土地を蓮の手ではどうすることもできないけれど、普通の死に方をしない者が多い鬼狩り師たちは戸籍や登記情報をいじる方法を心得ていると旭陽から聞いたことがある。ただ現金を渡すよりは手間をかけさせてしまうだろうが、五百万よりはずっと価値のある土地なのだから、宇田川も納得してくれるはずだ。

たぶん、きっと、そうだと蓮は自分自身に希望的に言い聞かせる。だが、そのそばから、もし駄目だったらどうしようと不安も湧く。

鬱々《うつうつ》と悩みながら自室の掃き出し窓から中へ入った蓮は、ダウンジャケットを脱いでベッドの上に転がり、細く息をつく。

獣医になる夢は捨てたくないし、鬼の世界に関わって辛い思いをするのも嫌だ。けれども、すべては命あっての物種だ。宇田川に殺されてしまえば、どのみち獣医にはなれないし、誰かとの突然の別れを辛く感じることもできなくなる。

やはり、伯父に縋るよりほかに方法はないのだろうか。

大学を辞め、秦泉寺家で治癒師の修行をする自分を想像すると、またため息が漏《も》れ、蓮は反転してうつ伏せになる。

十五のとき、秦泉寺家への出入りをやめたのは、祖母の言葉に心を傷つけられたことだけが原因ではない。その少し前、蘭篠が庭の物陰で一族の少女と抱き合い、キスをしているのを見てしまったのも理由のひとつだ。

物心がついたときから、蓮は父親を悪く言う秦泉寺の人間が苦手だった。母親の死とともに、自分とあの家を繋いでいたものがなくなったように感じたけれど、それでも最低限の親戚づき合いを続けていたのはそこに蘭篠がいたからだ。

たまに呼ばれて訪れる秦泉寺家で、伯父の——当主の息子同然に扱われて暮らしていた蘭篠と会うのが、蓮はとても楽しみだった。

蘭篠も、蓮の顔を見れば、優しく話しかけてくれた。

もっとも、五つ歳が離れていた蘭篠は同学年の秋俊とたいてい一緒にいて、蓮とはそれほど親しかったわけではない。蘭篠がどういう経緯で秦泉寺家に引き取られたのかも、その素性を訊く機会も結局なかった。

——蓮君、学校はどこ？

——相変わらず細いなあ、君。ご飯、好き嫌いせずにちゃんと食べてる？

——今日は、お守りの鬼は一緒じゃないのか、蓮。

——獣医？　そっか。将来の夢がもう決まってるなら、しっかり勉強しろよ。

いつも、ちょっとした世間話ていどの短い会話しかできず、でも、それだけで本当に嬉しかった。蘭篠の言葉遣いがだんだんと砕け、親しみを感じさせるものに変化するつど、どうしようもなく心が弾んだ。名前の呼び方が「蓮君」から「蓮」になった日には、一日中浮かれた。いつかはもっと仲よくなり、大切な相手だと認められ、きっとどんな生きものよりも美しいに違いない狼の本性を見せてもらいたい、と蓮は願った。

いつの間にか胸を占めていたそうした想いは、初めての恋だった。

そう気づいたのは、蘭篠が胸の豊かな十八、九だっただろう彼女と抱擁し、口づけているのを思いがけず目撃してしまったあの日だ。

微笑み合っているふたりは幸せそうだった。なのに、それを見ている蓮は悲しくてたまらなかった。気がつけば涙が溢れていて、蓮はようやくわかった。

本当に望んでいたのは、蘭篠とただ仲よくなることではなかった。

あんなふうに、また抱きしめてもらうことだったのだ。けれども、もう小さな子供ではなくなった自分に、蘭篠がそうしてくれることはない。蘭篠があの優しい腕を絡ませるのは痩《や》せて骨張った同性の身体ではなく、魅惑的な異性の肢体《したい》なのだから。

初恋に気づいたとたん、失恋してしまったこと。

同性を好きになってしまったこと。

思春期まっただ中だった不安定な心は二重のショックに耐えられず、見たくない現実から逃げ出してしまった。

そのあと、蓮は誰も好きになっていない。自分は同性にしか恋ができないのか、蘭篠だからそんな感情を抱いただけなのか、わからず困惑しているうちに、誰かを好きになったり、家族を作ったりせず、ひとりで生きていくことを決めてしまったからだ。

秦泉寺家と縁を切っていたこの七年のあいだに、初めての恋はいつしか思い出になってしまっていた。――そのはずだったけれども、今日、蘭篠の顔を見て、蓮の胸には単なる懐かしさとは違うと感じる熱い喜びが確かに湧いた。

蓮にとって、初恋の相手である蘭篠は特別な存在だ。今も秦泉寺家で暮らしているのか、何やら激しい言い争いをしていた秋俊とは現在どんな仲なのかは知るよしもないが、少なくとも交流はあるようだった。もし治癒師となり、再び顔を合わせるようになれば、大人《おとな》になった蘭篠をまた好きになってしまうかもしれない。

蘭篠は今年二十八。すでに妻や婚約者がいてもおかしくない年齢だし、たとえいなくても同性の自分は恋愛対象外――。援助と引き替えに治癒師になるのなら、最低限のけじめとして伯父を失望させるようなふぬけた真似はしたくないが、今の自分の心は叶《かな》わない恋に動揺することなく、冷静に対処してくれるだろうか。

どれだけ考えても、蘭篠以外に恋をしたことがない頭からは何の答えも出てこなかった。

しばらくベッドの上をごろごろと転がり、蓮は答えの探求を一旦放棄することにした。

突然降って湧いた難問でぱんぱんになった頭を休めるために、早めの夕食をとって風呂《ふろ》に入り、今晩はさっさと寝てしまおうと思ったとき、インターフォンが鳴った。

男女問わず意識的に深いつき合いを避けている蓮には家まで訪ねてくる友人などいないし、今日届く予定の荷物もない。宇田川が念押しに来たのだろうか。

蓮はおそるおそる玄関へ向かい、すべりの悪い格子戸《こうしど》を細く開ける。そして外をうかがった次の瞬間、思わず「うわっ」と声を高く上げて、飛びすさった。

強い風に運ばれた雪がはらはらと舞いこんでくる玄関の庇《ひさし》の下に立っていたのは宇田川で

はなく、蘭篠だった。

人ならざる凄艶な美貌《びぼう》のせいだろうか。今は丈の短いコートにジーンズという格好だったが、雪の中に立つその姿はひどく気高く優雅に見えた。

――離れへ続く門の前で初めて会ったあの雪の日と同じように。けれども年齢を重ねたぶん、氷の国の臈長けた妖精王のように思えた。

「ずいぶんな反応だな、蓮。しばらく会わないうちに、俺を忘れたのか？」

微苦笑を浮かべ、双眸をたわめた蘭篠は、手に小さな陶器の入れ物を持っている。

一体何が入っているのか、その器は内側からぼんやりと青く発光していた。

「――い、いいえ。忘れたりなんて、してないです、蘭篠さん」

呆然としたまま、蓮は力いっぱい首を振る。

「そうか。なら、よかった」

蘭篠は笑って頷く。

「突然で悪いが、お前に頼みたいことがあるんだ。話を聞いてもらえるか？」

門前に車を停めているという蘭篠にまずガレージの場所を教えて、鍵を渡した。数分して戻って来た蘭篠は、三和土《たたき》でコートを脱ぎながら「秦泉寺もでかいが、ここも相当だな」と苦笑した。

「こう広いと、移動するのも一苦労だな」

「ええ。子供の頃は家の中でも庭でも探検ができて、楽しかったんですが」

戦前までは親族や使用人が大勢一緒に暮らしていたらしい柚木家は無駄に広い。板張りの廊下は学校のそれのように長く延々と続き、かつて使用人たちが使っていたという銭湯と見紛うばかりの大浴場もある。大小合わせての部屋数は、蓮にすら把握できないほどだ。

だが、今、蓮が日常的に使用しているのは三部屋のみ。玄関を入ってすぐ南側にある自室の洋間と、廊下を反対側に渡った先のキッチン、そしてその隣の居間として利用している六畳の和室くらいだ。だから、部屋数は多くても専用の客間はない。

食卓代わりのローテーブルやテレビを置いている居間へ蘭篠を通した蓮は隣のキッチンで急いで、だが丁寧に淹《い》れたコーヒーを出した。

ローテーブルの前にあぐらをかいて座っていた蘭篠は「サンキュ」と笑ってカップを口もとへ運ぶ。直後、コーヒーを一口飲んだ唇があでやかにほころんだ。

「専門店が開けそうな腕だな、蓮」

「ありがとうございます」

つられて微笑み、蓮も蘭篠の向かいに腰を下ろす。

「コーヒー党なのか、お前」

「ええ。元々は旭陽がそうで、淹れ方を仕込まれたんです」

人間界に住みついた鬼は、月に一度ていどしか食事をしない。食料となるのは大抵が同じ鬼で、主《あるじ》を持たない野良《のら》の場合は人や動物を捕食することもたまにある。人間が飲み食いするものは戯れに口に入れはしても、あまり好まない。それが普通だ。

しかし、旭陽は違った。父親が「蓮を育てる」という役目に合った造りにしたため、旭陽は蓮と同じ食事をしたし、料理も上手かった。そしてコーヒーに目がなく、豆の良し悪《あ》しの見分け方や道具に独自のこだわりを持っていた。

そのことを話すと、蘭篠は興味深げな表情になる。

「コーヒーの淹れ方にこだわる鬼か。融《とおる》さんもなかなか変わっていたが、あの人の使鬼もずいぶんとおかしな奴《やつ》だったんだな」

蘭篠がやわらかな声音で口にした「融」とは、蓮の父親の名だ。

蓮はゆっくりとまたたく。母親と旭陽をべつにすれば、蔑みのこもった「あの男」ではない呼び方を耳にしたのは、初めてのような気がする。

「……あの、もしかして、蘭篠さんは父と面識があったのですか?」

「同業者だからな」

「蘭篠さん、鬼狩り師をされているんですか?」

「本業は猟鬼のほうだけどな。宇田川さんと同じだ」

「え……。宇田川さんも、ご存じなんですか？」

「ああ。と言っても、鬼仙界の狩り場で何度か見かけただけで、話したことはない」

蘭篠はそこまで告げるとコーヒーカップをソーサーの上に置き、蓮をまっすぐに見た。

「あまり行儀のいい話じゃないが、秋俊と親父《おやじ》さんが話しているのをたまたま立ち聞きした。お前、宇田川さんから五百万の取り立てにあってるそうだな」

「ええ……。父が、宇田川さんから妖獣を買ったらしくて。初めて知りましたけど、鬼って買うと高いんですね」

「こういう言い方は気に障《さわ》るかもしれないが、払うあてはあるのか？」

うかがう眼差《まなざ》しで気遣うように尋ねられ、蓮は力なく笑う。

「最終的にどうするかはもう少し考えますけど、この土地を物納するか、伯父さんに借金をするかして何とか……」

「どっちもあまり気が進まない感じの顔だな」

「正直なところ……。この家を宇田川さんが納得して受け取ってくれるかは不確かですし、伯父さんに頼るとなると、大学を辞めて治癒師にならないといけませんから」

「そう言えば、お前、獣医になりたいって言ってたな。大学は獣医学部なのか？」

「——そう、です」

何年も前に一度だけ話した夢を、蘭篠は覚えていてくれた。

嬉しいと感じると同時にとても驚いてしまい、声がわずかに上擦る。

「今、何年だ？」

「四月から五年です」

「じゃあ、もう二十三か？」

「秋になったら、そうなります」

「大人になったお前とこうして向き合ってるのは、何だか妙な気分だな。初めて会ったときは、俺にしがみついて泣きじゃくる小さな子供だったのに」

初恋の始まりとなった日のことを妙に感慨深げに言われ、気恥ずかしくなってしまう。

蓮はうつむいて、赤くなった目もとを隠す。

「……その節は、ご迷惑をおかけしました」

「迷惑をかけられたなんて、思ってないぞ？」

下げた頭上から優しい声が降ってきて、鼓膜に沁みこむ。

「自分と境遇の似てるお前が気になって、声をかけたのは俺のほうだからな」

境遇が似ている、とはどういう意味なのだろう。

疑問に感じながら顔をそろりと上げると、蘭篠がテーブルの下からあの青く光る器を取り出した。気のせいか、最初に見たときよりも光が弱くなっているようだ。

「まあ、それはそうとだ、蓮。ここからが本題なんだが」

蘭篠の双眸に宿る色がふいに強くなり、蓮は反射的に背を伸ばす。

「まず確認したいんだが、ほかに選択肢があれば、治癒師になろうとは思わないのか？」

意図のよくわからない質問を不思議に思いつつ、蓮は「ええ、思いません」とはっきりと否定の答えを返す。

そうか、と頷いた蘭篠はなぜか安心したような表情を浮かべていた。

「なら、宇田川さんに払う金は俺が出す。代わりに、こいつらを助けてくれ」

蘭篠が器の蓋《ふた》を取る。中には米粒ほどの発光体がふたつ、入っていた。

蓮はじっと目をこらす。一瞬、蛍のような体節の一部から光を発している虫かと思ったが違った。そこにあるのは純粋な光の粒だ。

「……これは？」

「俺の使鬼の九尾の白狐だ。今は死にかけていて、この通りだがな」

使鬼は主人の死と同時に霧散し、主人が生きているあいだに致命傷を負った場合は幽光化してじょじょに消えてゆく。屍《しかばね》を残せないのが、使鬼となった妖魔たちの宿命だという。

「この二匹は、俺を守ってこうなった。だから、どうしても死なせたくない」

向けられる蘭篠の目はとても真摯《しんし》で懸命だ。

本当に大切な使鬼なのだと強く感じられたからこそ、蓮は困惑した。去年の夏、角の折れたカブトムシを持って駆けこんできた近所の子供に「元に戻して、お願い！　お医者さんならできるでしょう？」と泣きつかれたとき以上に。

「あの、蘭篠さん。俺には治癒師の潜在能力はあるそうですが、力の使い方を知りません。こういうことは、伯父さんか秋俊さんに頼んだほうがいいかと……」

「秦泉寺には頼めない」

断られた、と蘭篠はむすりと告げる。

「昼に俺が秋俊と喧嘩《けんか》をしてたの、お前も見ただろ？」

蓮はきれぎれに耳に届いた秋俊の言葉を思い出し、頭の中で反芻《はんすう》する。

「秋俊さんは、助かる見込みがないから諦めろと……？」

秦泉寺家の時期当主である秋俊が無理だと判断したのであればなおのこと、自分に何か手助けができるとは思えない。

困惑を深めた蓮に、蘭篠は「そうじゃない」と首を振る。

「治せたのに、あいつはわざと治療をしなかった」

「え……。どうしてですか？」

蘭篠が口を開きかけたとき、器の中の光が目に見えて弱々しく霞《かす》みはじめた。

かすかに残っていた妖狐の命の灯火《ともしび》が、今にも消えようとしている。

「蓮。詳しい説明はあとでする。お前の力を――身体を貸してくれ」

蘭篠がジーンズのポケットから急《せ》いた手つきで小さな紙包みを取り出し、テーブルの上で開く。紙に包まれていたのは赤い丸薬だった。

「胎袋丸《たいていがん》だ。知ってるか？」

「たいてい、がん……？　いえ……」

「体内に施療胎袋――子宮に似た器官を一時的に作り出す薬だ。この薬が体内のどこに着床するかは人それぞれのようだが、こんなふうに幽光化した瀕死《ひんし》状態の使鬼と一緒に飲みこみ、治癒師が自身の精気を分け与えて元の姿に戻すために使う」

「そんな治療法があるんですか……」

「ああ。だが、普通は使わない方法だ。体内に入れた使鬼に精気だけでなく、治癒師の能力まで養分として吸収されてしまうおそれがあるからな」

蓮は、なるほどと思う。先ほど蘭篠が、治癒師になる気があるのかどうか確認したのは、そのためだったのだろう。

「それに、命に危険が及ぶことはまずないが、言ってみれば疑似出産だから体力は確実に奪われる。お前にそんなリスクを負わせてしまうのは申し訳ないが、秋俊の判断に背いた治療をあえてする者は秦泉寺の一族にはいない。だから、お前にしか頼めないんだ」

そう告げて、蘭篠は蓮をまっすぐに見据える。

「蓮、頼む。こいつらを助けてくれ。報酬はいくらでもお前の言い値を払うし、俺にできるフォローは何でもする」

「……あの、疑似出産ということは、人間の妊娠期間と同じくらいのあいだ、この使鬼たちが俺の身体に入っているんですか？」

「いや、お前の中にいるのは一日か二日のことだ」

「はあ。じゃあ、出すのはどうやって……」

「産む必要はないから安心しろ」

そのときが来れば、使鬼たちは妖光の形でひとりでに体外へ抜け出るのだそうだ。施療胎袋のほうも、その際に消滅するらしい。蓮はほっと胸を撫で下ろす。

「俺は、力の使い方がまったくわかりません。それでも、この使鬼たちを助けることができるんでしょうか？」

「大丈夫だ。有り体《あてい》に言うと、この施術に必要なのは治癒師の能力を持つ者の身体だ。薬と一緒に飲みこんでしまえば、あとはこいつらが自分でお前の精気を吸収して、勝手に妖力を回復させる。だから、お前が力の使い方を知っているかどうかは、関係ないんだ」

伯父の言葉によれば、この身体に宿る力はかなり強いようだが、本当に自分にできるのか心配だった。疑似出産や、鬼の世界と関わってしまうことへの戸惑いも大きい。

だが、目の前で消えようとしている命を何もせず見捨てることも、初恋の相手の熱願を断ることも、蓮にはできなかった。

「妊娠」期間が二日ていどなら、身体のどこかが膨らんでも、家にこもって人目を避ければいい。多少、体力が落ちたとしても、春休みはまだふた月近くも残っているのでその間に復調するだろう。元々、無用の長物だったのだから、九尾の白狐だというこの使鬼たちに能力を奪われたところで何も惜しくない。

むしろ、報酬と引き換えに潜在している治癒師の力が消えれば、それによって鬼の世界との関わりが断ち切れるかもしれないのだから、蓮にとっては一石二鳥だ。

「わかりました」

蓮は深く頷いて、胎袋丸を手に取った。


薬とふたつの幽光を飲みこんで数分が経った頃、下腹部のあたりがじんわりと温かくなり、重くなった。そう伝えると、蘭篠は「上手く着床したようだな」と嬉しそうに笑った。

「よし。出産に備えて、体力をつけないとな」

蘭篠は何だか浮かれ調子で立ち上がり、キッチンへ繋がるガラス戸を見やる。

「向こう、キッチンだよな？　冷蔵庫、見ていいか？」

何か作ってくれるつもりのようだ。

「あ、はい。でも、今、ほとんど空ですが……」

卵に納豆、冷凍した食パンのほかは調味料くらいしか入っていない。それを確かめて眉を撥《は》ね上げた蘭篠は、駅前にあるスーパーへ買い物に行った。荷物持ちを手伝うつもりだったけれど、車があるから大丈夫だと断られてしまった。

「今は大事な身体なんだ。家でおとなしくしていろ」

人助け、鬼助け、それから報酬のため――。その瞬間まではそんなふうに考えていたのに、真顔で妊婦扱いをされ、蓮はとても気恥ずかしくなってしまった。

奇妙な火照《ほて》りを持て余しつつ、おとなしく蘭篠の帰りを待つあいだに、腹部がまた少し重くなった。セーターをめくって確かめてみたが、どこも膨張はしていない。

目視はできない。だが、そこには確かにふたつの命が宿っている。そして、その命を今、自分が育《はぐく》んでいる。そう思うと、どんな形をしているのかも、名前も知らないのに、愛《いと》おしさがじわじわと湧いてきた。何だか、とても不思議な感覚だった。

二十分ほどして戻って来た蘭篠は、手際よく黒毛和牛のサーロインステーキを焼き、彩り鮮やかな野菜のローストやソテーと一緒に居間のローテーブルに並べた。たっぷりのきのこと生姜《しょうが》の入ったスープもついていた。

見た目と匂《にお》いだけですでに美味《おい》しさが伝わってくるようで、思わず胸が弾んだ。

テーブルに蘭篠と向かい合って座り、いそいそと手を合わせる。

「いただきます」

「ああ。腹の中の奴らのぶんも含めて三人分しっかり食って、栄養をつけろよ」

飛んできたそんな冗談を、蓮は笑おうとした。

だが、気がつくと頬《ほお》が強張っていて、できなかった。

旭陽にそう躾《しつ》けられたので、蓮はひとりでの食事のときでも「いただきます」と言うことが習慣になっている。この家の中で「いただきます」と声を発して返事があったのは、ずいぶんと久しぶりのことだ。そのことが感慨深くて、頬に妙な力が入ってしまったのだ。

「どうした、そんな顔して。何か嫌いな野菜でも入ってたか？」

「――いえ。肉の質とボリュームにちょっと感動してしまって」

慌てて言い繕《つくろ》い、ステーキを頬張る。濃厚な肉汁がじゅわりと溢れて口腔《こうこう》を満たし、蓮は軽く目を瞠る。想像を遥《はる》かに超えた、美味《うま》い肉だった。

「蘭篠さん、料理がすごくお上手《じょうず》なんですね」

「そうか？　普通だと思うぞ」

焼いただけだからな、と蘭篠は笑う。

「美味いと思うのは、お前のためにいい肉を選んできたから、そのせいだろう」

――お前のため。それは正確には「大事な使鬼を宿すお前の身体のため」だ。

ちゃんとわかっている。なのに、感傷的になりかけたせいで判断力が鈍っているのか、蘭篠の美しい声でそんなことを言われると、心臓がおかしなふうに跳ねてしまう。

「……でも、シンプルな調理法で作る料理のほうが却《かえ》って難しいでしょう？　俺は鶏肉を夕食のおかずにすることが多いんですが、高確率でパサパサになります」

早口に言って、蓮はステーキをもう一切れ、口の中へ運ぶ。

「蘭篠さんはよく料理をされるんですか？」

「まあ、侘《わび》しい独り身だし、それなりにな」

侘しい、などという言葉はその華やかな容姿にはまったく似合わないけれど、要するに蘭篠はまだ独身らしい。

独身でも恋人はいるかもしれないし、喜んでも意味のないことだとわかっていながら、ついついそれを嬉しいと思った胸の中で心臓がまた跳ねる。

「……じゃあ、秦泉寺はもう出られたんですか？」

「ああ。大学を出るときについでにな」

答えてから、蘭篠はふと何かを思いだしたように双眸をたわめて笑った。

「そう言えば、うっかりゼミの教授に気に入られて、しつこく大学へ残るよう勧められてさ。田舎《いなか》の親の跡を継いで猟師になるからって断ったら、目を白黒させてたな」

蘭篠の父親は鬼狩り師だったそうだ。

鬼狩り師も猟鬼も「狩り」が仕事なのだから端的に言えば「猟師」には違いないが、事情を知らなければ確かに面食らってしまう答えだ。

「蘭篠さんは大学で何を学ばれてたんですか？」

蓮が秦泉寺家への出入りをやめる前、蘭篠は秦泉寺から大学に通っていた。それは知っていたけれど、学部を聞いた記憶がない。

「秋俊と同じだ」

治癒師は言ってみれば「魔法」で怪我や病を癒すけれど、その力を適切に用いることができるのは人体や薬草についての専門知識を持っているからこそだ。だから、治癒師たちには大学で医学や薬学を学び、それを表の顔にしている者が多い。

伯父は薬学博士で、秋俊は医者だ。

「——えっ。蘭篠さん、お医者さんなんですか？」

完全なペーパー医者だけどな、と蘭篠は肩をすくめる。

「そもそも医学部へ行った理由が、周りに医者のいない鬼仙界の狩り場で怪我をしたときに、的確な応急処置が自分でできれば便利だろうと思ったから、だったしな」

「はあ……。じゃあ、田舎、というのはいわゆる方便だったんですか？」

「まったくの嘘《うそ》でもない。実際、北海道の山奥に住んでいたこともあったからな。もっとも、赤ん坊の頃のことだから、覚えてないが」

「何か理由があって、そういう場所に住まわれていたんですか？」

「父親が、母親を閉じこめていたんだ」

驚いて目を瞠った蓮に、蘭篠は鬼仙界に住む種族を知っているかと訊いた。

「大体は。鬼仙族と妖魔と妖獣……。妖魔は、鬼仙族のように人型を取る能力があるかないかによって、高等妖魔と下等妖魔にわかれるんですよね？」

蓮は、旭陽から伝え聞いた言葉を記憶の底から引っ張り上げる。

「下等妖魔と妖獣はどちらも獣の形で、でも言葉を解したり話したりできるかどうかの違いがあって……、それから確か高等妖魔は何かひとつの性質が傑出している代わりに、ほかの点が著しく劣ってしまっているところが鬼仙族との差だと……」

「ああ。たとえば、才知に恵まれていても、身の丈が親指ほどしかなかったり、並外れて美しいが思考能力に欠けていたり、とそんな具合にな」

だから、高等妖魔のほとんどは鬼仙族の奴隷や愛玩品としてしか生きていけないそうだ。

「美しい女の妖魔は鬼仙族の主人に戯れに手折《たお》られて、子を産むことがある。俺の母親もそんなふうにして生まれた」

絶世の美貌と高い知性を兼ね備えた、すこぶる質《たち》の悪い淫魔《いんま》として――。

そう話す声は淡々としていて、蘭篠が自分の母親にどんな感情を抱いているのか、蓮には感じとれなかった。

「鬼仙界で男たちを誘惑して生きることに飽きた母親は、気まぐれにやって来た人間界《こちら》で俺の父親と出会ったんだ。互いを一目で気に入って夫婦になったものの、淫魔の母親に貞操観念を求めるほうが無茶だということは、父親にもわかっていた。だから、父親は自分以外の男に出会わないように、結界を張った山奥に母親を閉じこめたんだ」

閉じこめた、と言っても結界内の山中は広大で、そこは鬼仙界に少し似た場所だったらしい。そんな環境に、蘭篠の母親は満足していたそうだ。人間の男への物珍しさも手伝っていたようだが、父親への特別な愛情も確かに持っていたという。本性が淫魔でありながら、蘭篠の父親と夫婦となったのも、蘭篠を産んだのも、だからこそなのだろう。

しかし、蘭篠の母親は家族三人だけの平穏な暮らしにも人間界にもほどなく飽きてしまい、結界をたやすく破って鬼仙界に帰ってしまったという。生まれたばかりの蘭篠を残して。

「俺の父親は母親を愛していたと言うより、その魔性の美の虜《とりこ》になっていた。だから、母親に会うために、鬼仙界へ繋がる空間のひずみへ自ら飛びこんだ」

「でも、鬼狩り師が鬼仙界に行くことができるのは、生涯で一度だけですよね？　滞在期間も三日と限られていると、旭陽から聞きましたが……」

「ただ行くだけなら、特にそういう制限はない。鬼仙族や高等妖魔、それから俺たちのような混血はあちらとこちらを自由に行き来できるが、鬼狩り師も含めた人間が鬼仙界へ行き、確実に戻ってくるためには、ふたつの世界を繋ぐ門を通るしかない。お前が聞いた決まり事は、その門が生涯に一度しか通れず、通行証の有効期限が三日間ということだ」

「なぜ、そんな制限があるんですか？」

「昔からそう決まってるから」

たぶんな、とつけ加えて、蘭篠は笑う。

「まあ、とにかく、空間のひずみを避ける能力のない下等妖魔や妖獣がそこからこちらへ彷徨い出てくるのと同じように、運の悪い人間があちらへ落ちてしまうのは珍しいことじゃない。神隠しの話は、昔からあちこちにあるだろう？」

「なるほど……。それで、落ちたら、どうなるんですか？」

「親切な鬼仙族に出会えれば、戻してもらえる。だが、大抵は妖獣に食われたり、親切じゃない鬼仙族に捕らえられて奴隷にされたり、だな」

「……蘭篠さんのお父さんは？」

「そこそこの能力者だったからな。上手く立ち回って母親を捜す旅を続けていたようだが、結局会えずに死んだ」

蘭篠は、自分たちの境遇が似ていると言っていた。だから、何となく予想できた答えに、蓮はうつむいて「ご愁傷様です」と小さく返す。

「そうしんみりするな、蓮。本人も覚悟の上のことだったし、俺も正直なところ、記憶にまったく残ってない父親の死を、そんなに深くは悲しめなかったしな。やっぱりそうか、と単なる現実として受けとめた以外の感情は湧かなかった」

それが、蓮を気遣っての嘘ではないとわかる声音で蘭篠は告げた。

「俺にとっては、育ての親に他界されたときのほうが、よっぽど辛かった」

蘭篠の育ての親は、父親の従弟《いとこ》だったという。元々、無事に人間界へ戻ってこられるとは考えていなかった蘭篠の父親が、多額の養育費と一緒に託していったのだそうだ。

そうしたことを語る口調も、やはり翳《かげ》ってはいない。おそらく、今はもうすべてが区切りのついた過去の出来事になっているのだろう。

「身体の弱い人で、十五までしか一緒にいられなかった。いい養父《ちち》だったし、心から敬愛していたが、実の両親への思いはまたべつものだ。こちらとあちらを行き来できるようになった十二の頃から、俺は当時はまだ消息のわからなかった父親を捜しはじめたんだ」

蘭篠が父親の死を確認できたのは、約一年後。あてのない放浪の無理がたたって病死したという。偶然、最期《さいご》を看取った鬼仙族の老夫婦に会えたらしい。

「彼らが行き倒れていた父親を見つけたときには、もう話ができる状態じゃなかったらしい。だから、不運にも鬼仙界《あちら》へ落ちてきた迷い人だと気の毒に思い、葬ってくれたそうだが、皮肉なことに彼らは俺の母親がどこにいるかを知っていた」

「蘭篠さんのお母さんとお知り合いだったんですか？」

いや、まったくの無関係だ、と蘭篠は首を振った。

「鬼仙界が、皇帝が支配する世界だということは知っているか？」

「はい。王国がいくつかあって、その世界の全体を皇帝が治めているんですよね？　旭陽は、アラビアンナイトと古い時代の中国が混ざったような世界だと表現していました」

「ああ、確かに言い得て妙だな。衣装は中華風だが、城や役所なんかのでかい建築物の屋根はドーム型が多くてアラビアっぽい」

蘭篠は頷いて笑い、話を続けた。

「俺の母親は鬼仙界へ戻ったあと、皇帝の寵臣《ちょうしん》だったある王族の親子を誘惑して争わせ、その一族と国を滅ぼしかけた。結果、皇帝を激怒させ、終身刑の罪人として今も皇城の地下牢に繋がれている。あちらにも情報媒体はあるから、知っている者は知っている話だったんだ。それが、父親の耳にも届いていたかどうかは、定かじゃないがな」

咄嗟《とっさ》に返す言葉を失い、蓮は抱いていた興味本位の気持ちを反省する。

どんな慰めを口にすればいいのか戸惑う眼前で、蘭篠が「そんな顔は、しなくていい」と明るく笑いかけてきた。

「これはお前にこんな面倒事を頼むはめになった経緯説明だから、もっと気軽に聞き流してくれ。変に気分が沈んで、腹の子に障ると困るからな」

蘭篠は冗談めいたふうに双眸を細め、再び話し出す。

「俺は自分の力を使うことに特に興味があったわけじゃないし、昔も今も向こうへ行くたびに人間界のほうが好きだと実感する。両親の消息がわかったところで満足して、こちらの住人として落ち着けばよかったんだが、血の繋がりってやつは厄介で、そうする前に果たしたいことができた」

それは、皇帝の城の地下深くに鎖で繋がれている母親に会うことだった。

「皇城に投獄されている罪人には役所に金を払いさえすれば会えるが、面会料は馬鹿高い。で、金を稼ぐために狩りを始めたんだ」

鬼仙界の通貨と人間界の通貨とは換金が可能だと聞かされ、蓮は「へえ」と驚きを漏らしながらステーキを口へ運ぶ。

「できるだけ効率よく稼ぎたいから、俺が受ける依頼の大半は大物の妖魔や妖獣の狩りだ。だが、大物を相手にすれば、それだけ危険も増える。秋俊とその話になると、狩りをやめろ、やめないでいつも大喧嘩だ」

蘭篠が秦泉寺家に引き取られたのは養父が亡くなったあとだが、蘭篠の養父と蓮の伯父は親友だったそうだ。だから、蘭篠も秋俊とは幼馴染《おさななじ》みらしい。

「母親に会って何かしたいことがあるわけじゃない。淫魔には母性や倫理観がそもそも備わっていないんだから、捨てられたことを詰《なじ》ろうとも思わない。だから、秋俊にはよけいに俺が無意味に命を危険に晒《さら》していると感じるようで、俺が自分ひとりでどうにもできない怪我でもしようものなら容赦のない嫌味が飛んでくる」

治療費もべらぼうにぼったくられる、と蘭篠は苦笑を浮かべる。

「あいつなりに心配をしてくれているのはわかるが、目的を果たすまではどうしても狩りはやめられない。自分でも時々、馬鹿なことをしていると思うことがあるが、この感情は理性や理屈でどうこうできるものじゃない。母親に——自分の命の源に、ひと目だけでも会いたいと思う本能を抑えられないんだ」

秦泉寺家に母親が連れ戻されたとき、蓮も同じような気持ちだった。どれほど強く願っても、たぶんもうあの優しい腕に抱きしめてもらうことはできないのだと、理性のどこかではわかっていた。それでも、母親を求める思いを断ち切れなかった。

わかります、と応じようとして、蓮はふと気づく。

先ほど蘭篠が言っていた、自分に見出《みいだ》した共通点とは、きっとそこなのだろう。

尋ねた蓮に、蘭篠は「そうだ」と淡く笑む。

「藺理さんがあの離れへ入れられたのと俺が秦泉寺に引き取られたのはほぼ同じ時期で、お前のことは秋俊から少し聞いていた。だから、母親に会うために何時間も雪の中に突っ立ったままのお前を見たとき、自分を見ているみたいだと思った」

「……そう、だったんですか」

初対面の自分にあんなにも優しくしてくれたのは、そのためだったのだろうか。

だからと言って傷つくのはおかしなことなのに、何だか胸がちくりと疼《うず》いた。勝手な胸の痛みから意識を逸らせるため、蓮は「あの」と高い声を発した。

「この白狐たちは何という名前なんですか？」

白嵐《びゃくらん》と紅嵐《こうらん》だと紹介される。

白嵐は全身が真っ白で知略に富み、紅嵐は勇猛果敢で足先が赤みがかっているそうだ。どちらも成体の虎ほどの大きさで、空を駆けることができるという。

天を舞い駆ける九尾の白狐――。蓮は、その姿を想像してみた。すると、自分の体内に今、確かにべつのふたつの命が存在しているのだという気持ちがふいに強くなり、感じる重みが増したような気がした。

「俺の話ばかりで悪かったな。今度はお前の番だ。宇田川さん、いつ来るんだ?」

「今月末が返済期限なので、その頃にもう一度来ると言っていました」

「連絡先、知ってるか?」

「いえ、それは聞いていません。ただ、期日までにお金を揃《そろ》えておくようにと」

「連絡先がわかれば、手っ取り早く片をつけられたんだが……。とりあえず、俺のほうは明日の朝イチでお前への報酬を用意する。宇田川さんが金に汚いなんて噂は聞いたことがないから、返せばそれで終わると思うが、もし何かあれば、俺が責任を持って対処する」

「ありがとうございます」

力強い言葉に微笑むと、報酬はいくらがいいかを尋ねられた。

「え……。ええと、宇田川さんに返済する五百万でお願いします」

それじゃ、安すぎる、と蘭篠が首を振る。

妖狐の中でも、九尾の白狐は畏怖《いふ》の念をこめて特に「天狐」とも呼ばれる。その卓越した妖力と知力ゆえに、妖魔よりも仙獣に近い存在だと見なされているためらしい。

「九尾の白狐は普通の妖狐とは格が違う。違いすぎて、使鬼にしようなどと考える者がいないせいで、そもそも売買の対象にすらならない」

怖いほど真剣な目に気圧《けお》され、蓮は言葉もなく頷く。

「白嵐と紅嵐は、俺にとっては金には変えられない存在だ。だからこそ、そいつらを救ってもらった礼は惜しまない。いくらでも、お前の言い値を払いたい」

遠慮はするな、と求められ、蓮は少し考えてみた。

けれど、宇田川に返す金以外にほしいものは思い浮かばなかった。それさえもらえれば、大学を卒業するまで何とか暮らしていける金が手元に残る。晴れて獣医になれば、自立もできる。将来は開業したくなるかもしれないが、その資金くらい自分で稼ぎたいし、思い出の詰まりすぎたこの家を相続して、住み続けたいかどうかもまだよくわからない。

だから、これ以上の報酬は望む気持ちはなかったし、初恋相手と、きっと素晴らしく美しいだろう白狐たちの手助けになれただけで十分だった。

「俺がほしいのは、五百万だけです。それから、報酬をいただくのは、俺のすべきことがすべて終わったあとで結構です。明日いただいても、銀行へお金を預けに行くのはちょっと難しいでしょうし」

おどけて言うと、蘭篠が「そうか」と笑った。

「ところで、白嵐と紅嵐がこういう状態になったのは、狩りが原因なんですか？」

蘭篠は頷く。双頭の竜を狩ろうとして、失敗したそうだ。

「あんな無様な失敗は初めてで、全員で血まみれになりながらどうにかこちらへ逃げ帰ったものの、秋俊は俺だけを助けて、そいつらを放置した。白嵐と紅嵐がいなくなれば、これまでのような狩りは、もうしたくてもできなくなるだろうと考えてな」

蘭篠が大物の妖魔を専門にした狩りができるのは、白嵐と紅嵐の妖力に拠《よ》るところが大きいという。そして、白嵐と紅嵐がいなくなった場合、同じレベルの使鬼をまた新しく得られる可能性は皆無とまで言わないまでも、限りなく低いらしい。

「助かる命を見捨ててまでなんて……、秋俊さんは蘭篠さんのことが本当に心配なんですね」

言うと、深い吐息が返ってくる。

「秋俊は、俺が人間じゃないと知っても態度を変えなかったかけがえのない友人だ。だが、あいつに何と言われようと、俺は狩りをやめるわけにはいかないんだ」

強い意思を宿す声音が、蓮の耳の奥で深く響いた。

腹部に鈍い熱を感じて、蓮は瞼《まぶた》を押し上げた。

布団《ふとん》の中で身じろぎ、そっと手を当ててみたそこは特に膨らんだりはしていないものの、昨夜と比べて何だか感じる重みが増しているような気がした。

細くついた息が、半透明の白になって空を舞う。

カーテンの隙間《すきま》からぼんやりと青い光が漏れている。まだ朝早いようだ。

まばたくと、部屋の床に客用の布団を敷いて寝ている蘭篠の姿が視界に映る。

昨夜の豪勢な料理を振る舞われての話し合いで、蘭篠は何日かのあいだ泊まりこみ、食事面も含めた蓮の体調管理をしてくれることになった。掃除機をかけて、空気を入れ換えればすぐに使えるようになる部屋はいくらでもあったが、「夜中に何かあったときのために」と蘭篠は蓮の部屋で寝起きすることを申し出てくれた。

蘭篠にそこまでさせる気持ちを生み出させているのはあくまで蓮の中にいる二匹の使鬼であって、蓮自身ではない。わかっているけれど、もう何年も自分しかいなかったこの家に誰かが一緒にいるということが――それが蘭篠だということが、とても嬉しかった。

蓮は腹部に手を当てたまま、深呼吸をした。暖房を切っている部屋の中に漂う空気は、ひんやりとしている。なのに、あまり寒いと感じないのはひとりではないからだろうか。それとも、腹部の違和感に神経が逸れているせいだろうか。

そんなことを考えながらまばたきを繰り返すうちに、腹部に広がるそれはむず痒《がゆ》いような疼きへと変わっていった。

苦しいというほどではない。しかし、鈍い熱に鼓動が炙《あぶ》られているようで、ひどく落ち着かない気分だった。蓮は吐息を震わせて、ベッドの上で上半身を起こす。

その気配で目を覚ましたのだろう。蘭篠が起き上がってベッドの横に立ち、「どうした？」と気遣わしげに問いかけてくる。

「気分が悪いのか？」

「いえ、悪いというほどではありません。でも、お腹《なか》のあたりが昨夜よりずいぶん重くなっていて……、何だかじんじんするというか、ちょっとだるいような感じで……」

答えると、ふいに屈みこんだ蘭篠の掌が額に乗せられる。

匂い立つような凄艶な美貌との距離がいきなり縮まり、心臓がきゅっと躍り上がる。

「熱は出てないようだな」

自分自身に対する確認のような声音で呟《つぶや》いたあと、蘭篠は蓮の手首を握った。

「……脈が少し速い。ヘモグロビンが低下しているのかもしれないな」

まだまだ未熟な獣医の卵にも、蘭篠の考えていることは何となくわかった。

妊娠すると循環血液量が一気に急増するために血中ヘモグロビン値が相対的に下がり、貧血の症状が出る。二匹の使鬼の命を体内で育んでいる蓮の身体にも、同様の変化が現れたと見立てているのだろう。

今、鼓動が強く、速く跳ねている原因の半分はそうなのかもしれない。けれども、あとの半分はきっと心因的なものだ。

「今日から、食事は鉄分を多めにしたほうがよさそうだな。お前、レバーや魚の血合いは大丈夫か？」

手が離された代わりに、顔をのぞきこまれる。距離がさらに近くなった、宝石のように美しい双眸に真正面から見据えられ、思考回路が一瞬停止する。

「だ、駄目です。ああいういかにも内臓とか血腥《ちなまぐさ》い系は、嫌いで……」

思わず本音をこぼしてから、蓮ははたと我に返る。

「──あ。すみません」

面倒を見てもらっている身でありながら、図々しく食材に注文をつけてしまった。蘭篠の判断を惑わす紛らわしい生理現象を示したことも含めて、強い罪悪感が湧く。

「あの、嫌いと言っても、べつに食べられないというわけじゃ全然なくて、その……」

しどろもどろで言い訳をしていたさなか、蘭篠が蓮の鼻先をつついて笑った。

「蓮。お前は、俺の無茶な頼み事を聞いてくれている立場なんだ。もっとふんぞり返って、我《わ》が儘《まま》を言っていいんだぞ？」

甘やかな笑みを向けられて、心拍数がますます高くなる。

全身に熱の波が一気に広がっていくのを感じながら、蓮は赤くなった顔を伏せる。

「い、いえ。そう言っていただけるのはありがたいですが、俺だって蘭篠さんに頼み事をしているわけですし、我が儘なんて──」

ぼそぼそと早口に紡いでいた言葉を発せなくなる異変が起きたのは、いきなりだった。

「――っ、うっ」

突然、腹部に強い熱を感じて息を詰めた瞬間、そこから二筋の眩《まぶ》しい光の帯が流れ出てきて空へ散った。反動で大きく傾《かし》いだ身体を、蘭篠の腕に抱きとめられる。

「蓮、大丈夫か？」

「え、ええ……」

弾む息で答えて、蓮は光の尾を視線で追う。

蓮の体力を瞬時にずるりと抜き取ったかのような奇妙で強烈な衝撃を残して蓮の中から飛び出たそれらは、部屋の上空を並行して旋回した。それから、蓮の脚を覆う掛け布団の上にぽとりと落ちてきた。

――とても小さくて、ふわふわとした白い子狐の姿で。

一匹は全身が真っ白で、もう一匹は足先がほんのりと赤い。被毛の特徴は聞かされていた通りだったが、二匹の尻尾《しっぽ》はどちらも一本しかなかった。

蓮の掌にすっぽりと収まってしまうほどの大きさしかない二匹の子狐は、まだ目も開いていない。三角の耳も小さく、そのせいで犬の仔《こ》と大差ない外見の二匹はぴったりと寄り添い、何かを捜すようにピンク色の鼻先を蠢かしながらよちよちと前進していた。だが、ほどなく同時に布団の上からころんと転がり落ちてしまった。

掛け布団の端でひっくり返り、仰向《あおむ》けになった格好から起き上がれず、高い声を上げてきゅうきゅうと鳴きはじめた二匹を蓮は慌てて掬《すく》い上げる。

ほんのちょっとしたそよ風で飛んでいってしまいそうなほど、ふわりと軽かった。

「……あの、蘭篠さん。この二匹が白嵐と紅嵐なんですか？」

「ああ、そうだ」

「でも、すごく……小さいですよね。尻尾も九本じゃなく、一本だけですし……。こういう形で出てくるのは、正しいんですか？」

「怪我がちゃんと癒えているという点では正しい。ただ、まあ、出てくるのが少し早すぎはしたようだがな」

蘭篠が胎袋丸のことを知った秦泉寺家所蔵の文献に書かれていた症例では、治癒師の体内で回復した使鬼は幽光化する前と同じ姿で出てくるのが通常らしい。

「……この二匹は、これから元の大きさに戻るんでしょうか？」

「俺の読んだ本にはこういうケースについての言及がなかったから、俺にも皆目見当もつかないな」

蘭篠は苦笑いを浮かべ、肩をすくめる。

「まあ、見極めがつくまで、様子を見るしかないな」

「……もし、元に戻るのに時間がかかるとわかったら、どうするんですか？」

問うと、蘭篠が双眸を細めた。蓮を気遣うふうにやわらかく。

「融さんなら面白がって育てただろうが、生活が狩り中心の俺には、そういうことはたぶん難しい。契約を解いて、鬼仙界へ帰すのがこいつらのためだろうな」

「……すみません」

「謝る必要なんてないぞ、蓮。お前は俺の無理を聞いて、ちゃんとこいつらを助けてくれたじゃないか。あのまま死なせてしまっていたら、悔やんでも悔やみきれなかった。十分なことをしてくれたんだから、何も気にするな。俺はお前に感謝してる」

「でも……」

確かに命は救えた。けれども、白嵐と紅嵐を蘭篠の望む形に戻して渡すことができなかったのは、自分に期待されたほどの力がなかったせいだ。

なのに、蘭篠の声音はただ優しくて、蓮を責める色などかけらもない。それだけに申し訳なさが募り、深くこうべを垂れたときだった。

手の中でもぞもぞと身じろいだ紅嵐が鼻先を蠢かしながら、眼前にあった蓮の右の人さし指を口に含んだ。隣の白嵐も同様に、蓮の中指をまだ歯の生えていないやわらかな口で咥《くわ》える。そして、二匹は蓮の指を吸いはじめた。

吸いつかれた指先がほのかに熱を帯び、自分の中から何かがさらさらと二匹の中へ流れこんでいくのを感じた。

しばらくのあいだ二匹は蓮の指を懸命に吸ったあと、同時に口を開いて「けふぅ」と満足げなおくびをこぼした。直後、くるんと揺れたそれぞれの尻尾が二本に増えたかと思うと、その身体がほんのわずか大きくなった。毛玉のようにただふわふわと軽くて頼りなかった感触も、確かに重みを増している。

「――これって、成長してますよね？」

頭を弾き上げ、蓮は蘭篠と視線を合わせる。

「ああ、そのようだな」

頷いた蘭篠の美貌には、あでやかな笑みが浮かんでいた。


その日、白嵐と紅嵐は二、三時間おきに蓮の指先に吸いついた。指を咥えていないときでも、二匹は蓮の体温や匂いを感じていないと不安になるふうだった。蓮が少しでも離れようとすると、激しく鳴きだしてしまう。そのため、蓮はベッドの上からほとんど動けなかったが、不便さはまったく感じなかった。あまりに勢いよく指に吸いつかれると軽い目眩《めまい》が起きてしまうこともあるので、ベッドの上にいるほうがむしろ都合がよかったし、蘭篠がつきっきりで世話をしてくれるので何だか役得な気分だった。

蘭篠によると、二匹は蓮の指先から精気を摂取して成長しているのだという。

日が暮れる頃には、二匹は朝よりも一回り以上大きくなり、目も開いた。白嵐は透き通った青の眸で、紅嵐はきらきらと輝く真っ赤な眸で蓮を見つめ、庇護欲《ひごよく》をくすぐる甘えた鳴き声を響かせた。

鬼仙界の生きもののほとんどは、人間界のそれよりも寿命がずっと長い。だから、この世界の動物と比べて成長の速度が遅いことはあっても、速いことはないそうだ。たった一日でここまで成長するのは、普通では考えられないことらしい。

通常の誕生とは違う「生まれ直し」であることに加え、蓮の精気の強さも要因のひとつだと蘭篠は考えているようだった。

期待された完璧な治癒はできなかった。けれども、治癒師としての高い潜在能力を宿しているという自分の身体を、この二匹と蘭篠のためにまだ役立てることができるらしいとわかり、蓮は安堵《あんど》した。二匹が順調に育ってくれれば、あまり時間をかけずに元の大きさに戻すことも可能かもしれない。

「晩飯だぞ、蓮」

夕食を載せたベッド用のトレイを持って蘭篠が部屋に入ってくると、枕元で重なり合って眠っていた白嵐と紅嵐の小さなピンク色の鼻がひくひくと動いた。

朝食のときも、昼食のときもそうだった。単なる嗅覚《きゅうかく》の刺激への反応なのか、美味しい匂いだとわかってそうしているのかは不明だったが、とても愛らしい仕種《しぐさ》だ。

蓮は目もとをゆるませ、二匹が目を覚まさないようにパジャマを纏う上半身をそっと起こしながら、「ありがとうございます」と礼を言う。

「寒くないか、蓮」

日中は晴れていたのに、また雪が降ってきているそうだ。窓のカーテンはもう閉めていたので雪には気づかなかったが、教えられても特に寒いとは感じなかった。白嵐たちのために暖房と加湿器をフル回転させているせいか、少し暑いくらいだ。

「ええ。大丈夫です」

答えると、蘭篠がベッド用のトレイを載せてくれた。

そこには、鰹《かつお》のカツレツとひじきのサラダ、ジャガイモと小松菜のみそ汁、そして炊きたてのご飯が並び、ほかほかと湯気を上げていた。

「いただきます」

蓮は手を合わせ、箸《はし》を伸ばす先を迷う。黄金色の衣を纏った鰹も、混ぜこまれたアボカドやプチトマトの色合いが食欲をそそるひじきのサラダも、ジャガイモのほくほく感が見た目で伝わってくるみそ汁もつやつやに輝いている白米も、どれも本当に美味しそうだ。

何を最初に味わおうか。トレイを眺めながら、そんな贅沢《ぜいたく》な悩みを頭の中で転がしていたさなか、カーテンを少し開けて庭を見ていた蘭篠がふと振り向いて笑った。

「鰹はちゃんと血合いの部分は取ってあるから、安心しろ」

「――あ、違います。そういうことを考えていたわけじゃないんです。全部がすごく美味しそうなので、どれから食べようか迷っていただけですから」

そうか、と双眸を細め、蘭篠はベッドの横に立つ。

「慣れない母狐役は、疲れるだろう？　ついでだから、食わせてやろうか？」

揶揄《からか》う眼差しで微笑まれ、顔がじわりと火照る。

「……いえ、大丈夫です。疲れるというより、楽しいので」

答えた蓮のそばで、紅嵐の尻尾がふるんと揺れた。それから目を閉じたまま伸び上がり、爪先《つまさき》がほんのり赤い前肢《まえあし》を懸命に動かして空をかきはじめる。

狩りの夢でも見ているのだろうか。

「これだけ動けるようになったら、明日にでも人型になって話し出すかもしれないな」

告げられた言葉に喜びかけ、だが蓮は思った。

妖狐なのだから、白嵐と紅嵐の生命力は、人間の赤ん坊や普通の動物の仔よりもずっと強いに違いない。意思の疎通さえできるようになれば、毎日二十四時間張りついて面倒を見る必要はなくなり、食事も自分で調達できるようになるかもしれない。

――蘭篠は二匹を連れて、もうここを出ていくつもりなのだろうか。

ふとそんな考えが脳裏《のうり》を過《よぎ》った瞬間、口が勝手に動いていた。

「あの、蘭篠さん。お願いがあるんですが……。俺、病院で――あ、外科講座の研究室に入

って て、所属が病院なんですけど、犬の赤ちゃんを何匹も育てたことがあります。しばらく……春休みのあいだだけでも、俺にこの仔たちの世話をさせてもらえませんか？　可能な限り、自分の手で大きくしたいんです」

これは高額の報酬と引き換えに受けた「仕事」だ。いくら蘭篠がここまでで十分だと言ってくれても、自分にできることはすべて、最後までやり遂げたい。

それに、獣医の卵としての本能も強く刺激されている。

勢いこんで言った蓮を見やり、蘭篠はおかしげに双眸をたわめた。

「こいつらは妖狐《ようこ》だ。犬の仔じゃないぞ、蓮」

「わかってます。でも、普通の狐とは多少違っていても、イヌ科の哺乳類《ほにゅうるい》の仲間のようなものでしょう？　お願いします。俺にもう少し時間をください。いただくお金に見合うことを、ちゃんとしたいんです」

「朝も言ったが、それはもうしてもらったぞ？」

ベッドから身を乗り出した蓮に蘭篠は笑みを向け、そして言葉を継いだ。

「だが、お前の提案に甘えさせてもらっていいか？　もし、迷惑じゃなければ、こいつらと一緒に俺ももうしばらく置いてもらえるか？」

「もちろんです。そのほうが心強いですから」

頷きをはっきり返すと、微笑む蘭篠と真正面から視線が深く絡まり合った。

本当に美しい目だと蓮は思う。吸いこまれそうに澄んでいて、ほとんど黒のような虹彩がつやめかしい。普通の日本人とは色味の濃さや煌《きら》めきが明らかに違っていて、間近でよく見てみると虹彩の中に金の斑紋《はんもん》が散っているのは、本性が狼だからなのだろうか。

蘭篠はどんな狼なのだろう。もっと親しくなれば、いつかその姿を見せてもらえるだろうか。そんな埒《らち》もないことをつらつらと考えながら、蓮はついうっとりと目の前の美貌に見惚《みと》れてしまった。

「どうした？　俺の顔に何かついているか？」

「――いえ、何でもありません」

蓮は慌ててうつむき、「じゃあ、そういうことで、いただきます」と最初に鰹のカツレツを頬張った。気のせいか、単に美味なだけでなく、何だか幸せの味がする食事だった。

その夜もまた、皆で一緒に蓮の部屋で過ごした。微睡《まどろ》みかけるつど、白嵐と紅嵐の食事を要求する鳴き声が響いてあまり眠れなかったが、少しも辛いとは感じなかった。

蓮の指を咥えたとたん、安心してぽわんと弛緩《しかん》する白い顔。小さな小さな前肢のやわらかな肉球で、蓮の指をぴたっと挟む仕種。蓮の精気を吸いすぎて腹が重くなり、動けなくなってしまう愉快な食欲旺盛《おうせい》ぶり。蓮の声には必ず反応してひらひらと揺れる三角耳と尻尾。撫でてやると、嬉しげにゆるむ口もと。

不眠の疲労感など、二匹の愛らしい姿を見ているとすぐに溶けてなくなった。それに、常に一緒に起きてつきそってくれる蘭篠の優しさにも元気づけられた。

翌日、蘭篠は使鬼に命じ、ひとりで住んでいるという渋谷《しぶや》のマンションから荷物を運ばせ、蓮の部屋の斜向《はすむ》かいを自分の居室に決めた。

そして、三日ほどが慌ただしく過ぎていった。

ほどなく走り回るようになるだろう二匹のために家中を掃除したり、エアコンがついているのは蓮の部屋だけなので納戸《なんど》にしまっていた暖房器具を引っ張り出したり。二匹の世話にかかりきりで、家の主である蓮がほとんど手伝えなかったそうした作業は、蘭篠と蘭篠の使鬼たちがおこなった。

鬼狩り師と猟鬼を兼業してはいても、蘭篠は所有する使鬼の数は少ないそうだ。白嵐と紅嵐の妖力があまりに強すぎ、二匹さえいればほかの使鬼を狩りに用いる必要がなかったためだ。だから、白嵐と紅嵐以外の使鬼はいわゆる小物の鬼たちだという。鬼仙界に長期間滞在して狩りをする際に蘭篠の荷物を運んだり、携帯電話が使えない場所にいるときのメッセンジャーの役割を果たしたりするていどの。

そうしたちょっとした雑用の経験しかない使鬼たちは蘭篠の呪言によってカスタマイズされ、たちまち有能なハウスキーパーに早変わりした。思念するだけで掃除機を動かしたり、すいすいと宙を飛びながら天井の埃を払ったり、窓を開けて空気を入れ換えたりする鬼たちは、人型やこの世界の鳥獣、異形などの様々な姿をしていた。

旭陽は鬼だったけれど外見も行動もまるっきり人間だったし、蓮に跡を継がせる気がなかった父親はその力をわざわざ見せたりはしなかった。だから蓮の目には、燐光《りんこう》を放って不思議な術を使う鬼たちを、長柄《ながえ》箒《ほうき》を持つ蘭篠が号令をかけて操る光景は、まるで賑《にぎ》やかで楽しいマジックショーのように映った。

蘭篠と、そこかしこを飛び交う鬼たちによって家中がぴかぴかに磨き上げられた頃、白嵐と紅嵐は三角耳と尻尾を生やした二歳ほどの子供の姿へ変化《へんげ》した。それぞれの目と同じ薄青と紅色の括袴《くくりばかま》に水干《すいかん》が人型の標準装備らしく、紅嵐のほうは手足の爪《つめ》が可愛らしい花びらのような薄紅色だった。

人型になると、すぐによちよちと歩き出し、喋《しゃべ》りはじめた白嵐と紅嵐が最初に発した言葉は同じだった。蓮を見つめて「たーたま」だ。

蘭篠に教えられるまで気づけなかったけれど、「お母さま」の古い言い方の「おたあさま」の意味らしい。母親だと認識されていることに戸惑ったのはほんの一瞬だけで、「たーたま」と呼ばれるつど、蓮の中で白嵐と紅嵐を愛おしいと思う気持ちが強く育っていった。

いつしか、白狐の姿をしているときでも「一匹、二匹」ではなく、「ひとり、ふたり」と見なすようになるほどに。

ガラス戸で隔たった隣のキッチンから、油がじゅうじゅうと小気味よく爆《は》ぜる音がした。香ばしい匂いがかすかに漏れてきて、鼻腔を刺激する。今日の昼食は唐揚げだろうか。蓮は蘭篠に頼まれていたさやえんどうの筋取りをしながら、座布団の上で仰向けに転がり、すぴぃすぴぃと寝息を立てている小さな白狐たちを眺めやる。

今年は雪が多い。白嵐と紅嵐が生まれ直して一週間目を迎えた今日も時折、窓の向こうで粉雪が風に舞っていた。人型になると寒いらしく、ふたりは朝からずっと白狐のままだ。まだ三角耳が小さいせいで、ふたりの姿は犬の仔と見分けがつかない。いとけなく眠る様子を見ていると、自然と笑みがこぼれおちる。

蓮は筋を取ったさやえんどうを入れた笊ざるを持って、キッチンへ入る。

居間のほうはオイルヒーターで暖めているが、キッチンには暖房器具を置いてない。ふたりの安眠を冷気で妨げないよう、蓮はすぐにガラス戸を閉める。

「蘭篠さん。さやえんどうの筋取り、終わりました」

筋を包んだ新聞紙をゴミ箱に捨てて言うと、セーターの袖《そで》をまくり、ギャルソンエプロンを腰に巻いた蘭篠が、肩越しに振り向いて「サンキュ」と笑う。

「そこへ置いといてくれ」

作業台も兼ねたテーブルを穏やかな眼差しで指し、蘭篠は手際よく油の中の肉をひっくり返してゆく。

初恋の残骸の破片がまだ心のどこかに残っているのか、腰のラインが際立つ格好が何だかなまめかしく映る。袖がまくられているので、はっきりとわかる腕の筋肉のしなやかな動きにも、妙に胸がときめいてしまう。

小さく息を吸って鼓動の乱れを宥《なだ》めた蓮はテーブルの上に盆ざるを置き、蘭篠の手もとをのぞく。昼食のメインディッシュは豚の唐揚げのようだ。蓮が筋を取ったさやえんどうは、溶き卵と一緒にみそ汁に入れるそうだ。

「ずっと不思議だったんですが、術を使ってぱっと料理を出したりはしないんですか？」

「俺が使っているのは呪術だぞ、蓮。呪《のろ》う術と書いて、呪術だ。生活を便利にするために使うものじゃない」

言って、蘭篠はおかしげに笑う。

「でも、この前、術を使って掃除してくれましたよ？」

「あれは特別だ。それに、料理は手順や仕上がりなんかを考えながら、自分の手で一から作るのが楽しいんだ」

胸の中でふわふわとときめきが舞っているせいで、自分に対して発せられたものではないとわかっていても「特別」という言葉が鼓膜をくすぐり、耳朶《じだ》を熱くする。

「ところで、あいつら、まだ腹丸出しのままか？」

「ええ。お腹を丸出しにした大の字ポーズで、ぐっすり寝てます。毛布を掛けたら蹴飛ばすので部屋の温度がちょうど適温なんでしょうけど、風邪をひかないか心配です」

「普通の狐じゃないからな。風邪の心配はないだろう」

肩を揺らして笑った蘭篠は唐揚げをバットの上に取り出し、キッチンタイマーをセットする。今でも十分美味しそうだが、数分休ませて二度揚げすると衣がよりカリカリになるらしい。そんな説明をしながら、蘭篠は水を張った片手鍋を火にかけ、さやえんどうを洗う。

「それにしても、警戒心の塊だったあいつらが、飼い慣らされた猫みたいにヒーターの前で腹を出して寝こける日が来るとはな」

「あ。調べてみたら、狐ってイヌ科に属していても猫っぽいみたいですよ。瞳孔が縦長のところや、木に登ったりするところなんかが。白嵐と紅嵐の瞳孔も縦長ですし、妖狐でもこちらの世界の狐と特徴が一致しているのかもしれませんね」

「そう言や、俺は木を見ても登りたいとは思わないが、あいつらはやたらと登るな」

鬼仙族の血が流れている蘭篠は狼の本性を持つ。本性に関してははっきりと告げることこそしないものの、蘭篠は自身が純粋な人ではないことを隠そうともしていない。きっと、蓮がそれを旭陽や秦泉寺の者から教えられているとわかっているのだろう。

蘭篠の今の口ぶりも、質問を拒むようなものではなかった。

蓮は蘭篠の本性について興味がある。被毛や肉球の色、大きさ、どんな能力があるのか。訊いてみたい気持ちが常に胸の中にあったけれど、昔、旭陽に告げられた「本性は大切な相手にしか見せないものだ」という言葉が脳裏にちらつき、口にできなかった。

だが、実際にはそれほど大きな禁忌ではないのかもしれない。尋ねてみようかと迷っていたとき、『おたあさまぁ』と蓮を呼ぶ白嵐の声が頭の中で響いた。

人型のときとは違って、白狐の姿のときは声帯の構造上、言葉を発することができないので、ふたりは蓮の頭の中に直接語りかけてくる。あるていどの力を持った妖魔なら、生まれてしばらくすれば立てるのと同じくらい自然にできるようになることで、術と呼ぶほどではないらしいそれは、心話という技だそうだ。

心話の声は普通の声が届く範囲にしか届かないが、話しかけられている対象だけでなく、そのそばにいる能力者にも伝わる。だから、白嵐の甘えた声は蘭篠にも聞こえたようだ。

「メシの催促みたいだな」

「そのようですね。行ってきます」

微笑んで踵《きびす》を返した蓮の背に、蘭篠が「お前の昼メシも、もうすぐできるぞ」と優しい声をかけてくる。

「楽しみにしています」

胸を弾ませて言って、蓮は居間へ戻る。オイルヒーターの前に敷いた座布団の上で、朝食後の眠りから目覚めたばかりの白嵐と紅嵐がふわふわと小さなあくびを繰り返していた。

「ちゅうちゅうか、お前たち」

ふたりが転がっている座布団は、蓮が長年使いこんできたものだ。まだ一日を食べるか寝るかだけで過ごすふたりのために、この部屋での寝床用にはもっとふかふかの新品を準備していた。しかし、ふたりが寝床に選んだのは、蓮の匂いがする使い古しのほうだった。

『違いまする。まだお腹は空《す》いておりませぬ』

白嵐が首を振ると、紅嵐も『わたくちも』と少し舌足らずに言う。

尻尾は二本のままだけれど、この六日間でふたりはずいぶん成長した。ふたり一緒に蓮の片方の掌にすっぽりと収まっていた身体は倍の大きさになり、耳がぴんと立ってきた。言葉も最初は「たーたま」と、食事を要求する「ちゅうちゅう」しか口にできなかったのに、たった一日で会話ができるほどに語彙が増えた。

驚いたことにその日のうちに漢字まで読めるようになり、生まれ直してからしばらくはひたすら蓮にべったりで、その存在を意識している様子がまるでなかった蘭篠のことを「ご主人様」と呼ぶようになった。そして、歯も生えてきた。

「じゃあ、歯がかゆいのか?」

この世界の生きものと同様、妖狐も歯の生えはじめは口の中がむずむずするらしく、昨日のふたりは食事どき以外も始終、蓮の指を噛みたがった。また指を咥えたいのかと思ったけれど、今度も白嵐が『違いまする』と首を振った。

『もうかゆくありませぬ』

白嵐はあがっと口を開け、何やら誇らしげに中を見せる。眠っているあいだに、乳歯がすっかり生えそろったようだ。

「すごいな」

成長の仕方が尋常ではないことはもう十分承知していても、たった数時間で起こった変化に蓮は目を丸くする。すると、紅嵐も『おたあさま。わたくちも』と懸命に大きく口を開く。紅嵐の乳歯もちゃんと生えそろっていた。

「紅嵐もすごいな」

蓮は笑って、紅嵐と白嵐の頭を指先で撫でる。ふたりは満足そうな笑顔になる。

「すごいけど、じゃあ、どうしたんだ？　寒くなったのか？」

尋ねた蓮に、ふたりがふわんと笑って同時にかぶりを振る。

「じゃあ、どうして呼んだんだ？」

『おたあさまがいなかったからです』

白嵐の答えに、紅嵐が『でしゅ』とつけたす。

空腹や何かの不快感などの特に訴えたいことがあるわけではなく、ただ純粋に甘えられているのだとわかり、蓮は目もとをゆるませる。

昨日あたりから、蓮が少し離れたくらいでは鳴かなくなっていたので、そろそろ自立心が芽生えてきたのかと思っていたけれど、ふたりはまだまだ甘えたい盛りのただ中のようだ。

「そうか。ごめんな」

蓮は自分の未熟な育ての親ぶりを反省しつつ上半身を屈ませ、無防備に晒されている腹部を鼻先でつついた。ふたりはくすぐったそうに高い笑い声を響かせて、蓮の頬にやわらかな肉球をぴたんぴたんと押し当てた。

肌の上でぷにぷにと弾むその感触に、蓮の目はますますゆるんだ。

ふたりの指は時折、鼻先をかすめ、心地のよい匂いを振りまく。

「――なあ、お前たち。足の裏、見せてくれるか？」

小さい頃から動物が好きだった蓮には、犬や猫を見るとつい挑戦してしまう癖がある。

肉球の匂いを嗅《か》ぐことだ。

これまではきちんと世話をすることと、可愛いと思うことだけで頭が一杯で、肉球にまで気が回らなかった。けれども、空腹でもなく、歯もかゆくなく、ご機嫌な様子のふたりを目の前にすると余裕が生まれ、それは肉球への欲求に火をつけた。

『はい、おたあさま』

ふたりは奇妙な求めを訝《いぶか》しむことなく無邪気に返事をして、四肢を蓮に向けてぴんと伸ばす。みずみずしくつやめくピンク色の肉球のすべてが、眼前であらわになる。蓮は白嵐と紅嵐の足裏に、代わる代わる鼻先を埋めた。

嫌がられたらすぐにやめるつもりだったが、返ってきたのはきゃっきゃっと弾む笑い声だけだった。蓮は思う存分、ふたりの肉球に鼻を擦《こす》りつけて匂いを嗅いだ。夢中になるあまり、いつの間にか寝そべり体勢になって鼻を押し当てていた。

「白嵐の肉球はお陽さまの匂い、紅嵐の肉球はりんごの匂いがするな」

蓮の言葉に、白嵐と紅嵐が不思議そうに目をしばたたかせた。

『お陽さまの匂いとは、どんな匂いですか？』

白嵐が問えば、紅嵐も『りんごの匂いとはどんな匂いでしゅか』と首をちょこんと傾げる。

「お陽さまの匂いは、心がほかほかして温かくなる匂い。りんごは甘くて、優しい匂いだよ」

そう説明をすると、ふたりは自分の前肢の匂いをくんくんと嗅いでから、互いのそこへ鼻先を近づけた。

『そんな匂いはいたちませぬ、おたあさま』

仰向けになった格好のまま、紅嵐が短い四肢をばたばたと動かして訴える。

『わたくちの足の裏からはわたくちの匂いしかしませせぬ』

紅嵐の隣で、白嵐もおなじことを口にした。

「うん。だから、お前たちの匂いがお陽さまとりんごの匂いなんだよ」

蓮はふたりを見つめて微笑む。

「もうちゃんと覚えたから、目を瞑《つぶ》っていても、どちらの匂いかわかるよ」

本当でございますか、とふたりが声を揃える。

『ならば、目を瞑ってくださいませ』

白嵐の求めに応じ、蓮は目を閉じる。直後、鼻にぴたんとやわらかな肉球が当たる。

『これはどっちの足でございましゅか』

「白嵐」

一瞬で嗅ぎわけると『ふおぉ』と紅嵐が感嘆の声を上げ、肉球が入れ替わった。

次も即座に言い当てる。また、肉球が入れ替わる。そんなことを繰り返すうちに、ふたりはだんだん興奮してきたのか、肉球が鼻先に当たる速度が上がっていった。

爪も一緒にちくちくと当たったが、痛いとは感じなかった。普通の犬や猫だと嫌がられて逃げられることが多いだけに、合意で肉球嗅ぎができる幸せで胸がいっぱいだった。幸福感が胸の中で躍り、蓮はつい目を開けて相好を崩す。

「お前たちの肉球はいい匂いだな。世界一の肉球だ」

『ああ！　目を開けては駄目でございます』

『ずるは駄目でしゅ』

抗議の白狐パンチが、蓮の両頬にぺちぺちぷにぷにと炸裂する。

「ごめん、ごめん。ほら、ちゃんと瞑ったよ」

もう楽しくて仕方がなく、ふたりに顔を擦りつけて肉球嗅ぎに耽《ふけ》っていたときだった。

「何してるんだ、蓮」

不審そうな声がして振り向くと、いつの間にかこちらの部屋へ入ってきていた蘭篠がローテーブルに昼食を並べていた。

『肉球くんくんでございます、ご主人様！』

『おたあさまは、我らの肉球をくんくんするのが大好きなのでしゅ！』

たぶん端《はた》から見ればかなりの痴態だろう行為への言い訳を蓮が考えるより先に、ふたりが元気よく返す。すると、蘭篠が大きく片眉を撥ね上げた。

「どれだけ嗅いでたんだ、お前。鼻の頭が真っ赤だぞ」

夕方が近くなった頃、白嵐と紅嵐が『寒うございます』と騒ぎはじめた。

雪はやんでいたが、日が落ちて気温が一気に下がったせいだろう。古いオイルヒーター一台では確かに暖が取りにくくなっていたので、石油ストーブを追加した。

赤々と燃える炎と、ストーブの上に載せたやかんがしゅんしゅんと吐き出す湯気を、ふたりはとても気に入ったようだ。暖かく潤った空気に満足そうな顔をして、蓮の精気をいつもよりたくさん飲んだ。そして、座布団の上でぴったりと寄り添って眠った。

もうすぐ自分の夕食が並ぶテーブルを拭《ふ》きながら、透き通ったピンク色の鼻がぴくぴくと動く愛らしい寝姿を眺めていた蓮は、ふとあることに気づいてまたたく。

昼間はまったく同じだったふたりの身体に体格差が現れている。言葉遣いは紅嵐のほうが舌足らずだけど、紅嵐の身体が白嵐よりわずかに大きくなっていた。その足先を飾る赤も鮮やかさを増している。

「蘭篠さん。白嵐と紅嵐って、どっちがお兄ちゃんなんですか?」

キッチンから夕食が載ったトレイを持って入ってきた蘭篠に、蓮は問う。

「さあなあ。俺も何度かこいつらに訊いたことがあったが、どっちも自分のほうが年上だって言い張って、結局わからないままだ」

答えて笑い、蘭篠はローテーブルの上に色鮮やかに盛りつけられた料理皿を蓮の前に置く。

今日の夕食は黄金色につやめくバターライスが添えられた鶏のレモンクリーム煮と、パセリソースがたっぷりついた温野菜サラダだ。それぞれの皿から、身体の芯《しん》まで温まりそうな、ほくほくとした湯気が上がっており、食欲をそそられた。

「それから、言い忘れていたが、こいつらは兄弟じゃないぞ」

「え。こんなにそっくりで、兄弟っぽい名前なのに、ですか?」

「名前はこいつらを使鬼にしたときに、俺がつけたんだ。二匹一緒に調伏したから、名前がセットっぽいのはそのせいだ。それに、同じ種族の赤ん坊だから今は似ているように見えても、もうちょっと育てば違いがはっきりしてくるぞ。成体の人型だとこいつらは、東洋人と欧米人くらい顔の造りも異なってるしな」

そう告げて蓮から布巾を受け取り、キッチンへ引き返した蘭篠は、すぐに自分のぶんの食事を載せたトレイを持って戻ってくる。皿を蓮の向かいに並べ、腰を下ろした蘭篠と視線を合わせ、「いただきます」と手も合わせる。

「そう言えば、使鬼の名前って、その鬼を調伏した術師がつけるんでしたね」

旭陽の名前も父親がつけたものだったことを、蓮は思い出す。

「ああ。術師と鬼の契約は力による調伏のあと、最終的に名前を介して成立するからな。真名《まな》を——鬼が持つ本当の名を奪い、僕《しもべ》としての新たな名を与えることで、鬼は鬼狩り師の使鬼となる」

「蘭篠さん、白嵐と紅嵐は妖魔よりも仙獣に近い存在だって言ってましたよね。そのふたりを使鬼にしたということは、蘭篠さんはトップレベルの鬼狩り師なんですか？」

「トップってことはないな」

なぜだろうか。肩をすくめた蘭篠は、謙遜《けんそん》しているというふうでもなかった。

「でも、天狐の白嵐と紅嵐を纏めて調伏したんでしょう？」

「漁夫の利でな」

　言って、蘭篠は温野菜サラダの皿から摘んだブロッコリーを口に放りこむ。

「九尾の妖狐は鬼仙界でも数の少ない珍種だが、どういうわけか、こいつらは隣り合った山に棲《す》みつき、長いあいだ縄張りを巡ってしのぎを削っていた」

「仲が悪かったんですか、白嵐と紅嵐」

俄《にわか》には信じられなかった。蓮は目を見開きつつ、スプーンで掬った鶏肉を頬張る。

ほろほろと肉がとろけた口の中に、爽《さわ》やかなレモンの風味が広がる。オイルヒーターとストーブが稼働する部屋の中はシャツ一枚でも過ごせそうなくらいに暖まっており、レモンの酸味がもたらしてくれる清涼感が心地いい。

「かなりな。境界線の周辺で出くわすたびに派手な喧嘩になって、その最中に放出される妖力の影響で大嵐が起こり、周辺の村の畑や建物がしょっちゅう吹っ飛んでたらしい」

そのため、討伐隊が組まれたこともあったという。しかし、ふたりが棲息《せいそく》していた辺りは山や森の緑は豊かだったが、辺境地の貧しい農村だったせいで腕に覚えのある者もおらず、成功しなかったそうだ。その国を治める王からの助けもなく、村人は仲の悪い妖狐のはた迷惑な縄張り争いに頭を悩まされ続けていた。

ところがある日、思わぬかたちで村人たちは妖狐の災厄から解放されたという。

「いつもの鉢合わせからの闘いがエスカレートした末に、相打ちの致命傷を負ったんだ。で、身体の自由がきかなくなったこいつらが、空から降ってきた」

それは、蘭篠が父親を捜すために初めて鬼仙界へ渡った日の出来事らしい。

捜す当てなどなかったので、ダーツの矢が命中したその村へまず行ってみた蘭篠が道を歩いていると、瀕死の天狐が二匹、いきなり目の前に降ってきたのだそうだ。

「死にかけていたから調伏するのは簡単で、命を助ける代わりに俺の使鬼になる条件で契約を交わしてこっちへ拾って帰った」

使鬼となった妖魔や妖獣は、主人が念じた形になることができる。小さくして鞄に詰めて運んだ二匹を、当時はまだ存命していた蓮の祖父に治療してもらったらしい。

「……なるほど。それは確かに漁夫の利ですね」

蓮は思わず、大きく頷く。

「その頃の俺は、鬼仙界については秦泉寺の書庫に入り浸って得た間接的な知識しか持っていなかったし、狩りを生業《なりわい》にするつもりもなかった。だから、最初はこいつらをボディーガードも兼ねたガイドに使ってたんだ」

なかなか便利な空飛ぶタクシーだったそうだ。

「あの、ちなみにこのふたりの名前って、嵐を起こす白狐と、やっぱり嵐を起こす赤毛混じりの白狐で、白嵐と紅嵐ですか？」

「ネーミングセンスに関する批判は受けつけないぞ。こいつらを拾ったとき、俺は十二のガキだったんだ。シロとアカにしなかっただけでも上出来だろう?」

そうですね、と蓮は笑う。それから、天狐タクシーに乗った蘭篠少年の冒険譚《たん》を聞いた。出くわした山賊団《さんぞくだん》と闘ったり、父親に関する情報と交換するために畑を荒らす妖獣を退治したり、一宿一飯の恩義からの成り行きで、無辜《むこ》の民を虐げる残忍な領主を、一国の宰相《さいしょう》をも凌《しの》ぐという白嵐の才知によって懲《こ》らしめたり——。

冒険映画のようにドラマチックな話に胸を躍らせながらすべての皿を空にした頃、蘭篠にビールと甘い物は大丈夫かと問われた。頷くと、蘭篠がキッチンから、小さな酒瓶二本とグラス、そしてアイスクリームのカップをひとつ載せたトレイを運んできた。

蓮の前には、見慣れないローズレッドのラベルが貼られたビール瓶と生チョコレートのアイスクリームが、蘭篠の前には日本酒の小洒落《こじゃれ》た青いボトルが置かれる。

どちらも三百ミリリットルていどの可愛らしい酒瓶は、バレンタイン商戦中のスーパーの福引きで当たったチョコビールと、チョコレートが合う日本酒だという。

アイスクリームは店員に勧められ、蓮用に買ったものらしい。

「蘭篠さんのアイスはないんですか?」

「俺は甘い物は、あんまり。お前は好きそうな顔をしてるよな」

「好きですけど、甘い物が好きそうな顔ってどんな顔ですか?」

「お前みたいな顔だ」

答えになってない答えを返し、口角を上げた蘭篠につられ、蓮も笑みをこぼす。

「でも、チョコビールって初めて見ましたけど、チョコレートが入ってるんですか？」

バレンタインデーはまだ少し先だし、そもそもこれはただの福引きの賞品だ。それでも、蘭篠から「チョコ」をもらえたことに、何だか胸が高鳴ってしまった。

「いや。普通のビールに使うものよりも長く焙煎《ばいせん》して、カカオ風味にした麦芽を使ってるから、そういう名前なんだそうだ。店員の話じゃ、甘い物が好きな奴なら大抵はチョコアイスとの合わせ技が病みつきになるらしいぞ」

ま、飲んでみろ、と蘭篠が瓶の栓を抜く。グラスにそそがれたビールは、濃いチョコレート色。泡も淡いチョコレート色で、芳醇《ほうじゅん》なカカオの香りがふわりと広がった。

蓮は蘭篠のグラスに透き通った日本酒をそそぎ返し、「いただきます」とグラスを掲げて、ふと手をとめる。今の自分が、「授乳中の母親」だということ思い出したのだ。

「俺、アルコールを摂取しても大丈夫なんでしょうか？」

「ああ、大丈夫だ。母乳と違って、精気の原料は血液じゃないからな」

医者の顔での説明を受け、蓮は安心してビールを飲む。

まろやかでこっくりとした濃い甘みが好みで、口に含んだ瞬間、頰が弛緩した。続けて、アイスクリームを食べる。カカオの風味が重なって、口の中でとけてゆく濃密な感覚がたまらない。蓮は思わず声を高くした。

「これ、すごく美味しいですよ、蘭篠さん！」

「美味い、が社交辞令じゃないともろわかりのそういう顔をされると、当てた甲斐があったってものだな」

蓮のほうこそ、その言葉が社交辞令ではないとわかる笑顔を見せられ、面映ゆくなる。まだ一口しか飲んでないのに、目もとが赤く染まっていくのを感じた。

「あの、蘭篠さんも少し飲んでみますか？　チョコビールの名前が納得の濃いカカオ味ですけど、あとを引くような変な甘さはないですよ」

上気した顔の頤《おとがい》を少し引いて伏し目がちに、蘭篠にもチョコビールを勧めてみる。すると、蘭篠は何かを言いかけて口を開く。しかし、ビール瓶をちらりと見やると、舌に乗った言葉を払うかのように「いや」と首を振った。

「俺は日本酒《こっち》でいい」

「蘭篠さん、もしかしてビールが嫌いなんですか？」

「そういうわけじゃないが、今晩はビールよりもこっちの気分なんだ」

言って、蘭篠は肩をすくめる。

「それに、お前が美味いと言うものは全部お前に飲ませたい。お前の混じりけなしに嬉しそうな顔が、俺にとっては酒の肴《さかな》だからな」

真正面からあでやかな笑みを向けられ、全身が火照った。

美味いものだからこそ分け合いたいという思いもあったが、蘭篠に喜ばれる嬉しさのほうが大きく、蓮はビールを飲む手がとまらなくなる。蘭篠と他愛もない話をしながら、ビールとアイスクリームを交互にせっせと口へ運んだ。

甘いチョコビールはアルコール度数が高めなのか、酒に弱いわけでもないのに、ほどなく顔が真っ赤になってしまった。そして、ふわふわとした酩酊感《めいていかん》を覚えはじめた頃、テーブルの端に置かれていた蘭篠のスマートフォンがメール着信を報《しら》せて鳴った。

スーパーの明日のチラシが配信されたそうで、蘭篠は妙に真剣な眼差しを画面に向ける。

この近辺にはディスカウントストアから、様々な専門店のテナントが入った高級スーパーやショッピングモール、デパートがある。蘭篠はその日の献立によって利用する店を変えているが、ちょうど明日行く予定だったスーパーからの配信らしい。

蘭篠がスーパーのチラシ購読の登録をしていたことにも驚いたが、人並み外れた希有《けう》な美貌の持ち主だと、チラシをチェックする姿にすら魅力的な色気が漂うことにも驚きを覚えた。もしかすると、蘭篠ならコンビニでアダルト雑誌の立ち読みをしていてもやたらと格好よく見えたりするのだろうか。そんなやくたいもないことをもわもわと考えた頭の隅で、『おたあさまぁ』と紅嵐の声がかすかに揺らいだ。

起きたのかと思って慌てて座布団のほうを見たが、寝言だったようだ。

口もとをふにふにと動かしていた紅嵐がふいにごろんと寝返りを打って腹出し万歳ポーズ

になると、なぜか白嵐も転がって同じ体勢になる。

やはり、赤の他狐とも、深刻に険悪な仲だったとも思えないシンクロ率の高さだ。

「白嵐と紅嵐は、蘭篠さんの使鬼になってからも喧嘩を続けていたんですか？」

いや、と蘭篠はスマートフォンの画面から視線を外さないまま、首を振る。

蘭篠に仕えているあいだは争いをしない契約になっているそうだ。

「ま、と言っても、契約で心の中まで変えられるわけじゃないから、いつも嫌そうにむすっとした顔で、二匹並んでたな」

「むすっと、ですか」

「ああ。本来のそいつらは天狐なだけあって、やたらと気位が高くて、愛想もすこぶる悪いからな。笑うのも、嘲笑《ちょうしょう》か失笑をするときだけだった」

「へえ。そうなんですか……」

これから成長するにつれ、元々の性格や互いへの反発心が出てくるのかもしれない。ふたりを元の状態に戻すのが蓮の仕事だけれど、できることなら可能な限り長く今の愛らしさを保ってほしいとついつい願わずにはいられなかった。

蓮はグラスを置き、ふたりの上に屈みこんでそっと頬ずりをする。

ふたりは眠ったまま、ほわんと口もとをゆるませた。あどけない寝顔に浮かんだ極上の笑みに、ただでさえ酔いの回った頭の中が蕩けてしまう。

「蓮。明日、築地《つきじ》直送のトロびんちょうの特別販売があるってさ。朝、早めに並んでたっぷり買いこんでくるから、昼は漬け丼にでもするか？」

「んー。生はちょっと」

白嵐と紅嵐を見つめながら、蓮はとろんとした声を返す。

「皮も血合いもちゃんと処理するから、生でも血腥くはないぞ？」

でも、生はちょっと、と繰り返し、蓮はふたりの足裏から放出される肉球の匂いを吸いこむ。白嵐と紅嵐が放つ香りには、幸せホルモンであるセロトニンの分泌を促す物質でも含まれているのか、胸の中で温かな気持ちがくるくると舞う。

「お前、もしかして鮨《すし》も駄目なくちか？」

「はい、駄目です」

ふたりの愛くるしさに破顔し、笑いをこぼしていると、眠る紅嵐の前肢が伸びてきた。すぐ目の前で、もっちりとしたピンク色の肉球が蓮を誘惑するように揺れる。

「魚も肉も、内臓系じゃなくても生は全部駄目なのか？」

「辛子明太子《からしめんたいこ》なら好きですすよ」

答えて、蓮は肉球に鼻先をひたりと押し当てた。

昼間、蘭篠には奇癖を見るような眼差しを向けられたが、どうせもうばれてしまっているのだから、それ以上我慢する必要はないように思ったのだ。

「なあ、蓮。お前、桃とか、桃味のゼリーとか、サランネオが好きか？」

サランネオは、最近よくテレビでＣＭが流れているジェルボール状の洗剤の洗剤だ。なぜ桃と洗剤が同列で並ぶのか、とても不思議だった。

「特別に好きや嫌いはないですけど、どうしてここでサランネオが出てくるんですか？」

「生でも辛子明太子だけはいけるんなら、お前はピンク色のぷにぷにしたものなら何でも好きなのかと思って」

そう言われ、蓮はようやく気づく。自分のためにいい食材を買い求め、料理を作ってくれている蘭篠に対し、まるで感謝のない言い種を放ってしまっていたことに――。

いささかみっともない格好でふたりのほうへ倒れこんでいた上半身を、慌てて起こす。

しかし、蘭篠は少しも怒っているふうではなかった。

酔っ払いの戯《ざ》れ言《ごと》だと大目に見てくれているのだろうか。蓮に向けられる眼差しは、ただ甘いばかりだ。だから、蓮はつい調子に乗ってしまった。

「俺が好きなのはピンク色のぷにぷにじゃなく、肉球です」

蓮は、蘭篠のそばまでにじり寄って告げる。そして、酒の勢いも手伝い、「肉球なら、何色でも好きです！」と声を大にして主張する。

「ピンクでも、黒でも、灰色でも、まだらでも、どんな肉球でも大好きです。肉球は肉球であるだけで、この世の正義なんです！」

「……お前、まさか、肉球を嗅ぎたいから獣医になる、とかだったりするのか？」

「肉球だけが理由じゃないですけど、目指すきっかけになったひとつではあります。獣医になれば、日常的に色んな動物の肉球にたくさん会えますから」

「見かけによらず、かなり危ない奴だな、お前」

「危なくなんてないです」

「いや、危ない。お前、仮にも獣医の卵なんだから、肉球のにおいがエクリン腺《せん》から分泌される汗のにおいだって承知の上で嗅いでるんだろう？　不特定多数の汗を嗅いでにやにやしたり、鼻の頭が赤くなるまで足の裏に顔をくっつけてる奴は、世間では普通、立派な変態と見なされるんだぞ」

おかしげに声を弾ませ、テーブルに肘《ひじ》をついた蘭篠は蓮を指さし、「だから、お前は変態エクリン腺マンだ」と断じる。

「人間が人間の足の裏の匂いを嗅いで悦《よろこ》んだりすれば確かに変態でしょうけど、異種族間では信頼関係を深めるためのスキンシップの一環です」

だから俺は変態じゃありません、と蓮も力強く否定し返す。

「それに、俺は嫌がられたら無理強いはしませんし、肉球の匂いを嗅ぐのが好きな人ってたくさんいるんですよ？　会員が女の子ばかりなので俺は入ってませんけど、俺の通ってる大学には、肉球愛好会がみっつありますし」

「何でみっつもあるんだ?」

「猫派と、犬派と、肉球なら何でも来い派でみっつです」

「デリケートな器官をもてあそばれる側からすると、近寄りたくない大学だな」

笑みを広げた蘭篠もほろ酔い気分のようだ。ずいぶん機嫌の良さそうな笑顔だったので、蓮はずっと訊いてみたかったことを尋ねた。

「蘭篠さんの肉球は何色ですか?」

「教えない」

間髪《かんはつ》をいれずに言って、蘭篠は肩を大きく揺らす。

「教えたら寝込みを襲われて、足の裏に顔を突っこまれそうだからな」

「蘭篠さんが人間の姿のときには、そんな痴漢みたいなことはしません」

「狼だったら、しそうな顔だな」

絶対にしない、と誓う自信がなかったので、蓮は畳の表面をもじもじと爪先で弾きながら
「じゃあ、毛は何色ですか?」と質問を変える。

「白銀」

「白銀……。ということはつまり、北極狼のきらきらバージョンアップみたいな感じですか?」

その喩《たと》えはどうかと思うぞ、と蘭篠は笑う。

「だが、まあ、外れてはいないな」

「大きさはどのくらいなんですか？」

「虎より少し大きいくらいだな」

被毛を白銀に輝かせるその凜々《りり》しく美しい姿を、蓮は想像してみる。

「……すごく綺麗なんでしょうね、狼の蘭篠さん」

「おだてても、足の裏は嗅がせないぞ」

あでやかに笑んで、蘭篠は酒を飲んだ。酔いが回っているせいでそう感じるのか、グラスを持つ指や手の動きが何だかとてもなまめかしい。肉球の色は教えてもらえなかったけれど、狼の本性をいつかは見せてくれそうな口ぶりがどうしようもなく嬉しかった。

蘭篠が本性を見せてもいいと思える存在に、少しは近づけたのだろうか。

ストーブの上のやかんがしゅんしゅんと響かせる蒸気の音に煽《あお》られるように、蓮は体温が高まっていくのを感じた。


白嵐と紅嵐の親代わりになってから、蓮は眠りが浅くなった。枕元のクッションがもぞもぞ蠢く振動で目を覚まし、反射的に跳ね起きると、寝ぼけまなこのふたりが可愛らしいあくびをしながら人型になった。今朝は寒さがいくぶんやわらいでいる。

「おはよう、お前たち」

おはようございます、とふたりは声を揃えて笑い、蓮に擦り寄ってきた。

床の布団はもう畳まれていて、部屋の中に蘭篠の姿はない。澄ました耳に、キッチンが使われている心地のいい音がかすかに流れこむ。

蓮は着替え、ふたりを抱いて居間へ移った。オイルヒーターで快適に温められていた部屋の中は、隣のキッチンから漂ってくる食欲をそそる匂いで満たされていた。

まだ口に入れたいとは思わなくても、蘭篠が作る料理の香ばしさに刺激を受けたのか、「おたあさま、ちゅうちゅう！」とふたりが左右から蓮の首もとにぎゅっと抱きつく。

「ちょっとだけ待てるか？　おたあさまは、蘭篠さんに朝のご挨拶をしてきたい」

つい自分で自分を「おたあさま」と呼んでしまい、蓮は驚く。慌てて言い直そうとしたが、適切な一人称が浮かんでこない。

生まれ直して四日目には片言を話し出し、翌日になると漢字まで読めるようになった白嵐と紅嵐の頭の中は、とても曖昧でアンバランスだ。

蓮や蘭篠がつけていたテレビを見て「軍艦島と軍艦巻きは何か関係があるのでございますか？」や「ふおぉ！　このニュースキャスターは蘆屋道満《あしやどうまん》にそっくりでしゅ！　DNAが繋がっているのやもしれましぇぬ！」などと、およそ幼児には似つかわしくない知識を披露したかと思えば、猫が出演するCMを目にして「あのふわふわしたかわゆい生きものは何でございますか？」ととても不思議そうに尋ねてくる。

教えなくても、蘭篠への最初の呼びかけが「ごちゅじんちゃま」だったので、蘭篠が主人であることは覚えているようだ。しかし、そのご主人様に「だっこしてくださいませ」や「ストーブつけてくださいましぇ」と甘えた声で要求したり、「ご主人様は男の人なのに、おたあさまのお女中をしておられるのですか？」と真顔で訊いたりすることを考えると、「ご主人様」の意味をちゃんと理解しているのかは怪しい。

ふたりは遥か昔の知己らしい蘆屋道満のことは覚えていても、今ここにいる理由はまったくわかっていないふうだった。どうやら、以前の記憶と知識が無秩序に混ざり合ったり、抜け落ちたりしている様子で、自分たちが九尾の白狐だと自覚しているのかも定かではない。

とは言え、日常生活に不便はなく、蘭篠が「ま、そのうち、おいおいと思い出してくるだろう」と楽観視しているので、蓮も特には心配していない。

今はただただ小さくて、やわらかくて、可愛らしいだけのふたりに対して、「俺」という一人称を使うのは何だか乱暴な気がする。かと言って、カタカナ語を知ってはいても、全体的に語彙が古いふたりに「お母さん」や「ママ」が通じるかはわからない。そもそも、日常からはかけ離れた時代劇のセリフのような「おたあさま」とは違って、現実味を強く感じる言葉なだけに使用するのは恥ずかしくて躊躇《ためら》われる。

自分自身に「さま」と敬称をつけるのは不適切だが、どうせこの家の中だけのことで、誰に聞き咎《とが》められるわけでもない。それに、使う期間も限定されている。

――まあ、いいか。これはあれだ。幼稚園の教諭が子供たちの前で自分のことを「先生」と呼ぶのと同じだ、たぶん。

そんなふうに思うことにした蓮に白嵐は「はい」と頷く。けれども、紅嵐は「今、ちゅうちゅうがよいのです！」と尻尾をくるんくるんと振り回して空腹を訴えた。

昨日は舌足らずだったのに、紅嵐の喋り方はたった一晩でしっかりしたものになっている。その著しい変化に、蓮は目を細めた。

「わかった、わかった。じゃあ、すぐにちゅうちゅうにしような」

蘭篠からは、白嵐と紅嵐のことを最優先にしてほしいと頼まれている。キッチンに顔を出すのは後回しにして、蓮はふたりを下ろす。

昨夜、ローテーブルの下に重ねて片づけた座布団を取り出そうとしたが、紅嵐はそれを待たずに立ったまま蓮の指を咥えた。幸せそうに喉を鳴らす紅嵐を見て、白嵐も我慢ができなくなったらしい。蓮の手を引き寄せ、指を口に含んだ。

ふたりはしばらく蓮の精気を吸ったあと、満足げに腹を抱えて畳の上に寝転んだ。そして、そのまま「いも虫！」「みの虫！」「しゃくとり虫！」と高い笑い声を上げながら、ごろごろ転がりはじめた。

まったく意味不明な遊びだが、とても可愛らしい。何日か前までは蓮の指を咥えたままうとうとすることも珍しくなかったのに、腹がくちくなってもすぐに眠らなくなった成長ぶりを喜んでいると、蘭篠が布巾を持って部屋に入ってきた。

蘭篠が開けたガラス戸の向こうから、たくさんの美味しい匂いが流れこんでくる。

焼いたチーズ。こんがりベーコン。芳醇なオリーブオイル。今日の朝食は洋風だろうか。

漂う匂いを吸いこんだだけで幸せな気分になり、蓮は「おはようございます」と満面の笑みを向けて、蘭篠から布巾を受け取る。

「ああ、おはよう。今日は朝からえらく賑やかだな」

あでやかな美貌を綻《ほころ》ばせた蘭篠のもとへ勢いよく転がって行った白嵐と紅嵐が、その長い脚に纏わりつく。

「ご主人様、ご用を！」

「何かご用はございませぬか！」

言葉は「ご用を！」でも、「遊んで！」とせがんでいるようにしか聞こえない口調に蘭篠は苦笑を浮かべ、ふたりを脚から引き剝《は》がす。

「なら、蓮の手伝いをしろ」

はい、ご主人様、と心なしかきりとした声で返事をしたふたりは、今度は蓮のもとへ転がって戻ってくる。

「おたあさま、何かご用をお申しつけくださいませ」

白嵐が右から蓮の腕にくっつけば、紅嵐も左から「ご用を、ご用を」とぴったりとくっつく。蓮は愛おしい気持ちが胸に満ちていくのを感じながら、少し考えて言う。

「テーブルの下から座布団を出して並べてくれるか？」

ふたりは同時に「はい！」と嬉しげに返して、テーブルの下から座布団を引っ張り出し、そしてなぜか匂いを嗅いだ。

「これは、おたあさまのお座布団。とてもいい匂いがしますゆえ」

紅嵐がそう言って、いつも蓮が座る場所に座布団を置く。

「これは、ご主人様のお座布団。とおってもくさいゆえ」

白嵐が歌うように言って、蘭篠の席に座布団を置くと、紅嵐が「ご主人様のお座布団は狼くさいのか？」と三角耳をぴくぴく閃《ひらめ》かせて興味を示す。

「すごくくさい。たくさんくんくんすると、狼くさくて倒れそうになるくらいくさい」

「俺もくんくんしたい！」

赤く透き通った目を輝かせ、紅嵐が蘭篠の座布団の前へ走り寄る。

ふたりは並んで座り、一緒に座布団へ顔を突っこむ。

「ふおぉ、本当！　すっごく狼くさい！」

「であろう？　このお座布団は、不思議とご主人様より狼くさいのじゃ」

「不思議、不思議。くさい、くさい。狼ぷんぷん！」

「不思議、不思議。くさい、くさい。狼ぷんぷん！」

きゃっきゃと笑い声を弾ませるふたりは蘭篠の座布団にいつまでも顔を擦りつけ、「倒れそう！」と叫びつつも嗅ぐことをやめようとはしない。心底楽しげなので、蓮には少しも感じとれないそれが不快なものではないのは確かなようだ。

ふたりは尻尾を振っているし、喜んで嗅ぎ続けているふうにしか見えない様子から想像するにむしろ、ぷんぷんしているという狼臭は独特の魅力を持ったものに違いない。

きっと人間界と同様、鬼仙界でも狼は狐にとっての天敵なのだろう。そのために強く反応し、しかし主従関係であるがゆえに大きな安心感をもたらす匂いなのかもしれない。

布巾でテーブルを拭きながら、そんな想像をするうちに好奇心が疼きだす。人間の自分には感知できない可能性が高いが、あとでこっそり蘭篠の座布団を嗅いでみようという決意を胸に抱くほどに。

だが、「くさい」「くさい」と連呼される当の本人は、複雑そうな表情で肩を落とす。

「何で、まだ結婚もしてないのに、思春期の娘に鼻をつままれる父親の悲哀を味わわなきゃならないんだ……」

「でも、あんなにはしゃいで嗅ぎ続けていますし、あの子たち、『くさい』を『嫌な臭《にお》い』という意味で使ってるんじゃないと思いますよ？　きっと、蘭篠さんの狼の匂いは、嗅がずにはいられない強烈にいい匂いなんですよ」

慰めを試みたつもりだったけれど、自分も座布団を嗅ごうと思った気持ちが漏れてしまっていたようだ。「変態エクリン腺マンの顔になってるぞ」と鼻先を軽く弾かれる。

「あれは絶対、お前の肉球嗅ぎの悪影響だぞ、蓮。あいつらは、あんな変態じみた真似をする奴らじゃなかったのに」

いささか恨めしい顔で嘆かれ、いつか狼の本性を見せてもらえたときに肉球嗅ぎを拒否されたらどうしようと蓮は焦った。

だが、幸運にも、白嵐たちは座布団くんくんの遊びをほどなく放棄してくれた。

それから二日後の朝、もっと夢中になれるものに出会ったのだ。


まだ小さな子供で、尻尾も二本から増えないためか、白嵐と紅嵐は空が飛べず、幽光化する前にできていたことが何もできない。

けれども、ある日曜日の朝、ひとつだけ新しい妖術が使えるようになった。テレビのチャンネルを思念波で操ることだ。

どんなきっかけでそうなったのかは、本人たちにもわかっていないようだが、ふたりは蘭篠と蓮の前でとても誇らしげに胸を張り、テレビをつけたり消したり、チャンネルを次々に変えてみせた。そのさなか、「ヨーヨーカイカイ！　ヨーヨーカイカイ！　ホッホー！」と突然聞こえてきた軽妙な歌と、画面いっぱいに広がったアニメーションにふたりは強い関心を持ったようで、可愛らしい妖術の披露をやめてテレビの前に張りついた。

それは、ふたりの少年が妖怪退治に日々奮闘しながら友情を育む人気アニメ「妖怪ダイアリー」だった。かなり気に入った様子だったので、ノートパソコンをテレビに繋ぎ、公式HPで配信中だった前回放送分やオープニングテーマ「ヨーヨーカイカイ！」のダンスビデオを映してやると、ふたりは尻尾をぶんぶんと振り回して喜んだ。

すっかり「妖怪ダイアリー」の虜になったようで、白嵐と紅嵐はすぐに歌もダンスも完璧に覚えた。そして、それからは一日中、ふたりの歌う歌が家の中で響くようになった。

蘭篠が作る料理の匂いと、白嵐と紅嵐が陽気に響かせる歌声。それらを吸いこんだせいか、古い家の中に流れる空気は日に日に明るくなっていった。

そんなふうにして、蓮がひとりで住んでいた家に蘭篠とふたりの気配が馴染んでいったあいだ、雪は降ったりやんだりだった。雪が降ってない日も曇りの日ばかりで、ぐずついていた天気がようやく回復した日、蓮と蘭篠はふたりを庭へ出してみた。

白嵐と紅嵐が生まれ直してちょうど十日目のことだ。

ふたりはこれまでずっと家の中で過ごしてきた。空や草木の色を自分の目に直接映し、肌で自然を感じるのは初めてのことだ。だからだろう。最初は白狐の姿でおっかなびっくり地面を踏んで、その匂いを嗅ぎながら蓮と蘭篠の周りをうろうろするだけだった。

しかし、子供の心は柔軟だ。五分もすると新しい世界にすっかり慣れた様子で、三歳児ほどの人型に変化して庭を走り回り出した。

「木がいっぱいっ。おうちのお庭なのに森みたい！」

紅嵐が二本の尻尾をふさふさと振ってそう叫べば、「おうちのお庭なのに枯れ草ぼうぼう！　廃墟みたい！」と白嵐もはしゃいで飛び上がり、蓮に庭の手入れを決心させた。

「何か怖いの出そう。ヘビとかトカゲとか」

怖いと言いつつ、どこかわくわくした顔つきで木の下の石をひっくり返した紅嵐に、白嵐が「爬虫類《はちゅうるい》は冬眠中」と冷静に返す。

この二日ほどで、白嵐と紅嵐の外見の違いや個性は急速にはっきりしてきた。白嵐は顔つきが涼やかで、とても聡《さと》い。一方、紅嵐は白嵐よりも身体が少し大きくてやんちゃで、彫りの深い顔の造りは甘い。種族は同じでも血は繋がっていないのだと、もう一目でわかる。

「じゃあ、お化けとか妖怪」

「それは出そう！」

「うん。ここはお化けと妖怪の森」

「おたあさま！　このお庭に『お化けと妖怪の森』と名づけてもかまいませぬか？」

お化けはともかく、白嵐と紅嵐が転げ回っていれば、ここは確かに「妖怪の森」だ。蓮は噴き出したいのをこらえつつ「いいよ」と頷く。

「やったな、紅嵐！」

「やったな、白嵐！」

万歳をして喜びをあらわにしたふたりは、そのまま腕を組んでくるくると舞い踊りはじめた。「ヨーヨーカイカイ！　ヨーヨーカイカイ！　ホッホー！」と、今やふたりの日常の中に欠かせないものとなった「妖怪ダイアリー」のオープニングテーマを歌いながら。

息ぴったりに合唱するその歌詞は、要約すれば「妖怪なんてやっつけろ」という内容のものだ。我慢できずに笑ってしまった蓮の隣で、蘭篠が「まったく、妖怪が妖怪退治の歌を歌ってどうするんだ」とため息をついてぼやく。

「だけど、可愛いですよ？」

蓮は笑って、はしゃぐ白嵐と紅嵐の姿を携帯電話で撮影する。

蘭篠に比べると、蓮はふたりと過ごした時間はずっと短いけれど、抱く愛情は負けていないつもりだ。ふたりがいつか愛想など欠片もないというむっつり狐に戻っても、この気持ちは消えないと確信できるくらいに。だが、ころころと笑い、手を握り合うことをしなくなる前に、世界一と言っても過言ではないふたりの愛らしさを記録しておきたくて、蓮はここ数日、撮影にいそしんでいる。

携帯電話のカメラレンズをふたりに向けていると、紅嵐が「あ、池！」と高い声を上げ、白嵐を引きずって走り出す。

「うわぁ、おっきゅうございます」

飛び石のある五メートル四方ほどの池のふちに立った紅嵐が、水面をのぞきこんで興奮気味に白い尻尾を振り回した。

「おたあさま。ピンクの魚がいっぱいおりまする」

「それはニジマスだよ」

答えた蓮に、蘭篠が「池でニジマスなんて飼えるのか」と不思議そうに問う。

「飼っている、というのとは少し違うと思います」

蓮は苦笑し、あれは父親と旭陽の作った池だと話す。

「どんな仕組みでそうなっているのか、俺にはさっぱりわかりませんが、あの池の水はそう見えなくても川のように絶えず流れているらしくて。だから、何もしなくてもいつも水は澄んでいて、魚も勝手に育って世代交代をするんです」

へえ、と興味深げに頷き、蘭篠はふたりの後ろから池をしげしげと眺めやる。

「ぷりぷりに太ってて、美味そうだな」

「美味しいですよ。旭陽がいなくなってからは食べていませんけど」

「どうして？」

訊いてから、蘭篠は「ああ」と何かを思いついたように双眸を甘くたわめる。

「さばけないのか？」

「それはできますが、捕まえるのが下手《へた》なんです。網でも釣り竿でも逃げられてしまって」

「外科講座にいるくせに、内臓系だけじゃなく鮨すら食えない上に不器用か。お前、それはちょっと致命的じゃないのか？」

軽やかな口調で言って、蘭篠は笑う。

毎日二十四時間一緒にいることで、ぽろぽろばれてしまう苦手な食べ物や、ふたりと会話をしているときの一人称がこのところ時々無意識に「おたあさま」になってしまうこと。日がな一日、ふたりの写真を撮っている親馬鹿ぶり。そうしたちょっとしたことを、蘭篠の甘い声で遠慮なく揶揄われるたび、蓮は何だか嬉しくなる。

互いに窮地を救い合いはしたものの、友人でも親戚でもない蘭篠とのあいだに見えないけれど確かにある透明な膜の層が、少しずつ剝がれて薄くなっていく気がするからだ。

「レバーや魚捕りが苦手なのと、獣医としての能力は別ものです。現に手術の補助はちゃんとできていますし、手技がなかなか上手いと教授や先輩たちに褒められたことだって何度もありますから。レバーが嫌いでも、血や内臓を見るのはべつに平気なんです」

獣医の卵としては疑われては困るところなので、蓮は胸を張って告げる。

「今度、蘭篠さんが怪我をしたら、俺が縫ってあげますよ」

「お前、人間は縫ったことないだろう？」

「ありませんけど、犬ならありますから、縫うときは狼になってください」

「……おい、蓮。お前、動物は何でも犬の仲間だと思ってないか？」

「まさか。でも、狼は狐よりずっと犬に近くて、生物学上の分類も同じイヌ科イヌ属なんですよ？　だから、犬が縫える俺には狼も縫えます」

力強く断言した蓮を見つめ、蘭篠が片眉を撥ね上げるとほぼ同時に、その足もとで屈みこんでニジマスを観察していた白嵐が勢いよく立ち上がった。

「おたあさま、あれは何でございますか？」

白嵐の指さす先には、母親の温室があった。

「ガラスの箱の中でジャングルがぎゅうぎゅう詰めになっております る」

植物を育てる温室だよ、と答えようとして、あの現状で「育てている」と言えるのかどうかふと迷ったときだった。蓮の答えを待ちきれずに温室のほうへ駆けだしたふたりの背に向けて、蘭篠が突然「白嵐、紅嵐、とまれ！」と鋭い声を発した。

尾をぴんと伸ばし、固まるように立ち止まったふたりを蘭篠がすばやく両脇に抱える。

「蓮、あの中に何かいるのか？　結界が張られてるな」

その気配に気づき、咄嗟にふたりを守ろうとしたからなのだろう。今まで見たことがないほど険しい表情の蘭篠に、蓮は少し気圧され気味に頷く。

「え、ええ……。でも、何もいませんよ。あれは植物の交配実験が趣味だった母が作った温室なんですが、危険な毒草もあったので、俺が子供の頃に父が結界を張ったんです。中で作業をする母と旭陽以外は、誰も入れないように」

蓮の答えを聞き、蘭篠は「何だ、草か」と拍子抜けしたようにふたりを下ろす。

「ご主人様、ガラスのジャングルを見に行ってもよろしゅうございますか？」

うずうずした様子で足踏みをしながら尋ねた白嵐に、蘭篠が「よし」と許可を出す。

ふたりは嬉しそうな声を上げ、温室へ走っていく。そして、中をのぞこうとガラスに手をついた直後、ふたりの身体がふっとその奥へ吸いこまれた。

ふたりの姿はガラスの向こう側――。結界を擦り抜けてしまったのだとわかり、蓮はぎょっとして息を呑む。

「白嵐！　紅嵐！」

狼狽《うろた》えて高く発した声に、すぐさま「はあい」と白嵐の返事が返ってくる。

「何でございますか、おたあさま」

ガラスの壁面からすぽんと顔だけを出して、白嵐が無邪気に笑う。その横から紅嵐も上半身を出し、「おたあさま、冬なのに中はぬくぬくの夏でございます」と声を張り上げる。

「綺麗な花もいっぱい咲いておりまする。おたあさまも早く来てくださいませ！」

早く、早くと手招きをするふたりのもとへ、蓮は急ぐ。

ここ一年ほどは温室の前を素通りするだけで、近づいてはいない。気づかないうちに結界が消えていたのだろうかと思ったが、やはり中へは入れなかった。

ふたりが顔を出している場所からでも白嵐たちのような壁抜けができないのはもちろん、

固く閉ざされた扉はどれだけの力で叩いてもびくともしない。

「おたあさまは中に入れないのですか？」

不思議そうな顔をしているふたりを、蓮は「そうだ。だから、出ておいで、お前たち」と呼ぶ。ふたりは顔を見合わせてから、名残惜《なごりお》しそうに後ろを振り返りつつ出てきた。

また中へ入ってしまわないよう、蓮はふたりの小さな手をしっかりと握る。

「蘭篠さん、これってどういうことなんでしょうか……」

何かを確かめるふうにガラスの壁面に触れていた蘭篠に、蓮は戸惑う視線を向ける。

蘭篠も蓮と同様、中へは入れない様子だ。

「生まれて間もない小さなものは、命の形も意思の力もまだ曖昧だ。結界は不定形なものには効きにくいから、通り抜けてしまうことも、まあ、珍しくはない」

「でも、父もそんなことを言っていて、特別に強い結界にしたはずなんです。だから、俺は子供の頃、入れなかったのに……」

「時間が経ったせいで、呪の力が綻んだんだろうな」

「直せますか？」

「すぐには無理だ。融さんは異端だったから、使う術も独特だった。ここの結界もざっと見たところ、何種類もの呪を複雑にかけ合わせたものみたいだしな。何をベースにして、どんな法則で呪をかけているのか、ちゃんと解読してからじゃないと下手に手は出せないし、調べるのには時間がかかる」

「そうですか……」

「しかし、さすがは融さんだな。古くなっているとは言え、これだけ強固なものだと、普通は数キロ先からでもその存在がはっきりわかるはずなのに、こんなにステルス性の優れた結界は初めて見た」

妙に感銘を受けているふうの蘭篠に苦笑を漏らし、蓮は白嵐と紅嵐の手を握ったまま屈んで視線の位置を下げる。

「いいか、お前たち。この中には触ったり、食べたりしたら危険な草がいっぱいあるんだ。とても危ないから、もう入ったりしたら駄目だぞ」

歯が生えた今も、ふたりは蓮の精気以外のものを口にしたがらない。だからなのか、蘭篠は温室の中の毒草をまるで問題視していない様子だが、蓮は心配だった。妖狐の身体が人間界の生きものよりもずっと頑丈だとわかっていても、心配せずにはいられなかった。

「駄目なのでございますか？」

不満そうに、白嵐がさくらんぼ色の唇を尖らせた。紅嵐は頭のてっぺんで三角耳を垂らし、「ぬくぬくなのに」としょんぼりとした顔つきになっている。

「お前たちがこの中に入ったら、おたあさまは心配で息がとまりそうになる。だから、もう入らないと約束してくれるか？」

しまするぅ、と声を合わせたふたりはいかにも渋々といった表情だった。

蓮は握っていた手を離し、ふたりの膨れた頬を撫でる。触れた肌は、ひんやりしていた。そろそろ温かい家の中へ戻り、たっぷり食事を与えて機嫌を直させようと蓮は考える。だが、もう戻ろうかと提案する前に、ふたりがぱっと顔を輝かせた。

どこからか庭へ入りこんでいた猫を見つけたのだ。

茶と黒の長い被毛に覆われた、でっぷりと太った体軀《たいく》。この近所で「ライオン丸」と呼ばれている野良猫だ。

「ふおぉ！　にゃんこ！　本物のにゃんこ！」

「おいで、にゃんこ！」

ライオン丸は、頭に三角耳を生やした子供が二本の尻尾を振りまわしながら黄色い声を上げて寄ってきても意に介したふうもなく、庭をのっしのっしと歩いていく。触られるのは嫌らしく、迫り来るふたりの手を重そうな肥満体からは想像もできない素早さで避けながら。

「にゃんこ、待って」

「とまって、にゃんこ！　だっこしてあげるから」

お断りだ、という意思表示なのか、ライオン丸の尻尾がぶんと空を切る。

猫に妖狐の仔がじゃれつき、軽くあしらわれているのは、なかなか貴重な光景だ。急いで携帯電話を構えて写真を撮りはじめた蓮の横で、蘭篠が「あのな、蓮」と口を開く。

蓮は携帯電話の画面から目を離さず、「何ですか？」と返す。

「お前の親心に水を差すようで悪いが、あいつらはかなりのゲテモノ食いで、猛毒を持った虫や獣が大の好物だったんだ。どんな毒にも耐性があるから、草くらい、触ろうが食おうが、まったく何でもないぞ？」

「以前はどうあれ、今は小さい子供ですし、俺の指以外はまだ水だって口に入れたことがないんですよ？　毒への耐性を持っているにしても、小さいうちは危ないものには触れさせないほうがいいに決まってます」

「ちょっと過保護すぎないか、お前」

「これは過保護じゃないです。普通のことです。どこの世界の、どんな種族のお母さんも、そうしてますよ、きっと」

答えながら、蓮はライオン丸と追いかけっこをするふたりを撮る。

「それに、蘭篠さんだって、結界に気づいたときの慌てた顔、過保護なお父さんっぽかったですよ？」

そんなことはない、と間髪をいれず返した蘭篠が、さらに否定の言葉を何かつらつらと続けていたけれど、蓮の耳にはあまり届かなかった。ライオン丸を追いかける白嵐と紅嵐の愛らしい勇姿をカメラに収めることに、夢中だったからだ。

身長と同じくらいの長さがあり、しかもふっさりとした二本の尻尾をまだ持て余しているからだろう。バランスを崩し、時折よろつくふたりは、ライオン丸をなかなか捕まえられない。すいすいと逃げるライオン丸を「待って」と懸命に追う体勢が、なぜかだんだんと蛙《かえる》跳びになっていく。妖狐なのにぴょんぴょんと不器用に飛ぶそのさまが本当に可愛らしくて、蓮の頬は際限なくゆるんだ。


「宇田川さんの気配が近づいてくる」

作務衣姿の蘭篠が手にしていた猪口《ちょこ》を置いてそう言ったのは、白嵐と紅嵐が生まれ直して明日で二週間目を迎える夜だった。風呂上がりの蘭篠と晩酌をしていたさなかのことだ。

「え……」

最近、意識することのなかった名前を突然耳にして、肩が跳ねる。

蘭篠の猪口に酒を注ぎ足すために持ち上げかけていた徳利《とっくり》を下ろし、蓮はすぐ脇の座布団の上で腹を出して寝ていた小さな白狐たちを反射的に抱きかかえた。

直後、玄関の格子戸が開く音がした。

「夜分に御免《ごめん》つかまつる。柚木蓮殿《どの》はおいでか？」

朗々と響いた時代劇調の男の声は、蓮の知る宇田川のものではなかった。

「あれはたぶん、宇田川さんの使鬼だな。俺が話してくるから、お前はここにいろ」

蓮の頭に置いた掌を軽く弾ませてから、蘭篠は玄関へ向かう。

残された部屋の中で、蓮はそわそわと視線を彷徨わせる。支払期日の今月末までには、あと十日ほどある。一体どんな用件の訪問だろうか。

どうにも気になってしまい、蓮は寝こけるふたりを抱いたまま、居間を出た。

廊下の角からそっと様子をうかがい、蓮は目を瞠る。三和土に立って蘭篠と話をしている着物姿の男は、身体は人間だが頭がマグロのような魚だった。

魚の頭を持ったその使鬼と蘭篠は何かを静かに話しており、時折笑みも浮かべている。

どうやら、危害を加えるために送られた使鬼ではなさそうだ。けれども、もし蘭篠たちがおらず、こんな時間にあの使鬼とひとりで対面する羽目になっていたら、きっと腰を抜かしていただろう。そんなことを考えて苦笑を漏らしたとき、いつの間にか目を覚ましていたらしい紅嵐の声が『ふおぉ』と高く上がる。

蘭篠と魚頭の使鬼が、同時にこちらへ視線を向けた。

『半魚マン！　白嵐見ろ、半魚マンがおるぞ！』

半魚マンとは「妖怪ダイアリー」に登場する、ふたりのお気に入りの妖怪キャラクターの名前だ。興奮気味の紅嵐に揺すり起こされた白嵐はそちらへ寝ぼけまなこをやった瞬間、毛を逆立てた。

『馬鹿紅嵐、あれは半魚マンではないわ！　マグロではないか！』

お気に入りの半魚マンではないとわかったとたん、紅嵐も派手に毛を逆立てる。

『ふおぉ。よく見たらマグロ！　おっきいマグロ！』

『おたあさま、早くお逃げくだされっ。おっきいマグロに呑みこまれまする！』

勇ましく叫んだ白嵐が蓮の腕を擦り抜け、廊下に降り立つ。

『あっちへゆけ、おっきいマグロめ！　ここは我らのお家《うち》ぞ！』

寝起きにいきなり見慣れない使鬼を目にし、驚いて興奮したのだろう。白嵐は尻尾をぐるんぐるんと大きく回転させ、宇田川の使鬼を威嚇《いかく》した。どんな意味があるのかよくわからないけれど、耳までぱたぱたと激しく振っている。

そんな白嵐に刺激されたのか、紅嵐も蓮の腕から飛び降りて尻尾を振り回す。

『ここは我らのお家！　おっきいマグロの入れる水槽などないゆえ、あっちへゆけ！』

「――こ、こら、白嵐、紅嵐っ。しーっ」

尻尾を扇風機のように回転させ、縄張りを激しく主張するふたりを、蓮は抱き上げる。

撫でてあやしても、ふたりは尻尾を振り回す威嚇を続けていたが、蘭篠が苦笑交じりに「お前ら、静かにしろ」と命じると、ぴたりと動きをとめた。

こっそり様子を確かめたかっただけなのに予想外の騒ぎになってしまい、蓮はばつが悪い思いで「すみません」と頭を下げる。今は真っ先に、こんな騒動を起こした自分の軽率な思いつきを反省すべきなのだろうけれど、蓮の心は弾んでいた。

——ここは我らのお家。

白嵐と紅嵐がこの場所をそんなふうに認識してくれていることが、嬉しかったのだ。

「無礼な仔狐どもで悪いな」

蘭篠がそう言ったとき、どこからともなく青い妖鳥が飛んできた。蘭篠の使鬼だ。青い妖鳥は咥えていた小さな袋を蘭篠の手に落とし、またすぐにどこかへ消えた。

「これは詫《わ》びだ。取っておいてくれ」

蘭篠が袋を渡すと、宇田川の使鬼はそれを口の中へ放りこんだ。そして「では、これにて御免」と、すたすたと玄関を出て行った。

「部屋で待ってろって言ったのに、せっかちな奴だな、お前」

蘭篠が笑って、歩み寄ってくる。そのまま、一緒に居間へ戻る。

「すみません。でも、どうしても気になってしまって……。宇田川さん、どんな用件だったんですか？」

「単なる支払期日の確認だ」

肩をすくめ、蘭篠はテーブルの前に腰を下ろす。蓮もふたりを寝床座布団の上に下ろしてから、蘭篠の向かいに座る。

白嵐と紅嵐は、カーテンをめくって掃き出し窓の外を見ている。宇田川の使鬼が、自分たちの大切なお化けと妖怪の森に入りこんでいないか、確かめているのだろう。

「宇田川さん、今、狩りから帰ってきて、こっちにいるんだってさ。早く返すぶんには大歓迎だそうだから、明日、買い物のついでに会って金を渡すことにした」

「でも、いいんですか？　あの子たち、まだ小さいままなのに……」

「ああ。俺が払いたいんだ。払わせてくれ」

「……ありがとうございます」

頭を下げた蓮に、蘭篠は「そんなに畏《かしこ》まるなよ」と笑う。

「払う金はお前の正当な報酬で、俺はそれを右から左へ流すだけなんだからな」

蘭篠の気遣いを嬉しく思いながら頷き、蓮は蘭篠に酌をする。

「ところで、蘭篠さんにあいだに入ってもらったことについては何も……？」

「ああ。貸したものが返ってきさえすれば、細かいことはどうでもいいみたいだな」

そう言って蘭篠は、持っていた猪口をテーブルの上に置く。

「ま、それはそれとしてだ。白嵐、紅嵐。ちょっと、こっちへ来い」

呼ばれたふたりは蘭篠の前へちょこちょこ歩いて行って、ぴしりと背を伸ばして座ると、『何でございましょう、ご主人様』と声を揃える。

「小さいだけの毛玉のくせに、勝てない相手に喧嘩を売るな。本当に丸呑みにされるぞ」

『小さいだけとは心外にございます、ご主人様！　我らはテレビをつけられまする！　チャンネルも変えられまする！』

伸び上がって抗議した紅嵐が思念波でぱっとつけたテレビを、蘭篠がリモコンで消す。

「こんなものは宴会芸以下だ。何かできるうちに入らん」

ふおぉぉ、と悲しげに項垂《うなだ》れた紅嵐を庇《かば》うように、白嵐がずいっと前へ出る。

『ご主人様。我らは生まれたてゆえ、確かに小そうございますが、賢い白狐にございます。勝算もないのに喧嘩を売るほど愚かではありませぬ』

「ほう？　どんな勝算があったんだ？」

おもしろそうに尋ねて、蘭篠は手酌で酒を飲む。

『ご主人様です』

「俺？」

『さようにございます。マグロ頭が我らを食らおうとしても、ご主人様がやっつけてくださるのはわかっておりましたゆえ』

白嵐と紅嵐は、自分たちが窮地に陥れば蘭篠が必ず守ってくれると信じているようだ。

それはおそらく間違いではないのだろうけれど、本来は自分の手足や時には盾となるべきふたりの使鬼に信頼しきった眼差しを向けられ、蘭篠は何とも複雑そうな表情を作る。

「……まったく。お前らは、虎の威を借る狐の歩く見本だな」

『我らが借りたのは虎の威ではなく、狼の威でございます』

正しいけれど微妙にずれている反論をして白嵐が可愛らしく笑うと、紅嵐も『さよう！　ご主人様は狼でございますゆえ！』と愛嬌たっぷりの笑顔になる。そして、ふたりは楽しげに尻尾を振りながら蘭篠の周りを躍るような足取りでぐるぐる回り、なぜか歌いはじめた。

『我らのご主人様は狼！　虎じゃないよ！』

『とおっても強い狼！　虎より強いよ！』

『でも、くさぁい狼！　虎よりくさいよ！』

『狼ぷんぷん！』

『狼ぷんぷん！』

部屋の中で弾ける可愛らしい歌声に我慢ができなくなり、噴き出した蓮の向かいで、蘭篠が淡いため息をつく。

「人聞きの悪いでたらめな歌を勝手に作詞作曲してんじゃねえぞ、お前ら」

首根っこを掴んで眼前に持ち上げたふたりを、蘭篠は軽く睨《ね》めつける。

『でも、ご主人様』

白嵐がぷらぷらと揺れながら、まるで発言権を求めるかのように前肢を挙げる。

『ここには人はおたあさましかおりませぬが、おたあさまはこの前、ご主人様の狼くさいお座布団をくんくんして、とっても喜んでおられました。ゆえに、我らのお歌は人聞きの悪いお歌ではありませぬ』

無邪気な笑顔で披露されたみごとな三段論法に、蘭篠の片眉が大きく撥ね上がる。

「蓮、お前……」

呆れた視線が肌に深く刺さる。

「だって、その……、どんな匂いがするのか、どうしても気になってしまって……」

蓮は赤くなった顔を逸らして、畳を爪先でぷちぷちと引っかく。

三日ほど前、蓮は誘惑に負けた。蘭篠が買い物に行き、白嵐と紅嵐が昼寝をしているあいだに、蘭篠の座布団を嗅いでみたのだ。

狼の匂いはやはりわからなかったけれど、この家の風呂場に置いている石鹸《せっけん》の香りがかすかにした。それが何だかとても嬉しくて、ひとりでしばらくにやついてしまっていたが、そのさまを白嵐に観察されていたとは気づかなかった。

「気になったからって、座布団を嗅ぐな。変態エクリン腺マンに育てられるこいつらの行く末が、俺は本気で心配になってきたぞ、蓮」

怒っているふうではないものの、蘭篠は息を細く落として、白嵐と紅嵐を見やる。

「変態エクリン腺マン二号、三号になるよりは、主人の俺を盾にして喧嘩を売ってるほうがまだマシだな」

独りごちるように言い、蘭篠はふたりを下ろす。

「いいか、お前ら。これからは、知らない鬼に会っても、近づくな。間違っても、飛びついて、どんな臭いがするか嗅いで確かめたりするなよ」

受けた注意の意味がわかっているのか、いないのか、ふたりは元気よく『はい、ご主人様』と返事をした。


翌日は、朝から氷雨《ひさめ》が降っていた。

独り暮らしになって以降、屋根や地面を打つ響きが大きく聞こえるせいで雨の日は心もとなくなることが多かった。けれども、今日は少しも寂しいとは感じない。白蘭と紅嵐が、数日前に蘭篠がショッピングモールで食材と一緒に買ってきた「妖怪ダイアリー」のDVDをリピート再生してきゃあきゃあと手を叩きながら笑ったり、「ヨーヨーヨーカイカイ！　ヨーヨーカイカイ！　ホッホー！」と歌ったり、踊ったりしているからだ。

宇田川に会うついでに買い物もしてくるという蘭篠を見送った午後、蓮は居間のローテーブルの上でノートパソコンを開いた。テレビから流れてくるアニメのセリフと、蓮のすぐ横で踊っている白嵐たちの賑やかな笑い声をＢＧＭにして。

白嵐と紅嵐の食事の回数はここ二日ほど、一日に四、五回ていどになっている。最初の頃は空腹になればいきなり指に吸いついてきていたのに、今は食事時にちゃんと正座をすることを覚えた。人型の身体は五歳児ほどに成長し、尻尾は相変わらず二本のままだけれども、耳がぐんと大きくなった。おかげで白狐に戻った際、最初は犬の仔と区別できなかった姿が、誰が見てもはっきり狐だと認識できるようになっている。

そうした成長の記録である写真を整理していると、白嵐が寄ってきた。

「おたあさま。お腹が空きました。ちゅうちゅうをくださいませ」

白嵐が言うと、テレビの前で画面に映る主人公と同じ動きをしていた紅嵐が「わたくしもちゅうちゅう！」と叫ぶ。五歳児の姿ではもう「ちゅうちゅう」という赤ちゃん言葉は似合わないが、そのちぐはぐさが却ってこの世ならぬ可愛さを増幅させている。

蓮は「ちょっと待ってろ」と微笑んでふたりの頬を撫でて、隣のキッチンへ行く。流しで手を洗い、居間へ戻る。ふさふさの白い尻尾を振りながらきちんと正座をして待っていたふたりの前に座り、白嵐に右手の人さし指を、紅嵐に左手の人さし指を差し出す。

ふたりは蓮の指を示し合わせたように同じタイミングで、はむんっと咥えた。指先を甘噛みして精気を一気に吸い上げ、やはり同時にぷはぁと蓮の指を離す。

「とてもおいしゅうございました」

白嵐が掌を合わせると、紅嵐も「ました！　お腹ぽんぽんでございます！」と同じことをする。今日の昼食まではしなかった行為だ。

またひとつ、ふたりの成長を目にして、蓮の胸は熱くなる。

「ああ、お粗末様」

撫でようとしたふたりの頭が、なぜか突然ふるふると揺れる。

「おたあさまのちゅうちゅうは、お粗末ではありませぬ。我らのごちそうでございます！」

大きな声で発せられた白嵐の訴えに、紅嵐が同調して頷く。

「至上の甘露でございます！」

ぱたんぱたんと畳を叩く尻尾で不満をあらわにして、ふたりは猛然と抗議する。

「……そ、そう、か？」

ふたりは「さようにございます！」と声を合わせ、こくこくと頷く。

「甘々のふわとろで、天国極楽パラダイスでございます」

白嵐がそう叫べば、紅嵐も両手を挙げてそれに続く。

「胸がきゅうんとする、とてもとてもよい匂いがするのでございます」

目をきらきら輝かせて何だかよくわからない力説をされ、好奇心が疼く。

蓮は自分の指を咥えてみる。しかし、特に何の味も感じなかった。その子供じみた行為を
「大人なのに、おたあさまもちゅうちゅうをするのでございますか？」と、白嵐と紅嵐に不思議そうに眺められて恥ずかしくなっただけだった。

「――さ、お前たち。おやつがすんだらお昼寝だぞ」

赤面した顔をふたりから逸らし、蓮は布団を敷くためにテーブルを部屋の隅へそそくさと

押しやる。白狐の姿なら昼寝は座布団でするが、人型のときは子供用の布団なのだ。

白嵐と紅嵐専用の寝室やプレイルーム、蘭篠の個室。そうした部屋を用意するために、蘭篠の使鬼を総動員して家中の大掃除をしたはずだった。なのに結局、蘭篠の荷物置き場をのぞくと、日常的に使っている部屋数は、蓮がひとりで暮らしていた頃と変わらない。

今でも夜は「何かあったときのために」と蓮の部屋で四人一緒に寝ているし、ふたりの昼寝場所もここが定位置になってしまった。一日のほとんどをキッチンやこの居間で過ごす蓮と蘭篠の目が届くからだ。

キッチンは四畳で、蓮の部屋とこの居間は六畳。白嵐と紅嵐が人型で踊っているときなどには、さすがにぎゅうぎゅう感がある。けれども、何年もこの家にひとりで住んでいた蓮には、少し動けば誰かに触れてしまいそうになるその狭い間隔が嬉しくてならない。

蓮は部屋から布団を運んでくる。テレビを消して、敷いた布団に白嵐と紅嵐を入れる。満腹のふたりは布団へもぐりこむなり、すぐに大きなあくびをした。

「おたあさま。お歌を歌ってくださいませ」

添い寝をしていた蓮に擦り寄り、紅嵐が甘えた声でねだってくる。

「お歌？　何の？」

「『ヨーヨーカイカイ！』のお歌です」

ふたりが毎日楽しげに何度も歌っているその歌の歌詞とメロディーは、もうすっかり鼓膜に染みこんでいたが、蓮は歌が下手だ。

少し悩んで、蓮は小声でそっと「ヨーヨーカイカイ、ヨーヨーカイカイ、ホッホー」と呟いてみた。すると、紅嵐が何だかとても悲しそうに「それは違うお歌でございます」と小さなかぶりを振った。頭のてっぺんの三角耳も、しんなりと倒れている。

「……おたあさまはすごく音痴でいらっしゃる、紅嵐」

「……うん、すごくすごく音痴でいらっしゃるな、白嵐」

ふたりは、かなりの衝撃を受けたような困惑顔を見合わせる。白いとんがり耳をくるくると翻しながら何やらひそひそと言葉を交わしたあと、「ヨーヨーカイカイ！」よりもこちらのほうが簡単だから、とエンディング曲を代わりに求めてきた。

「……どうしてもか？」

「はい。おたあさまのお歌を聞きながら、お昼寝をしとうございます」

軽快なテンポで「妖怪なんてやっつけろ」と歌うオープニング曲「ヨーヨーカイカイ！」に対し、退治される妖怪の悲哀をコミカルに歌ったエンディング曲「妖怪ブルース」はタイトルそのままのブルース調だ。

軽快調だろうとブルース調だろうと、蓮にとっては難しいことに変わりない。音階を意識しながら試してみたものの、やはり奇妙な呪文にしかならなかった。

眠気がすっかり消えてしまった様子のふたりにますます悲しい顔をされたとき、隣のキッチンから勝手口が開く音がした。

蘭篠が帰ってきたようだ。出迎えを装って助けを求めに行こうとしたが、「もう一回、ちゃんと歌ってくださいませ」と纏わりつくふたりにせがまれる。

拒めるはずもなく、繰り返せば繰り返すほど音程がずれていく「妖怪ブルース」をしどろもどろで口ずさんでいると、蘭篠が入ってきた。

「お前、かなり音痴なんだな、蓮」

蘭篠は笑って、蓮の反対側の布団の脇に腰を下ろし、あぐらをかく。

特に隠していたわけではないけれど、またひとつ小さな秘密を知られて気恥ずかしくなった蓮の肩に紅嵐が顔を載せ、「そうなのです、ご主人様」としょんぼりと頷く。

紅嵐の隣で起き上がり、ちょこんと正座した白嵐も、悲しげに訴える。

「我らはとてもびっくりしてしまい、お昼寝の時間なのに、眠いのがどこかへ行ってしまったのでございます」

「なら、俺が歌ってやるから、ちゃんと寝ろ」

わかりました、と従順に細い頤を引いて、白嵐は再び布団にもぐりこむ。紅嵐も眠る準備のように、蓮に身体をぴたりとくっつける。

蘭篠が「妖怪ブルース」を歌い出す。とても優しい歌声だった。まるで上等のベルベットで肌を撫でられているように心地いいそれは、子守歌のように甘く響いた。

もしかしたら、これも何かの術なのだろうか。いくらもしないうちにふたりの寝息が聞こえてきた。聞いていると鼓膜がとろけそうになるなめらかで美しい歌声とあどけない寝息につられ、蓮もついうとうとしてしまう。

「蓮。宇田川さんの件はちゃんと片がついたから、安心しろ」

ふいに歌が途切れ、やわらかく紡がれた言葉が降ってくる。

「――ありがとうございます」

落ちかけていた瞼を慌てて押し上げ、身を起こそうとしたが、肩をそっと押されて布団の上に戻された。

「お前も眠いんだろう？　メシができたら起こしてやるから、お前も寝てろ」

自分を甘やかすやわらかい声音が肌の奥に沁みこんできて、鼓動が跳ねる。

微睡みかけているのに高揚しているような、不思議な感覚に身体が揺られだす。

「……今、睡眠誘導の魔法を使ったんですか？」

「いや、使ってないぞ。脳の血流を低下させて気絶させることならできるが、ただ眠らせるだけってのは俺にはできないからな」

「でも、蘭篠さんの歌を聞いているとすぐに眠くなりました……」

「それは俺が音痴じゃないからだろうな」

軽やかに揶揄う口調で言って、蘭篠はこの世ならざる妖精めいた艶然さで笑う。

眩しいほどのあでやかさが濃く滴《したた》ってくる気がして、蓮は目を細めた。頭は半睡状態で浮遊感にも似た安らぎを覚えている反面、鼓動はますます速くなる。

どこかが苦しいわけではないのに、胸がどうしようもなく痛いこの感覚は――。

「お前にも子守歌を歌ってやろうか？」

「……じゃあ、お願いします」

一呼吸置いて、ハミングが聞こえてくる。ブラームスの子守歌だ。

ゆるやかに響くメロディーに耳を傾けながら、蓮は目を閉じる。ハミングの子守歌は二度繰り返されてやみ、蘭篠は離れていった。

キッチンから水を流す音が聞こえてきた。ほどなく軽快な包丁のリズムや油が跳ねる音が混じり、食欲をそそる匂いが漂ってくるだろう。

蘭篠が料理をする気配。白嵐と紅嵐が毎日楽しげに響かせる笑い声と歌。

ある日突然始まり、いつの間にかそうであることが当たり前のように蓮の生活の中に溶けこんでしまった賑やかな毎日はとても居心地がよく、愛おしい。

けれども、それはいつかは終わってしまう。白嵐と紅嵐が「我らのお家」と呼んでくれても、ここは蘭篠たちにとってはただのかりそめの住処《すみか》でしかないのだから。

別れは、もうすぐやって来る。

蘭篠は期日を明確にはしなかったが、どのみち蓮が一日中家にいて、つきっきりでふたり

の面倒を見られるのは、春休みのあいだだけだ。大学の授業が始まる前に、きっと蘭篠はふたりを連れてここを出ていくだろう。

流れる血は少し変わっていても、蓮は普通の人間。

だが、蘭篠たちは人ではない。住む世界の違う者とは、長くは交われない。

最初からわかっていたことなのに、別れの日の訪れがどうしようもなく辛い。

鬼の世界とは関わりたくなかったはずなのに、気がつけば、いつまでも白嵐と紅嵐に「おたあさま」と呼ばれ、その愛らしい笑顔を見ていたいと思ってしまっていた。

蘭篠にも、ずっとずっと目の前で笑っていてほしい。優しい声をもっと聞いていたい。甘い眼差しを向けられたい。独り占めにしたい。

そう強く願った胸の奥底から、それは勢いよく溢れ出てきた。

今まで気づかない振りをしていたけれど、出会った日と同じ雪の中で蘭篠に再会した瞬間から、胸の中に毎日毎日少しずつ降り積もってきた想い。

――蘭篠への恋慕が。

自分はまた蘭篠に恋をしている。

それをはっきりと自覚したとたん、耳を打つ雨の音が強くなった。

まるで、実るはずのない恋への警告のように。

「ヨーヨーカイカイ！　ヨーヨーカイカイ！　ホッホー！　ヨーヨーカイカイ！　ヨーヨーカイカイ！　ホッホー！　ひとりなぁら怖くても、君がいれぇば大丈夫！　僕と君とは最強タッグ、ふたりなぁら負けないぞ！　ダイダラボッチ、海坊主《うみぼうず》、河童《かっぱ》も天狗《てんぐ》も怖くな〜い！」

日曜の朝食がすんだあとは、「妖怪ダイアリー」が放送される時間だ。オープニング曲が始まったとたん、テレビの前で踊り出した白嵐と紅嵐が元気な歌声を響かせる。

ふたりがふさふさの白い尻尾をくるんくるんと振りながら、まるで合わせ鏡のような同調ぶりを見せて歌い踊るさまは得も言われぬ可愛らしさだ。

蘭篠にまた恋をしてしまったあの雨の日から、一週間と少し。

そのあいだにふたりが「ちゅうちゅう」と食事をねだる回数は、朝昼晩に一度ずつになった。肌つやや毛並みは日に日に美しい輝きを増し、最初の頃は素足で土を踏ませていいものかと躊躇ってしまうほどにやわらかかった肉球にはしっかりとした張りが出てきた。

尻尾の数や体格に変化はないものの、顔つきに凜々しさと気品を宿し、どんどんと活発で俊敏になってゆくふたりの最近のお気に入りは探検だ。

天気のいい日は庭に飛び出てあちらこちらの木に登って植物や鳥の名を覚え、寒い日には家の中を走り回る。長い廊下で駆け競べをしたかと思えば、襖《ふすま》を開け放った広間の畳の上をぐるぐる転がって目を回し、納戸や地下室や各部屋の押入をのぞく。

ふたりは日々探検活動に余念がないが、一日のそんなスケジュールの中に「妖怪ダイアリー」のＤＶＤを見て喜び、歌って踊る時間はちゃんと組みこまれている。

蘭篠に買ってもらったＤＶＤの第一巻に収められた四話を毎日毎日、繰り返し見ているのにふたりに飽きる様子はまったくない。いつの間にか蓮のパソコンをいじって公式ＨＰを訪問することと覚え、お気に入りの妖怪キャラクターをどんどんと増やしている。

白嵐と紅嵐は自分たちが白狐だということはわかっており、「おたあさま」の蓮は人間で、種族が違うことも理解しているようだ。それでも、妖魔の中でもとても位の高い天狐だった頃の記憶がまだ戻っていないふたりは、この妖怪アニメをどんな目線で見て、これほどまでに楽しんでいるのだろう。

ガラス戸越しに流れてくる賑やかな歌声と、石油ストーブの上のやかんがしゅんしゅんと立てる音を背に洗いものをしながら、笑みをこぼしたときだった。

建てつけの悪くなっているシンク上の窓が大きく揺れた。

今日は朝から風がとても強く、冷えこんでいる。窓の向こうの薄曇りの空を見やり、雪にならないよう祈った蓮の左半身を、ふいに漂ってきた強い冷気が覆う。

見ると、冷蔵庫の中を確認して買い出しリストを作っていた蘭篠が、動きをとめて突っ立っていた。冷凍室の扉を全開にし、うつむき加減の格好で。

何となく、冷凍室へ頭を突っこみそうに見えた。真夏ならともかく、春の訪れはまだ遠い、今日のような寒い日にそんな馬鹿なことをする者などいるはずがない。けれども、そう感じずにはいられないような、どこか奇妙な雰囲気を蘭篠は発していた。

「あの、蘭篠さん……？」

「——と、すまん。開けっ放しだったな」

蘭篠は蓮の声に弾かれたように顔を上げ、冷凍室の扉を閉めた。

「心ここにあらずな感じでしたけど、どうかしたんですか？」

「いや、特にどうかしたわけじゃないんだが」

肩をすくめて、蘭篠は明るく笑う。

「今日は飛騨牛《ひだぎゅう》かプラチナポークかで、頭を悩ませてた。お前はどっちがいい？」

尋ねる蘭篠の声は軽く、その様子に変わったところは特にない。きっと、真剣に肉のことを考えすぎるあまり、我を忘れてしまったのだろう。

いかにも料理上手で美食家の蘭篠らしい、と蓮は微笑ましく思う。

「どちらかと言えば、俺は魚な気分だったりします」

「魚か。メニューのリクエストは何かあるか？」

「そうですね。今日は寒いですから、白身魚のホワイトシチューなんかいいですよね」

たっぷりのごろごろ野菜と一緒に魚がやわらかく煮込まれたできたてのシチューは、きっと絶品だろう。朝食をすませたばかりなのに、冬の寒さを遠ざけてくれるに違いない優しい味を想像すると食欲を強く刺激され、頬が自然とゆるんだ。

「じゃあ、昼は魚にして、夜は肉を多めにするか?」

蓮は茶碗を洗いながら、思案する。

白嵐と紅嵐があちこちを駆け回るようになってから、蓮はほんの少しだけ体重が落ちた。獣の素早さを身につけはじめたふたりが危険な遊びをしないように見守り、そしてその成長の記録を撮影するために追いかけるうち、自然と引き締まったのだ。

──ここまでちょろちょろし出すと、ひとりでこいつらの面倒を見るのは大変だろう?

そう言って、蘭篠は使鬼を子守に参加させてはどうかと提案してくれたが、蓮は断った。別れの日が来るまで、この上なく愛おしいこの疑似家族の世界は、白嵐と紅嵐と蘭篠、そして自分の四人だけのものにしたかったからだ。

日に日に活発になっていくふたりから目を離さないでいることは、確かに大変だ。恋煩いで食を細くしている暇などないほど体力を消耗する毎日だが、それを辛いとは感じない。

決して不健康に痩せてしまったわけではないことは、蘭篠も承知しているはずだ。けれども、「あいつらと一緒に、お前ももっと太らせないとな」と何やら使命感に燃えているふうな蘭篠の料理はここ数日、こってりと濃厚な肉料理が続いている。

「いえ。このところ肉を食べ過ぎて何だか胃が重くなってる気がするので、夜も魚でお願いします。あっさり目の鍋とか作っていただけると嬉しいです」

メモを取った蘭篠が「お前、最近、メシの注文をはっきりするようになったな」と笑う。

食べ物の好みをあまり伝えられなかった頃と比べると、かなり遠慮がなくなってきた変化を歓迎してくれていることがわかる声音と表情だった。

蘭篠との距離がまた少し縮まり、蓮の胸の中で嬉しさとかすかな切なさが交差する。

蘭篠が椅子《いす》の背に掛けていたコートに袖を通して外出の準備を始めると、キッチンと居間を隔てるガラス戸が開き、「ご主人様、ご主人様」と白嵐が顔を出す。

「スーパーへお出かけでしたら、ＤＶＤの五巻目を買ってきてくださいませ」

白嵐のおねだりに続いて、紅嵐も尻尾を激しく揺らして甘えた声を上げる。

「お願いしまする、ご主人様。五巻がほしゅうございます！」

「二巻じゃなくて、五巻がいいのか？」

「はい。五巻の『猫又ニャードロンを捕獲せよ！』を見たいのでございます」

「何で、猫又を見たいんだ？」

「それを見て、ライオン丸を捕獲する方法を学ぶのです。ライオン丸は猫又なみに神出鬼没で、すばしっこうございますゆえ」

何のために捕まえるのだろう。まさか食べたりはしないだろうけれど気になり、蓮も「捕まえて、どうするんだ？」と問う。すると、ふたりが同時に声を重ねて響かせた。

「飼いまする！」

白嵐と紅嵐は青と赤の目をきらきらと輝かせ、交互に捕獲希望の説明を続ける。

「餌《えさ》をたくさんやって、もっともっと大きく育てたライオン丸に乗って、お化けと妖怪の森を探検するのでございます」

「暖かくなれば色んなものが冬眠から目覚めますゆえ、森でマグロ頭のような怖いお化けが出たときにライオン丸に蹴散らしてもらって、前へ進むのです」

本当は仙獣にも匹敵する強い妖力を持つ天狐であるはずの白嵐と紅嵐が、ただのでっぷり猫に跨《また》がって庭を探検。ちぐはぐさが何とも愛らしい計画を誇らしげに披露したふたりの頭の中では、もうライオン丸が加わった探検隊が結成されているようだ。

あまりに嬉しげな顔をしているので、ライオン丸にいくら餌を与えても、もうあれ以上は大きくならないのだとは教えにくく、蘭篠と顔を見合わせて苦笑を漏らす。

「買ってきてもいいが、その代わり、蓮の言うことをちゃんと聞くんだぞ」

主人の命令というより、父親の言いつけにしか聞こえないことを言って買いものに出かける蘭篠を見送り、蓮は洗いものをすませた。

白嵐と紅嵐は放送を見終えたあともテレビの前から動かず、宝物のように大切にしている「妖怪ダイアリー」のＤＶＤをいそいそとプレーヤーにセットした。

今日は風が強くて寒いので、オイルヒーターとストーブで快適に暖めている部屋から出たくない様子だ。暖房器具の回りには蘭篠がふたりだけを弾き返す結界を張っているので、少しのあいだなら離れていても大丈夫だろう。蘭篠から頼まれたわけではないが、ふたりがテレビに張りついているあいだに、できるだけ家事をすませておくことにした。

ここ数日、蓮は飛ぶような勢いでそこかしこを駆け回るふたりを追いかけることで精一杯で、家のことは何もかも蘭篠に任せっぱなしにしていた。そのせいで、蘭篠は朝は誰よりも早く起き、夜は一番遅くに寝る。先ほど、何だか様子がおかしく見えたのも、真剣に献立について頭を悩ませていたからだけでなく、疲れのせいもあるかもしれない。

だから、蘭篠の今日の家事を少しでも減らしておこうと思ったのだ。

「お前たち。おたあさまはお掃除やお洗濯をしてくるから、ここにいてくれるか？」

オープニング曲が始まったら、すぐさま一緒に踊り出すためだろう。万全の準備体勢を取っていたふたりの背後から、蓮は声をかける。

「はい、おたあさま。我らは、ずっとここにおりまする」

白嵐が振り向いて、蓮に抱きつく。紅嵐も「ずっとおりまする」と抱きついてくる。

「そうか……。ずっといてくれるか」

ふたりの言う「ずっと」とは、「ＤＶＤを見ているあいだ」の意味でしかない。そうわかっていても、可愛らしく発せられた約束に胸が震えた。

「もし、押入探検をしたくなったり、お外に出たくなったりしたら、ここから大きな声でおたあさまを呼ぶんだぞ？　できるな？」

はい、と元気のいい声が響いたとき、「ヨーヨーカイカイ！」が始まった。曲のイントロダクションに合わせて、ふたりが両手と尻尾を振って踊りはじめる。

蓮はガラス戸を閉めて居間を出、洗濯室へ向かって長い廊下を歩く。歩を進めるごとに、楽しげに弾む歌声がだんだんと遠ざかっていき、蓮は苦笑交じりの息を小さくついた。

あとひと月足らずで訪れてしまう別れの日のことを考えると、辛い。

四人で過ごす今が夢のように幸せだからこそ、この広すぎる家でまたひとりぼっちになってしまうことが辛くてならなかった。

どうしようもなく怖くて、蘭篠との思いがけない再会を後悔しかけたときもあった。

――会わなければ、こんなふうに辛い思いをせずにすんだのに。叶うはずもない恋にまた落ちてしまわずにすんだのに。目の前で甘い笑顔を見せられ、甘やかされ、でも決して気持ちを通わせられない苦しさに、胸を焦がすこともなかったのに、と。

けれども、そんなふうに考えるのは間違いだと、この家に詰まった両親と旭陽の思い出が教えてくれた。賑やかな日々の思い出は、孤独をひどく増長する。だが、寄る辺《べ》ない不安感に呑まれそうになった心を支えてくれるのもまた、愛おしい日々の思い出だ。

自分を無条件で慈しんでくれる者が誰もいなくなってしまった大きな悲しみから立ち直る

力をくれたのは、あちらこちらに散らばっている両親と旭陽の優しい気配だった。

ひとりぼっちの生活に戻ってしまうと、しばらくはとても寂しいだろう。けれど、短いあいだでも蘭篠や白嵐、紅嵐と一緒に過ごすことができた思い出で、蓮の心は豊かになった。生涯大切にしたい思い出がある人生とない人生では、ある人生のほうがきっと幸せだ。

たとえ想いは届かなくても、初めて恋をした人と肌が触れ合いそうな距離で共に過ごした日々の記憶を心に刻むことができるのは、誰もが味わえるわけではない幸運だ。それは喜びであって、辛苦ではないはずだ。

それに、両親や旭陽のときと違って、蘭篠たちとの別れは永遠の別離ではない。

もし蓮が何かに困り、助けを求めたくなったときには、蘭篠はきっと手を差し伸べてくれる。白嵐と紅嵐にも、またいつか会えるはずだ。蓮の知らないところで愛想のないむっつり狐に成長したとしても、育ての親である自分を懐かしんで会いに来てくれるかもしれない。そして、「おたあさま」と呼んでくれるかもしれない。

だから、蓮は残された日々で、自分にできることを精一杯するつもりだ。この家が白嵐と紅嵐の「我らのお家」ではなくなっても、いつの日かふらりと訪れてもらえるように。もうすぐやって来る別れの日を、幸せな夢が弾けて終わる日にしてしまわないように。

洗濯機を回したあと、ふたりの様子を数分おきに確かめながら掃除機をかけ、一番日当たりのいい南の広縁で布団を干した。

それから納戸の前で古新聞を纏めていたとき、ジーンズのポケットの中で携帯電話のタイマーが鳴った。白嵐たちの確認に行く時間だ。居間に向かっていると、キッチンから蘭篠が出てきた。気がつかなかったけれど、買い物から帰ってきていたようだ。

「お帰りなさい」

「ああ、ただいま。あいつらは？　ずいぶん静かだが、寝てるのか？」

「いえ、ずっとテレビの前に張りついています」

笑んで答えた蓮を見やり、蘭篠が眉を寄せた。

「テレビ？　あいつら、居間にはいないぞ？」

「――え？」

ついさっきまで、テレビの前ではしゃいでいたはずなのに。蓮は驚いて、居間へ駆けこむ。

テレビの画面にはアニメが流れているが、部屋の中にふたりの姿はなかった。

「二、三分前に確かめたときは、ちゃんといたんですけど……」

白嵐、紅嵐と蓮は声を高く響かせた。しかし、返事はどこからも返ってこない。

アニメの音声とやかんの吐き出す蒸気の音、そして窓の向こうから風の鳴る音が聞こえてくるばかりだ。踊り疲れて布団にもぐりこんでいるのだろうかと思い、見に行った蓮の部屋も空だった。

「とにかく、捜そう」

「は、はい……っ」

白嵐と紅嵐は寒がりだ。こんな風の強い日に外へ出たとは考えにくい。蓮は蘭篠と手分けをし、携帯電話で連絡を取り合いながら家の中を捜索した。

だが、部屋数も小さな白狐が身を隠せそうな場所も多すぎて、なかなか見つからない。ふたりだけで確認して回るのは無理だと考えたのか、蘭篠はほどなく使鬼を出した。

『押入や物置の中、屋根裏まで徹底的に捜せ。小さい仔狐が転がり落ちそうな空間の歪《ゆが》みもだ！　どんな些細《ささい》な痕跡も見逃すな！』

まだ幼いということを差し引いても、使鬼が主人の呼びかけに応じないのは異常事態だからだろう。携帯電話のスピーカー越しに聞こえてくる蘭篠の声は、ひどく険しい。

意図的に気配を強調していれば遠くからでもその存在に気づけても、気配を消してしまった使鬼を探すのは、主人や使鬼同士であっても容易ではないらしく、指示を飛ばす蘭篠の声は焦りを深くしている。

「……蘭篠さん。俺、やっぱり外も見てきます」

もしかしたら、庭に入りこんできたライオン丸を見つけて追いかけているのかもしれない。

予測できない成長の著しさゆえに突然、狐としての野性に目覚め、庭で木登りや穴掘りに夢中になるあまり、蘭篠の声が聞こえていない可能性もある。あるいは、初めて庭に出した日に、夏のようにぬくぬくだと興味を示していた温室にいるのかもしれない。

『そうだな、頼む』

一旦電話を切り、広縁の掃き出し窓を開けた蓮は、靴脱ぎ石の上のサンダルをつっかけて庭へ出た。

「白嵐！　紅嵐！　どこだ？　いたら返事をしてくれ！」

生い茂るままに放置している樹木のせいで視界の悪い庭を、蓮は走る。目をこらし、耳を澄ましていくら叫んでも、ふたりからの反応はない。冷たい風が空を切ってうなる音だけを聞くうちに胸の中で不安がどんどんと膨れ上がり、唇や手の指が震え出す。

白嵐と紅嵐が格段に活発になり、予想のつかない突拍子もない行動を取るようになっても、蘭篠はストーブの周り以外に結界を張っていない。ふたりを見守るための使鬼も配置していない。ふたりから絶対に目を離したりしないから、そんなことをしなくても大丈夫だと断言した蓮を信用して、そうしたのだ。なのに、白嵐と紅嵐はいなくなってしまった。

もし、ライオン丸を追って敷地の外へ出てしまっていたらどうしよう。温室で毒草に触れ、助けを呼べないほどに具合が悪くなっていたらどうしよう。

白嵐と紅嵐に何かあれば、自分の責任だ。自分では、ふたりの育児に影響が出るような恋煩いをしているつもりはなかった。だが、単に自覚できていなかっただけのようだ。

蘭篠の留守中にすべきことは、蘭篠の負担を軽くするための家事の手伝いではなかった。ふたりを守る者が自分ひとりしかいない時間だからこそ、そのそばから離れてはならなかった。自明のことなのに、そんな判断すらつけられなかった。

これは初恋相手と親しくなるための家族ごっこではなく、高額の報酬で請け負ったれっきとした仕事だ。白狐であるふたりが活動的になれば、どんな事態が生じるかを冷静に考え、見守る目を増やすべきだったのに、白嵐と紅嵐が懐く者は自分だけであってほしいというエゴが思考を曇らせた。

すべて自分のせいだ。恋に迷う愚かな心が、取り返しのつかない失態を招いてしまった。

どうしよう、どうしようと蓮はわななく唇で繰り返す。

「どこだ、白嵐、紅嵐！」

力の限り叫んで温室のある方向へ駆けていたさなか、視界の端に白いものが映った。

弾かれたようにそこへ視線をやると、白嵐と紅嵐が池のふちの石にちょこんと乗り、目を閉じて並んでいた。白狐の姿で池に背を向けているふたりはなぜかじっと動かず、気づいているはずの蓮の気配に反応も示さない。

「白嵐、紅嵐！」

走り寄り、蓮はぎょっとする。ふたりの尾が池の中に浸かっている。

何かの拍子に尾が池に嵌《は》まって動けなくなり、寒さのあまり気絶しているのだろうか。やっと見つけられた安堵よりも、心配する気持ちがさらに大きくなる。

「大丈夫か、お前たち！」

蓮は慌ててふたりを引き上げ、胸に抱く。とたん、目を開けて四肢をばたつかせはじめたふたりの声が『下ろしてくださいませ』と頭の中で重なって響く。

『まだ、魚が釣れておりませぬ』

そう言って、蓮の腕から抜け出そうともがく紅嵐を、『馬鹿紅嵐！』と白嵐が蹴る。

『言うては駄目だと言うたのに』

「……魚？　お前たち、ニジマスを釣ろうとしていたのか？」

ふたりは蓮の腕の中で困惑したような顔を見合わせていたが、やがて白嵐が『そうでございます。でも、まだ一匹も釣れておりませぬ』としょんぼりと濡れた尾を垂らす。

池の中に浸けていた尻尾は、おそらく釣り竿代わりだったのだろう。よく見ると、白嵐の尾の先に紅嵐のものと思しき赤い毛が細く括《くく》りつけられている。疑似餌のつもりらしい。

「こんなに冷たくなって……」

蓮は、ふたりの冷えた身体をきつく抱きしめる。

「風邪をひいたら、どうするんだ。それに、お外に出るのは、ちゃんとそう言ってからだと約束しただろう？　忘れてしまったのか？」

覚えております、とふたりはしゅんと声を揃える。

『なれど、おたあさまにお教えしてしまうとサプライズになりませぬゆえ、致し方なかったのでございます』

白嵐はそう言って、ちゃんと断りを入れようとした紅嵐を自分が制したのだと告げた。

『おたあさまがお昼に食したいと仰《おっしゃ》っていた魚を捕って、おたあさまに喜んでほしかったのでございます』

そう答えたのは紅嵐だ。釣果が出る前に池から引き上げられたことが無念なようで、ひげが悄然《しょうぜん》と下がっている。こっそり部屋を抜け出し、何度呼んでも返事をしなかったのは「サプライズ」のためだったようだ。

『我らはご主人様のようにお金を持っておりませんので、スーパーでおたあさまの好物を買ってきて、お贈りすることはできませぬ』

告げた白嵐に続いて、紅嵐が『でも、でも！　この池でピンクのぷりぷり魚を釣ることなら、我らにもできるのでございます！』と声を大きくする。

『さようにございます、おたあさま。だから、下ろしてくださいませ。お昼までに一番大きいぷりぷりピンクを釣ってみせますゆえ』

白嵐の凜とした決意表明に続き、紅嵐も『早く下ろしてくださいませ』と伸び上がり、蓮の肩を小さな赤い前肢でぺちぺち叩く。

「駄目だ、絶対に」

身をよじるふたりを抱く腕に、蓮はぎゅっと力をこめる。ひんやりとした真っ白の被毛に顔を埋めると、眦《まなじり》がじわりと熱く潤んだ。

今日は魚が食べたいと言った自分のために、魚を捕ろうとしてくれたふたりの優しい気持ちが嬉しい。けれども、そう思う胸は、自分の単なる我が儘が発した言葉のせいでふたりを凍えさせてしまった後悔でいっぱいだった。

「こんなに寒い日に大事な尻尾を冷たい池に入れたりして、病気になったら大変だぞ？　尻尾で釣りをするなら、もっともっと暖かくなってからだ」

『それはいつでございますか？』

白嵐が青い目をしばたたかせて問う。

池に入っても寒くない頃――夏が来たら、と答えようして、蓮は言葉を飲みこむ。

その頃、この家にいるのはきっと自分ひとりだ。

「……お陽さまがぽかぽかしてきたら、だよ」

蓮は言葉を濁し、ふたりを抱いたまま家へ向かって歩き出す。

ふたりは少し不満そうに首をひねって池のほうを見ていたが、ほどなく諦めてくれた。蓮にぴたりとくっつき、水気を切るように濡れた尻尾をぷらんぷらんと大きく揺らす。

「お家に着いたら、すぐにあったかいお風呂に入ろうな」

はい、おたあさま、とふたりは蓮の肩に顔を載せて笑った。

「そうか。蓮に食わすニジマスは釣れなかったか」

『はい。もう少し尻尾を浸けていれば、スーパーのお魚よりもっともっと大きいぷりぷりピンクが釣れましたのに……』

残念そうに言って、湯を張ったタライから出た白嵐をタオルで拭く蘭篠の服は、土埃で汚れていた。床下に入って、白嵐たちを探していたからだ。

あらかたの水分を拭き取った蘭篠が指を鳴らすと、白嵐の身体が一瞬で乾き、ふわふわの毛玉のようになる。

蓮の好きな蘭篠の魔法だが、今はとても嬉しがって鑑賞する気にはなれない。ふたりの脱走理由を知っても、蘭篠が非難の言葉を蓮に向けることなどなかったが、騒動の原因が自分の我が儘だったことが心苦しくて、蘭篠の目を見られなかった。

風呂場の床に置いたタライの中にまだ浸かっている紅嵐の首筋に、蓮はそっと湯を掛けてやる。蓮を見つめる紅嵐の赤い目が、気持ちよさそうに細くなる。

自分のための釣りをしているあいだ、ずっと寒さを堪えていたのだろうと思うと、胸がどうしようもなく痛んだ。

「そんなことはない。お前たちには、あの池にいる魚を相手にするのは無理だ。蓮が気づくのがもう少し遅かったら、お前らみたいな小さい毛玉は池の中へ引きずりこまれて、丸呑みにされていたんだぞ」

さすがにそこまで大きなニジマスはいないはずだけれど、蘭篠の真に迫った忠告に驚いた紅嵐が『ふおぉ！』と高い声を上げて、タライから飛び出た。

蓮はタオルを広げて、紅嵐の身体を拭く。終わると蘭篠が指を鳴らして、濡れた毛を乾かす。床の水分も一緒に蒸発する。

「あったまったか、お前ら」

はい、ご主人様、と白嵐と紅嵐が声を揃えて笑顔になる。

「なら、白嵐、紅嵐。そこへ座れ」

この瞬間まで穏やかだった表情を厳しくして、蘭篠は自分の足もとを指さす。

蘭篠がふたりを叱《しか》ることは珍しくない。だが、今、その眼差しに宿っている光はこれまでとは比べものにならないほど強い。

それを察したふたりの耳とひげが、一瞬でしゅんと垂れた。

「お前らが池で釣りをするのは、十年早い。釣りがしたいなら、バケツと金魚とメダカを用意してやるから、池での釣りは禁止だ。いいな」

紅嵐は『はい』と素直に返事をしたが、白嵐は『でも、おたあさまは金魚もメダカもお召《め》し上がりになりませぬ』と不服そうな呟きを小さく落とす。

「蓮が食わなくても、お前らが釣っていい魚は金魚とメダカだ」

『なれど、ご主人様。我らは、おたあさまに喜んでいただける大きい贈りものを捧げとうございます』

「ちっこい毛玉のくせに、そんなこまっしゃくれたことを考えるのは百年早い。お前らはそこらをころころ転がって、歌って踊って、蓮に甘えてりゃ、それでいいんだ」

でも、となおも言い募ろうとした白嵐を、蘭篠が「くどい」と鋭く一喝する。

まだ本当に小さいだけのふたりを蘭篠が心配する気持ちは、手に取るように伝わってくる。ほんの一時の親代わりでしかなく、この騒ぎのそもそもの原因を作った自分が、蘭篠たちの特殊な関係に軽々しく口を出すべきではないとも思う。

それでも、細い肩をびくりと震わせたふたりの姿に胸の痛みが大きくなり、もう耐えられなくなった。

「蘭篠さん。俺がちゃんと言い聞かせますから、もう……」

床に膝《ひざ》を突き、思わずふたりを抱き上げた蓮を、蘭篠が真上から見下ろす。

一瞬絡んだ視線を、蘭篠はすぐに外した。何かを思案するような間が数秒空いたあと、「そうだな」と淡いため息が落ちてきた。

「なら、俺は着替えてメシを作るから、そいつらのこと、頼んだぞ」

はい、と蓮は深く顎《あご》を引いて、立ち上がる。

蘭篠は風呂場を出て行こうとしたが、ふと足をとめた。そして、蓮が抱くふたりの鼻先を指で軽く弾いた。

「もう二度と、黙っていなくなるな。呼ばれたら、ちゃんと返事をしろ。それが、お前らの仕事だぞ」

はい、ご主人様、とふたりは項垂れた。

三角耳をぺたりと寝かせてしょぼくれている白嵐と紅嵐を抱いて居間へ行くと、テーブルの上にＤＶＤが置かれていた。ふたりがねだっていた「妖怪ダイアリー」の五巻だ。

「ほら、お前たちがほしがっていた五巻だぞ。見るか?」

しかし、叱られたことへの蟠りなのか、喜んではしゃぐ声は返ってこない。

ふたりは顔を見合わせたあと、小さく首を振った。

『ちゅうちゅうして、お昼寝しまする……』

白嵐はぼそぼそと言って、蓮の腕から飛び降りる。紅嵐もそれに続く。

座布団の上で並んだふたりに向き合って正座し、蓮は指を咥えさせた。紅嵐はいつもと同じ量の精気を吸ったが、白嵐は半分ほどで『ごちそうさまでございました』と前肢を合わせて、座布団の上で丸まってしまった。

紅嵐は蓮の腿の上に登ってきて、甘えるように寝転んだ。その背のふんわり膨らんでいる白い毛を左手で梳《す》き、蓮は座布団で丸まる白嵐に話しかける。

「白嵐。蘭篠さんは、お前に意地悪であんなことを言ったんじゃないよ。お前たちのことが本当に心配だから、危ないことをしないように注意したんだよ。わかるだろう？」

蓮は、白嵐のへたったままの耳のつけ根を右手の指先で撫でる。

『……ご主人様は意地悪でございます。おたあさまは、金魚やメダカなどお食べにならぬゆえ、釣っても無意味でございますのに』

「そんなことはないよ。金魚とメダカは食べないけれど、お前たちが尻尾で釣ってくれたら、おたあさまはすごく嬉しい。水槽に入れて、大切に飼うよ」

『……でも、やっぱり駄目でございます』

悲しそうに言って、白嵐が尻尾の下に顔を埋めたとき、隣のキッチンからじゅっと油の跳ねる音がして、香ばしい匂いが漂ってきた。

肉ではなく、魚の匂いだ。シチューに入れる魚を焼いているのだろう。

『ご主人様の用意する金魚とメダカは、ご主人様のお金で買うものです。それを釣っておたあさまにお渡ししても、我らからの贈りものにはなりませぬ。ご主人様からの贈りものになってしまいまする』

尻尾の下からこぼされた愛らしい悩みに、蓮は微笑む。

「お前たちがくれたものなら、どんなものでも嬉しい宝物だよ。でも、一番の宝物はお前たちだ。お前たちが毎日、元気よく歌って踊って、笑っていてくれることが、何よりの贈りものなんだよ」

耳はわずかに立ったけれど、尻尾の下に隠した顔を出さない白嵐に、蓮は「蘭篠さんだって、同じだよ」とやわらかくした声音で囁《ささや》く。

『……違いまする。我らは小さいだけで、何の役にも立たない白い毛玉です。宝物などではありませぬ』

だんだんと声を潤ませて、白嵐は首を振った。

「宝物だ。お前たちは宝物だよ」

蓮は声を強く響かせる。

「蘭篠さんは、お前たちを何よりも大切な宝物だと思っている。だから、お前たちがいなくなって、本当に心配したんだ。心配して、床下まで探しに行った。もし、お前たちがただの毛玉だったら、どうなっても気にしたりしない。でも、蘭篠さんはすごく心配して、怒った。それは、お前たちのことが、とてもとても大切だからだよ」

白嵐と紅嵐の背を撫でながら、蓮は「お前たちは大切な宝物なんだよ」と繰り返す。

「もし、お前たちに何かあれば、蘭篠さんもおたあさまも心が空っぽになるくらい悲しくなる。だから、危ないことはもうしないと約束してくれるな？」

『お陽さまがぽかぽかしてきても、釣りは駄目なのですか？』

紅嵐の問いに、返す言葉が一瞬詰まる。

「……そうだな。その頃になったら、おたあさまから蘭篠さんに頼んでみるよ。それまではいい子で我慢してくれるか？」

紅嵐は「はい」と返事をし、白嵐は浅く頷く。

仕方のないこととは言え、叶うはずもない約束をしてしまった罪悪感を覚えた蓮の左手を、紅嵐が前肢でつつく。

『おたあさま。白嵐はいつもわたくしを馬鹿だと申すのに、今日は白嵐のほうがずっと馬鹿だったのでございますよ』

「どうしてだ？」

『今日はご主人様のぷんぷんが、とてもぷんぷんなので、ご主人様を怒らせては駄目なのです。だから、わたくしは、黙ってお外へ行くのはやめようと言ったのですよ。でも、白嵐はわたくしを池へ引きずって行って、足の赤いところの毛をブチっとむしったのです』

『引きずったのも、ブチっとしたのも謝ったではないか。それに、俺は馬鹿ではない』

尻尾で顔を隠したまま、白嵐は唸《うな》るように言う。

『ご主人様は、おたあさまがご機嫌だとご自分もとてもご機嫌になるではないか。だから、おたあさまに大きなぷりぷりピンクを差し上げて喜んでいただければ、ご主人様のぷんぷんも治るやもしれぬと思うたのだ』

「……ぷんぷんって、お前たち、何か蘭篠さんを怒らせることをしたのか？」

『しておりませぬ。ご主人様は元からチョーぷんぷんでございます』

そう言って、白嵐は『わたくしはもう寝まする』と尻尾のさらに奥へ顔を突っこむ。

叱られることをしたとわかっていても、蓮と、何やら蘭篠のためでもあったらしい池での魚釣りを禁じられて、すっかり拗《す》ねてしまったのだろう。

二本の尻尾で顔も耳もすっぽり覆い隠している湯上がりの姿はふわふわのぬいぐるみのようで可愛くもあるけれど、その様相はまさしくふて寝だ。

少しのあいだ、そっとしておいたほうがよさそうだ。

蓮は苦笑して、紅嵐に話しかける。

「なあ、紅嵐。蘭篠さんのぷんぷんって何だ？」

『ぷんぷんはぷんぷんにございますよ、おたあさま』

言いながらあくびをした紅嵐は蓮の膝から下り、白嵐の隣で丸くなる。

ご主人様のぷんぷん、が怒っていることではないのなら、狼のにおいのことだろうか。

だが、蘭篠は昨夜もいつもと同じように風呂に入っていたので体臭がきつくなっているとも思えない。

一体、蘭篠の何がぷんぷんなのか気になったけれど、寝てしまった白嵐たちを起こして答えを引き出すことは憚《はばか》られた。しばらくして、昼食を運んできてくれた蘭篠本人にも訊けなかった。とても「いつもよりぷんぷんのぷんぷんって何ですか」などと口にできる雰囲気ではなかったのだ。

トーストしたフランスパンに、パセリを散らした椎茸《しいたけ》のチーズ焼き。メインディッシュは、たっぷりの野菜とサーモン入りのホワイトシチュー。

蘭篠は蓮がリクエストした料理を並べてくれた。けれども、その様子は買い物に行く前とは明らかに違っていた。蓮と目を合わせようとしないし、座る場所はいつもより微妙に遠い。会話も続かず、笑顔もない。

やはり、蘭篠は心の内では蓮の失態に腹を立てているのだろう。

蘭篠の信頼を裏切ってしまった自分の愚かさへの後悔が胸から喉もとへと迫《せ》り上がり、口の中でなめらかにとろけるシチューの味がよくわからない。

蘭篠と囲む食卓には気まずさばかりが降り積もり、自然と頭の位置が下がってしまう。

「……あの、蘭篠さん。白嵐と紅嵐から目を離してしまったこと、本当にすみませんでした」

口もとへ運びかけたスプーンを置いて、蓮は詫びる。

「そんなに何度も謝らなくていい。お前はよくやってくれているし、結果的に何もなかったんだから、自分を責めるな」

「でも、俺の我が儘が原因になったみたいですし……」

「我が儘？　お前の？」

「俺が、肉じゃなくて魚が食べたいだなんて言ったから……」

「もう肉を焼いたのに、今日は宍道湖《しんじこ》のスズキじゃなきゃ食わない、なら確かに我が儘だろうが、買い物にも行ってない段階での今日は肉より魚な気分、はべつに我が儘とは言わないぞ、蓮」

蘭篠は笑ったが、何かを堪えているようなぎこちない笑顔だった。

会話はそこで途切れてしまい、互いの口からそれ以上の言葉が生まれることはなかった。

ただ黙々と食べて、昼食は終わった。キッチンへ食器を運ぶのを手伝おうとしたが、「いいから、お前はこいつらと一緒にいてくれ」と制された。

「そういや、こいつら、もう池に尾は垂れないってちゃんと約束したか？」

「はい……」

頷いて、蓮は座布団の上で丸まって眠るふたりを見やる。

寝ながらべそをかいたのか、いつの間にか尻尾の下から顔を出していた白嵐の毗は、うっすらと濡れていた。

少し迷ってから、思い切って「あの」と口を開く。

「そのことなんですけど、ちょっといいですか？」

「ああ、何だ？」

白嵐たちは、生まれ直す前の記憶をまだ取り戻していない。自分たちが特別な妖魔だったこと――「天狐」と崇《あが》められる九尾狐だったことも忘れたままだ。

だが、蘭篠の使鬼だという自覚はある。

だからこそ、蘭篠の使鬼の中で自分たちだけが妖力を持っていないことにコンプレックスを感じ、何か蘭篠の役に立とうと必死であんな行動に出たのかもしれない。

結局「ぷんぷん」のことは省略して、蓮はしどろもどろでそんな憶測を話した。

「白嵐と紅嵐には、俺が蘭篠さんの料理を食べて喜べば、蘭篠さんも喜ぶというふうに見えているようで……。それで、あの子たちなりに、どうにかして蘭篠さんの役に立とうと頑張って考えて、池での釣りを思いついたようなんです。だから、蘭篠さんからも、小さくても大切な存在だということを伝えてあげてくれませんか？」

蓮の求めに、蘭篠は「そうだな」と頷いてくれた。


白嵐と紅嵐の昼寝はいつもなら一時間ていどだが、今日は日が暮れても座布団の上で丸まっていた。

蓮は居間のテーブルで勉強をして半日を過ごした。そのあいだ、家事をしていた蘭篠は部屋に入ってこなかった。蘭篠も白嵐も紅嵐も、蓮のすぐそばにいる。白嵐と紅嵐の立てるかすかな寝息やキッチンで蘭篠が動く音が聞こえているのに、耳につくのは時折庭を駆け抜ける風鳴りだけだった。

まるで、誰もいないかのような静けさが身に染みた午後が夕方になり、キッチンからほんのり甘い匂いが漂ってきた頃、白嵐と紅嵐は目を覚ました。

たっぷり寝たはずなのに、「おたあさま、ちゅうちゅう」とねだった食事をすませるとすぐ、白嵐はまた丸まってしまった。紅嵐は迷う素振りで何度か蓮の周りを回ったあと、白嵐につき合うように座布団に戻った。

「お前たち、猫又ニャードロンを見ないのか？」

「また今度にしますする。もうすぐ、おたあさまたちのお食事の時間で、テレビはご主人様がニュースをご覧になるのにお使いになるやもしれませぬゆえ」

答えた白嵐の声は、はっきりとむくれていた。

蘭篠に叱られて、相当拗ねているようだ。早く蘭篠に、小さくても大切な使鬼なのだと告げてもらい、機嫌を直してほしかった。けれども、蘭篠が夕食をトレイに載せて居間に入ってくるなり、白嵐と紅嵐は狸寝入《たぬきねい》りを決めこんだ。

蘭篠はふたりのほうをちらりと見たが特に何も言わず、蓮の席と自分の席にそれぞれ小さい珐瑯鍋《ほうろうなべ》を置いてキッチンへ戻る。鍋の中では白身魚と白菜や大根、きのこなどの野菜が煮込まれ、白い湯気を立てていた。

蘭篠はもう一度箸や小皿を載せたトレイを運んできて、蓮の向かいに座り、テレビをつけた。蘭篠も蓮も、食事中にテレビを見る。それ自体はべつに珍しくない。だが、席に着いて何も言わずにいきなりテレビをつけたことは、今まで一度もなかった。

何だか会話を拒絶されたような気になりながら、蓮は「いただきます」と手を合わせる。返ってきたのは「ああ」の一言だけだった。

「……美味しそうですね。この魚、タラですか？」

今度も「ああ」としか返ってこない。

これまで何度かした鍋は、テーブルの上にカセットコンロを載せて作った。鍋奉行蘭篠の指示のもと、蓮だけでなく白嵐と紅嵐も手伝って大きな鍋に肉や野菜や卵を投下した。

その最中、白嵐と紅嵐は毎回「狼ぐつぐつ釜茹《かまゆ》での歌」を作って歌う。歌詞は鍋の食材に合わせて変わるけれど、シェフの狼が最後になぜか出来上がった鍋の中へどぼんと落ちてしまう展開はいつも同じだ。そして、「狼ぐつぐつ！　狼ぐつぐつ！」の可愛らしい合唱で締めくくられる歌に対して、蘭篠が「俺が具材になったみたいな歌を歌うな」と顔をしかめるのが常で、鍋の夜はことさらに楽しかった。

だが、今晩のテーブルに並んだのは調理ずみの一人鍋。白嵐と紅嵐の歌がない。昼間はぎこちないなりにぽつぽつと交わした会話すらない。

蘭篠の視線はあからさまに蓮を避けていて、自分の手もとかテレビにしか向かない。

蓮を全身で拒絶する蘭篠の態度は、昼間よりも遥かに硬化していた。

——もしかしたら、白嵐たちに宝物だと言ってほしいと求めたことが原因だろうか。

蓮の脳裏に、そんな不安が過る。

たとえ大切な狩りのパートナーではあっても、蘭篠は鬼狩り師で、白嵐と紅嵐は使鬼。鬼の世界をよく知らない蓮には想像するしかないが、契約によって成り立つその関係性は、根底に強固な愛情がある家族や、飼い主とペットのそれとは異なるはずだ。ただでさえ蓮の不注意を苦々しく思っていたところへ、部外者であることを弁《わきま》えもせずに差し出がましい要求をしたことで、蘭篠は決定的に気分を害してしまったのかもしれない。

それに、と湧いた思いが箸を持つ指先を震わせる。

そもそも、白嵐と紅嵐が自分たちの小ささを悲しむ原因を作ったのは、蓮だ。

本来なら二日ていどで白嵐と紅嵐は元に戻るはずだったのに、ひと月近くが経ってもまだ子供のまま。しかも、蘭篠はすでに宇田川への支払いをすませてくれたのに、蓮はその対価をいまだに渡せていない。

求められたことを何ひとつ満足にできない自分を、蘭篠はもう目も合わせたくないと思うほどに軽蔑したのかもしれない。

——どうしたらいいのだろう。

——どうすれば、犯してしまった愚かな失態を償えるのだろうか。

考えても考えても、頭の中には焦りと動揺しか浮かんでこない。

温かい鍋ものを食べている最中なのに体温がどんどん下がっていくようで、箸の上げ下げすら上手くできなくなる。

うつむいて、のろのろと鍋の中身を口へ運んでいるあいだに、蘭篠は自分の食事をすませた。いつもとは違い、蓮が食べ終わるのを待とうとはせず、トレイに手早く鍋や食器を移し、テレビを消して立ち上がった。

「テーブルの上はあとで俺が片づけるから、お前は何もしなくていいぞ。食い終わったら、そいつらを部屋へ連れていって休んでくれ」

蓮を見ずに言って、蘭篠はキッチンへ向かう。

取りつく島もないあの様子では、蘭篠は明日にも白嵐たちを連れてここを出て行ってしまうかもしれない。

――こんな終わり方は嫌だ。

離れていく蘭篠の背を見て、蓮は思った。

もう決して軽率なことはしない。身のほどを弁えず、蘭篠たちと特別な絆《きずな》を結びたいなどとは考えない。芽生えてしまった恋心は、胸の底に鍵を掛けてしまいこむ。

どうすれば白嵐たちを早く元に戻せるかはわからないけれど、これからは自分の果たすべき役目だけに専念する。

だから、こんな終わり方だけは絶対に嫌だと強く思い、蓮は咄嗟に立ち上がった。

「待ってください、蘭篠さん。俺――」

蘭篠を引きとめようと手を伸ばした瞬間だった。

「寄るな！」

鋭い咆哮《ほうこう》が響き、振り向きざまに金色に変色した蘭篠の双眸が蓮の肌を刺す。

燃えるような黄金色に発光する獣の目に驚いて反射的に後ずさったとき、背後から白いふたつの影が凄《すさ》まじい勢いで飛び出てきた。

蓮を守るようにしてその前に立ち、毛を逆立てているのは白嵐と紅嵐だった。

今まで聞いたこともない荒い唸り声を蘭篠に向かって発し、尾を攻撃的に振り回す。高速で回転する尾からは青と赤の狐火が次々と生まれて、蘭篠を威嚇するように周りを取り囲む。

「主人の俺に楯突いて蓮を守るのか、白嵐、紅嵐」

どこか昏《くら》い笑みを湛《たた》えて、蘭篠は眼前で揺れる狐火を握りつぶす。

その事もなげな動作に、ふたりは一瞬怯《ひる》んだように前肢を掻《か》く。だが、すぐさま肩を寄り添わせ、逆立つ毛をさらに膨らませた。

『ご主人様は、ご自分の身はご自分でお守りになれまする。なれど、おたあさまはそうではありませぬ！』

白嵐が叫んで青い狐火を飛ばすと、紅嵐も赤い狐火を増やして叫ぶ。

『おたあさまはか弱き人ゆえ、我々がお守りせねばならぬのです！』

ふたりのそんな返答に、蘭篠の双眸に宿る金の煌めきが強くなる。

契約で僕となったはずの使鬼が主に歯向かうなど、きっととんでもないことだ。

蘭篠が自分のもとを訪れたのは、白嵐と紅嵐を助けるためだった。治癒師の血を引くだけで力の使い方を知らない蓮は不確かな可能性の藁《わら》にすぎなかったけれど、それでも摑《つか》まずにはいられないくらい蘭篠にとってふたりは大切な存在だった。

なのに、自分は蘭篠の期待に応えられなかったどころか、絶対であらねばならないはずの主従関係に亀裂まで入れてしまった。

何とかしなければと焦っても頭は空転するばかりだし、大きな動揺のせいか足も動かない。蓮にはもはや、災いばかりを生む自身を呪うことしかできなかったが、主従対立はそれ以上深まることはなかった。

そうか、と薄く笑った蘭篠が腕を軽く一振りすると浮遊していた狐火が霧散し、白嵐と紅嵐の身体が高く宙に浮き上がった。

ふおぉ、と声を上げて落ちてきたふたりを、蓮は慌てて抱きとめる。

「俺の使鬼だったはずが、すっかりお前の仔狐だな」

苦笑を浮かべてキッチンへ入った蘭篠の目は、元に戻っていた。静かな闇の色だった。

ガラス戸が音もなく閉められる。

蘭篠は半透明の薄い扉の向こうにいる。消えていなくなったわけでない。なのに、蘭篠がとても遠いところへ行ってしまったような気がした。

胸が閊《つか》えて最後まで食べることができなかった夕食を、蓮《れん》は申し訳ないと思いつつ残した。ごちそうさまでした、とひとりで手を合わせたときの時刻はちょうど午後八時だった。

就寝するには早い時間だが、したいことは何もない。

蓮は、傍《かたわ》らで狐火を出して遊ぶ白嵐《びゃくらん》と紅嵐《こうらん》を見た。

最初は火事にならないかひやひやしたが、狐火とは建物や人間には害を与えないものらしい。壁や天井に当たっても何も起こらないし、蓮が触れてみてもほのかに温かいだけだった。

狐火には何ができるのかと問うと、『おたあさまが夜にお外へ出るとき、これがあればとっても明るうございますゆえ、転びませぬ！』『たくさん出せますゆえ、夜の停電もへっちゃらでございます！』と返ってきた。

どうやら、思念波でテレビをつけられることと同様、現代の都内ではあまり意味のない力らしい。けれども、ふたりはとても誇らしげで、初めて出せるようになった狐火を『青玉、どーん！』『赤玉、どーん！』と飛ばし続けていた。

「なあ、お前たち。猫又ニャードロンを見るか？　それとも、おた――」

おたあさま、と言いかけた言葉を蓮は飲みこむ。

蓮はふたりの母親ではない。妖狐《ようこ》でもなければ、女性ですらない。なのに、こんな不適切な言葉を使っているから、ふたりは自分に必要以上に懐いてしまったのかもしれない。

「……俺と一緒に、もう一度風呂《ふろ》に入るか？」

ふたりは『お風呂に入りまする！』と即答して、人型になった。

蘭篠《らんじょう》への蟠《わだかま》りでＤＶＤを見るほうを選ばなかったというより、今はひたすら狐火に夢中のようだ。湯船に浸かっているあいだも、頭と尾を蓮がドライヤーで乾かしているあいだも、ふたりはずっと青と赤の狐火を飛ばし、出せる数を競い合っていた。

「赤玉、どどーん！」

「青玉、どどーん！」

数の競争は、しまいには花火大会のようになった。そこかしこに浮かぶ狐火は、風呂場から部屋へ戻る途中の長くて薄暗い廊下を煌々《こうこう》と照らしてくれた。

この魅惑的な光景を、あと何度見られるのだろう。

もしかしたら、今晩が最初で最後だろうか。

そんなことを考えながら、蓮はふたりの手を引いて狐火の回廊を歩いた。薄闇の中に浮遊する澄んだ炎の眩《まぶ》しさが胸に沁《し》みこんで、切なくなった。

「綺麗《きれい》だな……」

声が震えそうになるのを堪《こら》えて笑うと、蓮の手を握る小さな指に嬉《うれ》しげな力がこもり、飛び交う狐火が増える。

一面にきらきらと広がった狐火は、窓や壁を擦《す》り抜けて外へも流れ出た。

濃い青、薄い赤。混ざり合って不思議なグラデーションを描く紫。様々な色の光が灯《とも》った庭が、幻想的な輝きを纏《まと》って闇夜に浮かぶ。

妖《あや》しく煌《きら》めく光の乱舞はこの世ならざるもので、まるで異世界に迷いこんだかのような錯覚を覚える。

この家の中では自分だけが人間なのだという事実を忘れたことなどなかったはずなのに、なぜか今、それを強く思い知った気持ちになった。

そして、種族も、生きる世界も違うのに、いつまでも一緒にいたいなどと願ってはならないのだということも。

この世と異界との一瞬の交叉《こうさ》から生まれたうたかたの夢だからこそ、こんなにも美しく映るのだろう光景を、蓮は脳裏《のうり》に焼きつける。

心の中でもう一度、とても綺麗だと繰り返したとき、ふいに狐火が次々と消えていった。

白嵐と紅嵐ははしゃぎすぎて、疲れてしまったらしい。

肩で息をするふたりを抱き上げ、蓮は部屋へ戻る。

部屋に入ったふたりは大きなあくびをして白狐の姿になり、ベッドに飛び乗った。蓮のシングルベッドではさすがに三人並ぶのは無理なので、ふたりは眠るとき、白狐になって枕元のクッションで丸まるのだ。

蓮もベッドにもぐりこむ。電気を消しても胸がじくじく痛んで、少しも眠くはならない。

蓮は、枕元のふたりに話しかけた。

「なあ、お前たち。蘭篠さんのこと、嫌いになってしまったのか？」

『我ら僕《しもべ》とご主人様とは一心同体です。嫌いでも、決して離れることはありませぬ』

白嵐が答える。

「……それはつまり、嫌い、ということか？」

『おたあさまに吠《ほ》えるご主人様は嫌いです。あっちへ追い払いたくなりまする』

今度は紅嵐が眠たげな声で答え、『でも』とあくび混じりに続ける。

『おたあさまのお女中をちゃんとやっておられるご主人様は好きですよ。おたあさまがにこにこで……、ご主人様もにこにこで、お家《うち》の中がとても心地のよいほかほかになって……』

だんだんと細くなった声が途中で途切れて、いとけない寝息に変わる。

紅嵐は眠ったようだ。

「……白嵐は？　蘭篠さんが嫌いか？」

『我らはご主人様にお仕えする身。そのような感情は抱いてはならぬのです。……なれど、先ほどはつい我を忘れてしまいました。ご主人様がおたあさまを食べそうで、びっくりしてしまったのです』

「……蘭篠さんは、俺を食べたりしないよ」

人ではない蘭篠の本性《ほんしょう》を垣間見た瞬間は驚いた。だが、なぜなのかはわからないけれど、怖いという感情は――危害を加えられるという本能的な恐怖は抱かなかった。

しかも、あの場の緊張感が過ぎ去った今は、別れの前にわずかなりとも本性を知れたことに喜びすら覚えている。

そんな愚かさに、思わず苦笑が漏《も》れる。

同性である自分は決して恋愛対象にはならないのだから、蘭篠に頼られただけで満足しておけばよかった。蘭篠と自分を結びつけているものは単なる契約で、その繋《つな》がりは一時的なものだという分別を持ち、狼の本性を見せてもらいたいなどと欲張ったりしなければよかった。そうすれば、こんなことにはならなかったのに。

今更しても仕方のない苦い後悔が満ちた胸を、蓮は強く押さえた。

『わかっておりまする。ご主人様は狼ゆえ時々ワイルドですが、本当はとてもお優しいお方。スーパーへ行き、お金を払えば、食べ物は何でも手に入るこの世界で、殺生などなされるはずがございませぬ』

そう言った白嵐が、小さくため息をつく。

『かように小さき我らがなぜ、強くてご立派なご主人様の僕となったのか、その経緯は忘れてしまいました。思い出そうとすると、頭の芯《しん》がぎゅっと痛くなって何も思い出せぬのです。でも、ご主人様に何か大きなご恩があることは、ぼんやりと覚えておりまする。なのに、何のお役にも立てないことが、わたくしは口惜しいのでございます』

——元に戻してやれなくて、ごめん。

こぼしかけた言葉を、蓮は咄嗟《とっさ》に腹の奥へ押し戻した。

そう詫《わ》びて、白嵐たちが小さい理由が自分にあることがわかれば、白嵐たちにまで嫌われてしまうかもしれない。それが怖かった。

白嵐たちと過ごすことができる時間は、きっともう多くは残されていない。ならばせめて、別れのときが来るまでは、今の関係のままでいたいと思ってしまったのだ。

自分の狡《ずる》さにどうしようもない情けなさを感じながら、蓮は手を伸ばして白嵐を撫《な》でた。

『おたあさまの手は、とても気持ちようございます。撫でられると、心がぽかぽかいたしまする』

「そうか……。じゃあ、お前が眠るまでこうしているから、いい夢を見てくれ」

『はい、おたあさま』

蓮の手の下で、やがて白嵐がかすかな寝息を立てはじめる。ほんのひと月前にはふたり一緒に掌にすっぽりと収まっていたのに、今はひとりずつでも載せられないほどに成長した。

だが、それでは駄目なのだ。仔猫《こねこ》と成猫のあいだのようなその大きさは、蘭篠が望む元の姿からはほど遠い。

――自分の力が、不十分だから。

白嵐と紅嵐は、主人である蘭篠を慕っている。蘭篠を喜ばせたくて、懸命に役に立とうとしている。蘭篠にとっても、白嵐と紅嵐は大切な存在であり、それは今でも何ら変わらないはずだ。

思い合う主従の絆《きずな》に不協和音をもたらしてしまったのは自分だ、と蓮は思う。蘭篠に期待された力などなかった自分は、三者のあいだに確執の種を撒《ま》くだけの異分子でしかない。憤懣《ふんまん》を抱かれて、こんな中途半端なところで契約が終わってしまうのは辛《つら》いけれど、自分は蘭篠たちのそばにいるべきではないのかもしれない。

――けれども。今、離れてしまうと、白嵐たちの食事はどうなるのだろう。ふたりをまだ元に戻せていないのに、すでに宇田川に支払われた報酬はどうしよう。

理性では蘭篠たちとの別れを受け入れようと思っても、胸の底にしまったつもりでしまいきれていない恋心が邪魔をするのか、未練がましい迷いが次から次へと溢《あふ》れてくる。

どうすればいいのかわからなくなり、胸が苦しくなった。たまらなくなって、蓮は起き上がってベッドを降りた。

どうせこのままなら、今晩はきっと寝られない。寝不足の朝に別れを告げられるよりは、今話し合ったほうがいいように思ったのだ。

部屋のドアを開けようとした寸前、ふいに蘭篠の声が聞こえた。

「蓮、起きてるか?」

扉の向こうに、蘭篠が立っている。蓮は指先で扉に触れて、「はい」と返す。

「ちょっと、出てきてくれ」

硬くて低い声が扉を擦り抜け、耳朶《じだ》を打つ。

蘭篠も、別れを切り出すのなら早いほうがいいと考えたのだろうか。

一度、深く息を吸って廊下へ出ると、一瞬だけ目を合わせた蘭篠が廊下を歩き出した。普段なら、この時間には風呂に入って作務衣《さむえ》に着替えているのに、蘭篠はジーンズを穿《は》き、コートを着ていた。

こんな夜更《よふ》けに、どこかへ出かけるのだろうか。気になったけれど訊《き》くこともできず、蓮は伏し目がちに蘭篠のあとに続いた。

蘭篠は薄暗い廊下を奥へ奥へと進み、蓮の部屋からだいぶん離れたところで立ちどまった。

「さっきは、怒鳴ったりしてすまなかった」

蓮に背を向けたまま詫びて、蘭篠は息をつく。

「今朝から発情期で、おかしくなってるんだ」

「……え?」

聞こえてきた言葉の意味が咄嗟に摑《つか》めず、蓮は首を傾《かし》げた。

発情期、と蘭篠ははっきりと声を区切って繰り返し、またため息を落とす。

鬼仙界《きせんかい》の生きものの中で発情期があるのは、一部の下等な妖獣だけだという。そして、大抵は人間界の動物同様、それは雌にのみ訪れるものらしい。

しかし、蘭篠には様々な種族の血が混ざっている上に、母親は淫魔《いんま》だ。その影響を受け、繁殖行為自体は一年中可能なのに、性欲が急に高まる発情期も有しているのだそうだ。

「俺は三、四ヵ月に一度くらいの割合で発情する。前回が先月で、こんなに早く来るとは思ってなかったから、どう対処すべきか朝からずっと迷っててさ」

静かに言いながら、蘭篠はそばの柱にもたれた。

発情期は数日続き、興奮の度合いが強くなれば狼化することもあるという。

「そ、そうですか……」

白嵐たちが口にしていた「いつもよりぷんぷんのぷんぷん」とは、どうやら発情期のフェロモンのことだったようだ。朝、冷凍室に頭を突っこみそうになっていたのも、昂《たかぶ》りを静めようとしていたのかもしれない。――ならば、蘭篠の態度がよそよそしかったのは、自分の不注意や力不足に腹を立てていたからではなかったのだろうか。

おずおずと尋ねてみると、蘭篠は「何で、俺がお前に腹を立てるんだよ」と小さく肩を揺らした。

「言っただろう？　昼間の件は、お前が責任を感じるようなことじゃない。二匹でちょろちょろするあいつらに、二十四時間完全に張りつくなんて土台無理な話だし、俺もそんなことをお前に求めてない。それに、あいつらが毛玉のままなのは、まあ計算外と言えば確かにそうだが、それでもあのまま死なれるよりずっとましだ」

生きていてくれるだけでいいんだ、と告げた蘭篠の横顔に淡い笑みが浮かぶ。

「だから、俺はお前には感謝しかしていない」

拍子抜けに近い安堵《あんど》をした一方で、蘭篠の様子がおかしかった原因が原因だけに、どんな反応を示すのが正解なのかわからなかった。

ただ無言で小さく頷いた蓮に、蘭篠が静かな口調で話を続けた。

「普段なら発情しても性欲が多少強くなるていどで、日常生活に支障はない。特にここ一、二年は、枯れたわけじゃないが、そういう欲の盛りの年齢が過ぎたのか、家の中でひとりでじっとしてやり過ごすのが常だったし、本性も出してない」

そこまで言って言葉を句切り、蘭篠は「だが、今回は違う」と低く呟《つぶや》いた。

「……違う？」

「ああ。周期が狂ったせいか、部屋でじっとしていても、水を浴びても少しも治まらない。今は頭の中が性欲一色で、どうかすれば欲望で頭がはちきれそうになっている」

かすかに声を震わせた蘭篠が、拳をきつく握った。

まるで、体内でうねり立つ欲情を、力尽くでどうにか抑えつけるかのように。

「正直に発情期のことを打ち明けても、お前は俺を疎んじたりはしないだろうとは思った。だが、人間は本能で肉食獣を恐れる。それが、自然の摂理だからな。発情した獣が同じ家の中にいることが、お前のストレスになるかもしれないと考えたら、なかなか言い出せなかったんだ」

その告白を紡ぐ声は、心の深い場所に傷を負ったことがある声に聞こえた。

それは、きっと気のせいではない。蘭篠にはおそらく、本性を見せた相手に、人ではない姿を恐怖されたことがあるのだろう。

そして、その相手は女性――。

「俺は蘭篠さんを怖がったりはしません。どんな姿でも、蘭篠さんは蘭篠さんですから」

偽りのない本音と、蘭篠の本性を見た者への虚しい対抗心を胸に、蓮は蘭篠の美しい横顔をまっすぐに見据えた。

「そう言ってもらえるのはありがたいが、もし狼になっても、発情期の最中の俺には変態エクリン腺《せん》マンに足の裏を嗅《か》がせてやるような心の余裕はないぞ？」

冗談めかして淡く笑み、蘭篠は蓮の視線を避けるようにうつむいた。

「……さっきも、怒鳴るつもりはなかったんだが、こういうときにいきなり近寄られたり、触られたりするのは駄目なんだ。理性が保てなくなる」

そんなわけですまなかった、ともう一度放たれた詫びの言葉が薄闇に溶ける。

「いえ、そんな……」

首を大きく振った蓮に、蘭篠はしばらく留守にすると告げた。

「……俺は蘭篠さんがどんな姿でも気にしないのに、……それでも、ですか？」

「ああ。うっかり理性をなくして、お前を傷つけることだけはしたくないからな」

発情期を迎えた動物の様子なら、蓮はよく知っている。異性でも同性でも、交わる気のない相手が目の前にいればひどく苛立《いらだ》ち、攻撃的になるものだ。

だが、蘭篠から感じるのは自分に対する闘争心ではなく、気遣いだけだ。

「何匹か使鬼を残していくから、俺が留守のあいだはそいつらを使ってくれ」

使鬼たちは、朝になればキッチンに現れるようにしているらしい。

「料理はさすがに無理だが、買い物や、白嵐と紅嵐の遊び相手くらいはできる」

「……発情期、あと何日か続くんですよね？　蘭篠さんはどうするんですか？」

「ひとりじゃ、もうどうにもならなそうだからな」

性的な経験が皆無の蓮はその方面全般に疎いけれど、それでも一言だけ返ってきたその答えの意味するところはわかった。蘭篠はこれから誰かを抱くのだ。

「……恋人のところへ行くんですか？」

そんないいものはここ何年もいないな、と蘭篠が喉《のど》の奥で笑った。

「じゃあ、鬼仙界へ行って、その……、お相手を探すんですか？」

「いや。こっちにも、俺みたいな混血はいるからな。それに、本物の獣相手でもかまわないっていう奇特な人間も、皆無じゃない」

蘭篠は肩をすくめ、淡い吐息を漏らして髪を掻《か》き上げる。

「正直、こういう行きずりは、あんまり好きじゃないんだが、まあ仕方ない。発情したまま、お前の周りをうろうろするわけにはいかないからな」

この家で狼化しないために――自分を傷つけないために、蘭篠は見知らぬ誰かを抱く。

そんなことは嫌だと思った瞬間、口が勝手に動いた。

「――なら、俺じゃ駄目ですか？」

そのとき、ようやく蓮と視線を合わせた蘭篠の目には深い驚きが塗りこめられていた。

蓮自身、放ってしまった大胆な言葉に驚いたが、もう後には退《ひ》けなかった。

「発情期の興奮を静めることだけが目的の行為なら、相手は誰でもいいわけでしょう？　だったら、俺にしてください」

色気などかけらもない、勢いだけの誘いに驚きを深める蘭篠に、蓮は詰め寄る。

自分のための行動なら、自分を抱いてほしい。どんな抱かれ方でもいいから、蘭篠との思い出がほしい。強く強くそう願う厄介な恋心を悟られ、その気持ちを忌避されてしまわないよう、事務的な取引を装って。

「もし、あの子たちに何かあったときに蘭篠さんと連絡がつかなければ困りますし、俺、実はもっとお金がほしくなったんです」

「……金？」

「この家の相続税です。蘭篠さんと最初に報酬の話をしたときは、俺ひとりには広すぎるここに住み続けるかどうかは迷っていて……。でも、久しぶりに綺麗に掃除された家を見ていたらやっぱり愛着が湧いてきて、将来ここで開業するのもいいなって思えてきたんです」

その心変わりの告白が一時凌《しの》ぎの嘘《うそ》なのか本心なのか、自分でも判然としないまま、蓮はまくし立てた。

「だったら、いくらでもお前の言い値を追加で払うぞ？　この話をしたときに言った通り、そもそもがたった五百万じゃ安すぎて、気が引けていたんだからな」

「でも、白嵐も紅嵐もまだ小さな子供で、厳密な意味では元に戻せていません。いつ元に戻るのかもわかりません。なのに、報酬をすでにいただいてしまったことが、俺もずっと心苦しかったんです。今のまま、何もしないでただお金だけをいただくことはできません」

だから、と蓮は震わせた吐息を深く吸う。

「俺の身体《からだ》を使ってください。どこへも行かないでください」

胸に溜《た》まった感情を吐露してから、きっと莫大なものになるだろう相続税と同等の価値が自分にあるかのような言い種《ぐさ》に気づいて、慌てた。

蓮には、かつて秦泉寺《しんぜんじ》家の庭で蘭篠が抱きしめていた少女が持っていた胸の膨らみはない。

この身体は細くて硬いだけの男の身体で、同性愛者ではない蘭篠にとっては金をもらっても抱きたいとは思えないものだろう。

今更ながらにそんな当たり前のことを理性に投げつけられ、顔が火を噴く勢いで赤くなる。この瞬間まで蓮の舌を動かしていた衝動が、針を刺された風船のように萎《しぼ》んでいく情けない音が耳の奥で響いていたけれど、蓮は散りかけた勇気を懸命にかき集めた。

もう発してしまった言葉は消せないのだから、こんな中途半端なところで諦めて口を閉ざしてしまうほうがよほど恥ずかしい。

「お、お願いです。いただくお金のぶん、何でもしますから。蘭篠さんに、ま、満足してもらえるよう、どんなことでも一所懸命頑張って……、あ、あの……」

自分を必死で奮起させたものの、どうやって気持ちを伝えればいいのかわからず、舌がしどろもどろに縺《もつ》れたとき、「蓮」と呼ばれた。

「蓮。自分をそんなふうに安売りするな」

緊張でわななく鼓膜をすっと撫でるような、優しい声だった。

「よく考えろ、蓮。俺の本性は狼だぞ？　興奮しすぎて理性が飛んだら、人の形なんて保っていられなくなるし、人型のときも発情期のあいだは性器が人間のものじゃなくなる。射精の仕方もな。言ってる意味、わかるよな？」

イヌ科の動物のペニスは人のそれとは違う。挿入後に亀頭球と呼ばれるペニスのつけ根の部分が瘤状《こぶじょう》に膨らむ。そうすることで結合がほどけない状態になると、射精が始まる。人間の射精とは比べものにならない長い時間をかけて――。

蘭篠と抱き合う妄想をしたことがなかったわけではない。しかし、現実での初めてのセックスがそんな特殊なものになるとは、まったく想像していなかった。

突きつけられた現実に怯《ひる》む気持ちが湧かなかったと言えば嘘になる。だが、ペニスの形が違っても、狼の姿をしていても、蘭篠は蘭篠だ。初めて恋をした相手と情を交わす思い出がほしかったし、多少の辛さがあっても、このまま誰かを抱きに行く蘭篠を見送る胸の痛さよりずっとましなはずだ。

「……わかります。でも、俺にはどうでもいいことです。俺は男で身体の構造が全然違いますし、触ってもやわらかくないので、女の人のようにはいかないかもしれませんが、精一杯頑張りますから、ここにいてください」

言い募る蓮を見やり、蘭篠が「駄目だ」と首を振る。

「俺はお前が嫌いじゃないんだ、蓮。だから、お前を金で買いたくないし、酷《ひど》いこともしたくない。こういうことに慣れていそうには見えないから、なおさらな」

「――嫌いじゃないって、あの、それは……、どういう……?」

「俺は性別はわりとどうでもいいし、最近は男としかつき合ってない。そういうことだ」

「え……」

自分を「嫌いじゃない」と言う蘭篠は、男か女かを気にしない性的指向――。

その意味を考え、蓮は目を見開く。

「蓮。この話は、帰ってきてからちゃんとさせてくれ。お前が人の気も知らずに妙なことばかり言うから、そろそろ理性が振り切れそうなんだ」

苦笑気味に告げて「じゃあな」と踵《きびす》を返した蘭篠の背に、蓮は抱きついた。

「今……！　今、言ってください！」

「そうしたいのはやまやまだが、そんな理性がもう残ってない」

「じゃあ、話は後でいいですから！」

胸に芽生えた可能性に縋《すが》り、蓮は逞《たくま》しい長身にしがみついて叫ぶ。

「お前がよくても、俺がよくない。嫌いじゃないから、まともな告白もせずに押し倒したくない。この話は冷静なときにしたいんだ、蓮。今は勘弁してくれ」

「嫌です。どこかで誰かを抱いてきた蘭篠さんに何を言われても、全然嬉しくないです。これっぽっちも嬉しくありません。だから、どこへも行かないでください」

蓮はかぶりを振って、蘭篠が引き剝《は》がそうとする腕に夢中で力を込める。

「蓮、頼む。離してくれ。本当に抑えがきかなくなる」

「かまいません。蘭篠さんになら、何をされてもかまいませんから。どんな姿でもいいんです。――ほ、本当は、お金の問題じゃなくて、蘭篠さんにここにいてほしいんです！」

上擦る声を高く放って、蓮は心を明かす。

「俺は、蘭篠さんがずっと好きでした。子供の頃から……、あの雪の日に初めて会った日から、ずっと好きでした。ほかに誰も好きになったことがありません」

蘭篠の身体から、蓮を拒むようだった強張りがほどけたのを感じた。

蓮も、蘭篠に纏わりつかせていた腕をそろりと離す。

そうしても、蘭篠はそこを動かなかった。

「……だから、今の俺には、蘭篠さんがどこかへ行ってしまうより酷いことなんてないんです。どんな姿でも、どんなことをされても、俺は蘭篠さんが好きです」

コートの背を見つめて告げたとき、頭上で低い唸《うな》り声が聞こえた。

獣のそれとは違う。だが、人のものにしては鋭すぎる。

見上げた頭上では、金色の双眸《そうぼう》が輝いていた。そして、頭の上には廊下の薄明かりを反射して白銀に煌めく大きな耳。

顔の造りそのものが変わったわけではない。なのに、蘭篠が人ではないことをはっきりと示す、凛然《りんぜん》としているのにこの上なく妖しい美しさは初めて目にするもので、蓮は息を呑《の》む。

「発情期が終わるまで、俺は毎日お前を抱く。それでも、いいのか？」

「毎日でも、二十四時間ずっとってわけじゃないんでしょう？」

「さすがには」

つやを帯びたような唇《くちびる》に、淡い微苦笑が浮かぶ。

「だったら、平気です。相手が蘭篠さんなら、それだけで俺は幸せなんです」

直後、真横の部屋の襖《ふすま》が、誰も触れていないのに開いた。驚いた瞬間、身体が宙に浮く。

蘭篠に軽々と抱きかかえられていた。

「いくら泣かれても、途中でやめてやれないからな」

蘭篠の首筋に抱きつき、蓮は何度も何度も頷いた。


抱かれたまま部屋に入ると、襖がまたひとりでに閉まった。

部屋の中の光は、蘭篠の双眸に宿る燃える黄金色だけ。暗くてはっきりとはわからないけれど、そこはたぶん大広間だ。

身体をそっと下ろされる。蘭篠がコートを脱ぐ衣擦れの音がしたあと、片腕で腰を抱かれ、頤《おとがい》を掬《すく》われた。

眼前にぼんやりと浮かんだ蘭篠の顔の輪郭が近づいてきて、唇を重ねられた。

「――ふ、ぁっ」

これから抱き合うのだから、キスくらいしても当然だと頭ではわかっている。しかも、自分で強く望んだことだ。なのに、蓮の身体は本人の意思とは関係なく、初めての行為にひどく緊張しているようで、唇にやわらかな弾みを感じた瞬間、背が強張ってしまった。

反射的に蘭篠の胸に手をついて逃げようとした身体を、きつく抱きしめられる。

「俺を煽《あお》ったのはお前だぞ、蓮。やっぱり嫌だなんて後悔しても、逃がしてやる気はかけらもないからな」

甘い声で咎《とが》められ、唇を軽く噛《か》まれる。

「んっ……」

蘭篠は角度を変えて唇を何度も押しつけ、啄《ついば》み、皮膚《ひふ》を食《は》んだ。

どこか戯れめいた、軽やかで優しいだけの愛撫《あいぶ》だった。けれども、蓮には嗅ぎとれないフェロモンに体内が徐々に侵されているのか、たったそれだけのことで目眩《めまい》を覚え、どうしようもなく熱くなる。

「こ、後悔も、逃げたり、なんても……っ。あ、あの……っ、でも、き、緊張して……」

「誰ともしたことがないからか？」

質問ではなく、確認の口調で言った蘭篠に耳朶を舐《な》められた。

肉厚の舌が、耳から首筋へとゆっくりと這《は》う。官能をじわじわと炙《あぶ》るようなその感触に肌《はだ》がわななかいて、汗ばんだ。

息が上がって、暑くてたまらない。何もないがらんどうの部屋に素足で立っているのに、少しも寒いと感じなかった。

「そ、そう、です……」

「キスもしたことはないのか？」

——だって、蘭篠さんしか好きになったことがないから。

答えるより先に唇をまた塞《ふさ》がれて、蓮は蘭篠の胸に指先を食いこませ、漏れる吐息を喘《あえ》がせて頷《うなず》く。

「俺とするのが、全部初めてか」

蘭篠が満足げに笑った気配を感じると同時に、口腔《こうこう》へ舌を差し入れられた。

「んっ、ふ……」

いきなり奥深くまで潜りこんできた他人の熱に驚いて逃げかけた舌を捕らえられ、強く吸われる。

絡んだ舌を甘嚙みされたり、粘膜をくすぐられたり、唇をまた啄まれたり。浅く深く繰り返される口づけは気持ちがよかった。けれども、息の仕方がわからなかった。

息苦しくて、眉《まゆ》をひそめたことに気づいたのだろう。蘭篠がキスをやめ、離した唇で蓮の耳や頰《ほお》のラインをなぞりながら、パジャマのボタンを外しはじめた。

「あの……、すみ、ません。俺、下手《へた》で……」

誘ったくせに、キスのひとつすら上手《うま》くできないこんな身体で蘭篠の欲情を満たし、興奮を静めることができるのだろうか。

そんな不安を覚え、うつむいた蓮の耳もとで、蘭篠が「下手でもいいんだ」と笑った。

「こういうことには、一から教える愉《たの》しみがあるからな」

少し淫靡《いんび》に響いたその声は、本当に蓮の身体に悦《よろこ》びを見出《みいだ》しているようだった。

「……いい生徒になれるよう、精一杯頑張ります。でも、俺、今晩ちゃんと……、蘭篠さんを愉しませることができるんでしょうか？」

未成熟さを厭《いと》われなかったことに安堵しつつ小さく問うと、蘭篠が頭上で大きく呼吸をした。何かを嚙みしめるような息遣いが聞こえ、肩を強く抱かれる。

「蓮。お前、結構な魔性だな」

「え……？」

「俺は、お前が好きだ、蓮。だから、大事に抱きたい。お前は初めてなんだから、なおさらな。文字通り狼になって、いきなり襲いかかって突っこむなんて真似《まね》だけはしないように必死で我慢してるのに、どうして、お前は俺の理性を崩壊させるようなことばかり」

「――今の、もう一度言ってください」

蘭篠の言葉を遮って、蓮は思わず声を高くした。

嫌いじゃない、と言われた意味をはっきりと告げられた嬉しさが溢れ出て、蓮は蘭篠の胸に顔を埋めた。

「文字通り狼になって、いきなり襲いかかって突っこむなんて」

「そこじゃなくて、その前です」

「俺は、お前が好きだ、蓮」

もう一度、ゆっくりと紡がれた言葉が深く沁みこんだ胸の奥で、心臓が痛いほどに跳ね躍る。大きく刻まれるリズムが、嬉しい、嬉しいと歓喜の歌を歌っているようだ。

「だから、お前に処女でごめんなさいなんて謝られたり、その処女の身体はちゃんと美味《うま》そうですかなんて訊かれたら、理性の箍《たが》が外れそうになる」

「……俺、そんなこと言ってません」

「俺の耳には、そうとしか聞こえなかった」

「都合のいい耳ですね」

「狼の耳だからな」

蘭篠は金色の双眸を細め、蓮の耳を舐めた。

肉食獣に味見をされているような危うい錯覚が肌の火照《ほて》りを深め、下肢《かし》にじわりとした疼《うず》きを灯した。

「なあ、蓮。お前は俺の何を好きになったんだ?」

「こ、子供の頃は……、優しいところと、狼になれるところが本当に大好きで……。今は、作ってもらったご飯を食べたら幸せになれるところと、魔法使いな……ところも好きです」

声を上擦らせて答えてから、蓮は「蘭篠さんは?」と問いを返す。

「俺の作ったメシを米粒ひとつ残さないところ、だけど生ものが食えないところ、音痴なところ、処女のくせに『おたあさま』なところ、俺の座布団《ざぶとん》を嗅いでにやにやするところ」

「……そういうのって、好意を持ってもらえるポイントなんですか？」

「ずっと一緒にいても飽きない楽しさってのは、かなりの高ポイントだろ」

蓮のパジャマのボタンを外し、蘭篠は「それから」と静かに続けた。

「俺が人間じゃないことを、恐がりも嫌がりもしないところ」

蘭篠は過去に、狼の本性を誰かに恐怖されたのだろうか。そして、それが原因で、異性を恋愛対象に選ばなくなったのだろうか。

訊いてもいいことかどうか迷ったとき、すべてのボタンが外されたパジャマの上衣を奪われた。今まで纏っていた布地が肌をすべって消える感触に、首筋がざわめいた。

「またひとつ増えた。透き通った桜色」

ふいに耳を打った言葉の意味を考えるより先に、乳頭の表面を爪先《つまさき》で弾《はじ》かれた。

「あっ」

刺激はほんのかすかなもので、痛かったわけではない。だが、そんな場所を初めて他人に触れられた驚きで腰《こし》が大きく跳ね、膝《ひざ》から力が抜けた。

咄嗟に後ずさったせいで意図せず逃げる格好になってしまった胸を、蘭篠の指はすぐさま追いかけてきた。迷うことなく伸びてきて、ふたつの小さな肉粒を捕らえた。

弾力を確かめる手つきで二度ほどくにゅくにゅと揉《も》みつぶしたあと、蘭篠の指は左右の乳首の下へ移った。

「あっ、ふ……ぅっ」

蘭篠の指は熱かった。その指が蓮の乳首をくいくいと持ち上げ、捻《ひね》るようにして右へ左へと転がした。

「あ、あ、ぁ……」

根元をずりっずりっと擦《こす》られるつど、いびつによじれて回転する乳首が蘭篠の指の上で硬くこごって膨らんでいった。

そこを性感帯だと思ったことなど今まで一度もなかったのに、たまらない快感が次々と湧いてきて、こぼれる吐息が淫《みだ》らにとろけてしまう。

「あ、あ……、は……、ぁんっ」

「蓮、わかるか？　お前の乳首、弾けそうに膨らんで、俺を誘うように先端をいやらしく尖《とが》らせてるぞ」

決して下卑てなどいないのに、舌舐めずりをする獣を思わせる声音で告げられると同時に充血しきった乳首の頂を強くつままれ、自分でも驚くほどはしたない嬌声《きょうせい》が高く散る。

「――ああぁん」

強烈で甘美な快感が背を駆け抜け、蓮の劣情を激しく突き刺した。

下着の中で一瞬にしてペニスが張りつめ、布地を持ち上げる。

「下も硬くなったな」

嬉しげな笑い声で、蓮は気づく。蘭篠の黄金色に輝く目には、暗闇の中のものがすべて映っているのだと。

自分だけが見られている恥ずかしさ。乳首に触れられただけで起こった下肢の変化の瞬間を見られてしまった恥ずかしさ。胸の中で羞恥心《しゅうちしん》と快感が重なって混ざり合い、わななないた背が弓なりに反り返る。

「――やっ」

どうしようもないほど嫌だったわけではない。けれども、大きな戸惑いに煽られてつい腰を引いた反動で胸が前へ出た。

蘭篠に向かって突き出てしまった乳首を、すかさずくにゅりとつぶされる。

「あぁっ」

指の腹にしっかりと挟んだ乳首を蘭篠はくりくりと揉み転がし、宿った芯を押しつぶす。

その愛撫に蓮の乳首は悦びを示し、ますます硬度を増して尖り勃《た》った。

下肢の勃起《ぼっき》からも、淫液がぬるぬると溢れている。

「んっ、ぁ……。あ、あ……っ」

「いい乳首だ、蓮。色は桜の蕾《つぼみ》のように初々《ういうい》しいのに、高く尖った形は卑猥《ひわい》で、この上なく

そそられる」

「や……、言わ、ないで……」

自分でもよく見えない乳首の状態を詳細に報告されながらそこを弄《いじ》られる感覚は、たまらなく際どいものだった。蓮は腰をびくびくと躍らせ、自制できない淫らな雫《しずく》を下着に広げてかぶりを振る。

「どうして？」

「は……、恥ずかし……、からっ」

「蓮。そういう処女丸出しの反応は、狼を悦ばせるだけだぞ」

喉の奥で低く笑った蘭篠の舌が、蓮の膨らんだ乳首を舐めた。

「ひぅんっ」

右の乳首を熱くぬめる舌先でぐりぐりとつつき回され、左の乳首を指でねじり上げられ、揉み捏《こ》ねられる。

「っ、は、あ……っ」

張りつめた肉芽の弾力をつぶされるたび、蓮のペニスはとろとろと淫液を溢れさせた。

ねっとりとした流れが幹を伝い落ち、陰嚢《いんのう》をしとどに濡《ぬ》らして、下着の中に生ぬるい溜まりを作る。そして、そのぬめりに秘所の窪《くぼ》みが浸された。

「ふっ、あ……。あっ、あ、あ……っ」

胸への刺激に歓喜の反応を示すのは、ペニスも陰嚢の奥の窄《すぼ》まりも同じだ。蘭篠の指と舌の愛撫に喘ぐように開閉を繰り返す後孔の襞《ひだ》が淫液をにゅるにゅると吸いこみ、ふやけてゆくのがわかる。

「お前の乳首、音がしそうなくらい硬くなってるぞ、蓮」

蘭篠の舌が乳首を根元からこそげ取るように持ち上げ、強く弾いた。

「ああっ！」

甘い電流が手足の先に走り、蓮は眦《まなじり》を濡らした。

「胸を弄られるのは気持ちがいいか、蓮」

左右でつんと尖り勃つ肉芽を、蘭篠が指で揉みしだく。

勃起した乳首が指の下でくにゅんとひしゃげる振動が胸に響き、ぷるぷると転がされて弾む音が本当に聞こえてきそうだった。

「あ、あ、あ……っ」

――たまらなく気持ちがいい。

本当に気持ちがいいけれど、乳首だけで愛《いと》おしい男と繋がり、はしたない場所をぐっしょりと潤ませて立っているのは、もうそろそろ限界だった。

内腿《うちもも》も膝も小刻みに痙攣《けいれん》し、快感の渦に呑まれた身体が溶けてゆくようだった。

「ら、蘭篠、さん……。俺、もう……、立ってられな……」

言いかけた途中で腰が落ちた。だが、何の衝撃も感じなかった。

一瞬、蘭篠に支えられたのかと思ったが、違った。蓮の身体は宙に浮いていた。

「――え？　な、何ですか、これ……？」

「暴れても下に落ちたりはしないから、安心しろ。見えないベッドに乗っているとでも思っておけ」

蘭篠の腰の高さ辺りに浮かんでいる身体に吊《つ》られているような違和感や痛みはないものの、地に足がついていないのはとにかく心もとなくて落ち着かない。

呆然《ぼうぜん》と目を見開く蓮の横に立つ蘭篠が、パジャマのウエストに手を掛けた。蘭篠の手の動きは素早く、次の瞬間には蓮は一糸纏わぬ姿にされていた。

勃起した性器を空気がひんやりと包みこむ。

「んっ……」

布の覆いを失い、下着の中に溜まっていた蜜《みつ》が糸を引いて滴《したた》った。

自覚していた以上に欲情の度合いは深かったのか、会陰《えいん》を伝って畳の上へ垂れ落ちるそれが響かせる音はぽたぽたと重い。

遠い廊下の明かりが襖の隙間《すきま》からかすかに漏れるだけの部屋の中は、ほとんど闇だ。蓮には蘭篠の状態がよく見えないぶん、性的に未熟な自分だけが先走って興奮しているように思え、恥ずかしさがまた大きくなる。

耳に粘りつく音はなかなかやまない。蓮はたまらなくなって臀部《でんぶ》を力ませた。すると、双丘の狭間《はざま》で密着した肌に押しつぶされた淫液がぬちゅうとよけいに猥《みだ》りがわしい響きを上げ、蓮を激しく赤面させた。

「乳首だけじゃなく、こっちもこんなに硬くして、濡らしていたのか」

それを悦ぶ口調で言って、蘭篠が蓮の空へ突き出したペニスを亀頭から根元へとそろそろと撫でる。その指は陰嚢を捕らえ、ぬめる皮膚をくすぐった。

「はっ、ぁ……んっ」

「こんなところまでぐっしょりだな。乳首弄りはそんなによかった?」

「……そ、そういうこと、あまり……言わないでください……」

「どうして?」

「だって、恥ずかし……い、です」

「処女丸出しのそういう答えは、狼を煽るだけだって教えただろ?」

蘭篠が蓮の陰嚢から指を離し、囁く。

「脚を開け、蓮」

蓮に命じたのは人の声のはずなのに、耳に届いた響きは発情した獣そのもので、蓮は指先で空を掻いた。

脚を開いたあとにどうなるのかなど、考えるべくもない。間違いなく心から望んだ行為ではあっても、自分ですら見たことのない場所を他人の目に晒《さら》すことに本能が怯む。

だが、どのみち、抗《あらが》っても蘭篠には敵《かな》わない。深く呼吸して、おずおずと開いた脚のあいだに蘭篠が移動した直後、蓮の腰は見えない力でさらに高く持ち上げられた。

「ひぁっ」

脚が勝手に左右に割れ、秘所の襞までをも開く格好を取らされる。その反動で陰嚢が大きく弾み、逆さになってくねり揺れたペニスの先から淫液がぴゅぷっとどこかへ散った。

「ふ、ぁっ。み、見ない、で……っ」

「それは魚に泳ぐなと言うくらい無茶な注文だぞ、蓮」

黄金色の双眸を光らせ、蘭篠は蓮の蕾に鼻先を押しつけた。

「処女の匂《にお》いがする」

形よく尖った鼻先は、迫り来る初めての接合に怯《おび》えてわななく襞をぐるりと押し撫で、ふちをめくった。

肉環の内側の粘膜で蘭篠が呼吸している息遣いをはっきりと感じ、蓮は目が眩《くら》んだ。

「——やっ。やめっ、……駄目、駄目、駄目っ！　そんなところ、嗅がないでっ！」

最初にそこへ迎え入れるのは、硬い肉をほぐすための指だろうと思っていた。なのに、想像もしていなかったものが無遠慮に潜りこんでくることに狼狽《うろた》え、蓮は空を蹴《け》った。

「お前、どの口でそんなことを言ってるんだ？」

蘭篠は楽しげに揶揄《からか》う口調を放ち、侵入をさらに深めた。

浅い場所の肉が強くえぐられて潰され、蓮は高く悲鳴を散らす。

「あぁぁっ！」

自ら垂らした蜜を吸いこんでいた窄まりの内部はやわらかく潤んでいて、蘭篠の鼻先で擦られるとくちゅぅぬちゅぅと卑猥な水音を響かせた。

「表面が少し湿ってるだけかと思ったが、そうじゃないみたいだな」

秘所から顔を離した蘭篠が、今度はそこへ指を入れた。

「ひぁ、ん」

つぷんと突き刺された肉環の奥へ、指は難なくなめらかに沈んでゆく。

「ほら、わかるか、蓮。中までぬるぬるだ」

笑みを含んだ声音で言いながら、蘭篠は指を抜き挿しする。

「お前、一体どれだけ漏らしてたんだ？」

浅く深く、速く遅く、巧みな指遣いで責められる肉筒は、深い場所にまで広がる摩擦熱でじゅわじゅわととろけた。

「ふ、くうっ……。だ、だって……、蘭篠さんが、触る、からっ」

「俺は胸をちょっと弄っただけだぞ？」

答えた蘭篠が指を二本に増やし、突き上げの圧迫感が強くなった。

「あっ」

本能が異物を反射的に押し戻そうとして、蘭篠の指を締めつける。だが、潤んだ粘膜に侵入をとめる力などなく、雄の征服欲を却《かえ》って煽っただけだった。

二本の指は狭まろうとする収縮を瞬時に撥《は》ね返す。隘路《あいろ》をぐっと無理やりこじ開けると、蓮の奥深いところの肉を突き刺した。

「ああぁっ！」

四肢の先へ感電にも似た甘美な痺《しび》れが走る。高く嬌声を放った拍子に、ぱんぱんに膨らんだ屹立《きつりつ》の先から淫液がぴゅんと散った。

一瞬の間を置いて、蘭篠が根元まで埋めた指を大きく回し、内壁を掘りこむようにして「命中だな」と低く笑った。

「え？　な、に……、あ、あっ」

何を言われているのかまるで意味がわからず、蓮は首を振って喘いだ。

狭い肉の路《みち》を長い指で捏ねられ、力強く突き擦られ、頭の中の理性は膨張する快感に呑みこまれる寸前だった。

「飛ばしたものが、お前の乳首に張りついてる」

そう告げて、蘭篠は指の出し入れを速く、大胆なものにした。

肉襞をつつき回されているだけでなく、ぬちぬち、ぐちぐちと淫靡に粘る水音に耳まで嬲《なぶ》られている気がして、内腿がひどくわななないた。

尖る快感で、神経が灼《や》き切れてしまいそうだった。

「今の、狙ったのか？　俺を愉しませるために」

「ち、ちが……っ」

かすれる声で否定を返したとき、指が引き抜かれた。

「ん、ぅっ」

二本の指が粘膜を一気にぬりっと擦って出ていく快感と、ふいの切ない喪失感に、目眩がした。

蘭篠の指の形をしっかりと覚えた肉環は愛撫の続きをはしたなく催促して襞を震わせ、なかなか閉じようとしない。

「何も、見えない、のに……、そんなこと、無理です、から……」

「ああ、うっかりしていた。お前にとっては、この部屋は真っ暗闇だな」

直後、視界が開けた。天井の照明はついていない。なのに、蘭篠と蓮の周りだけが蠟燭《ろうそく》でも灯ったかのようにぼんやりと明るくなる。

蘭篠の生み出した不思議な光に照らされ、右胸で尖り勃つ乳頭の先端から透明な淫液が糸を引いて雫形に垂れているのが蓮にも見えた。

何だかとんでもなく淫らなさまに思え、蓮は反射的に胸もとを片腕で覆った。

「隠す場所が違うんじゃないのか？　それじゃ、頭隠して尻《しり》隠さずだぞ」

そんな指摘をされ、丸めた腰を蘭篠の顔の前に突き出し、濡れそぼつ陰部を全開にしていることを思い出したものの、蓮は動けなかった。

おかしげに双眸を細める蘭篠がセーターを脱ぎ捨ててジーンズの前を開き、下着を押し下げたせいだ。

ぶるんと空を切る音が聞こえそうな勢いで現れ出たものを目にし、蓮は驚きのあまり息を呑んで固まることしかできなかった。

蓮と同様――否、それ以上に蘭篠は昂っていた。

引き締まった下腹部に張りついて反り返り、大量の先走りを迸《ほとばし》らせている幹は、目を疑わずにはいられないほど太くて長い。さらに、幾本もの血管がまるで棘《とげ》のようにごつごつと盛り上がり、赤黒くぬるつく表面を覆っている。その根元に茂る叢《くさむら》は濃く、どっしりと大きい陰嚢がいかにも重たげだ。

「喜べ、蓮。ここはまだ辛《かろ》うじて人のままだぞ」

蘭篠は自身のそれを根元から扱《しご》き上げ、長大な砲身の隅々にまで粘液を塗り広げる。

じゅじゅうっと粘着質な音を散らして動く手は上部へすべり上がり、亀頭のふちに引っかかってとまった。

雄々《おお》しい輪郭を描く亀頭冠は、まさに凶器としか言いようのない角度と分厚さで張り出している。段差があからさまなその形状は、先端から根元までの全体が人間の亀頭部分に当たるためにつるりとなめらかなイヌ科のペニスではない。

けれども、あまりに長大すぎて、普通の人間のものとも思えなかった。

鍛え抜かれた鋭い逞しさと男の色香を纏う上半身に、光を弾いて輝くなめらかな肌。蓮を見下ろす彫りの深い顔。蘭篠という男の身体は何もかもが、眩しいほどに凄艶《せいえん》だ。なのに、天を突いて巌《いわ》のごとくそそり勃つペニスは、それ自体が独立した生きものに見えてしまうほど強烈で獰猛《どうもう》な生命力を放っており、美しい蘭篠の一部とは思えない異様さを感じた。

「う、嘘……」

蓮は息を詰め、喉を震わせる。

驚きすぎてそれ以外の反応を示せない身体が、蘭篠の腰の位置まで下がる。そして、肩口へひっくり返っていた脚がひとりでに前へ戻り、左右に割れる。

「嘘？　何が？」

怒張の根元を扱きながら蘭篠が問う。どぷっと大量に溢れ出た先走りが幹を伝い、ちょうど真下で入り口の襞を綻《ほころ》ばせていた蓮の窄まりの中へ滴り落ちた。

熱くぬめる粘液が潤む内壁をぬろぬろと舐めて奥へ流れてくる感覚に目眩を覚え、蓮は眉根をきつく寄せて腰をよじった。

「んっ、ふぅ……っ。だって、大き、すぎ……。ど、どう、して、そんなに……っ、ああ！」

上手く言葉が紡げない蓮の孔の中へ、熱い雫がまたぼたぼたと垂れてくる。思わず力んで蕾を閉じた瞬間、蘭篠が根元を持ったまま下げた怒張の切っ先がその表面に宛がわれた。

ぬるつく熱塊の圧力で肉襞がわずかにめくれ上がり、蓮は背を大きく反らせた。ついに迎えた瞬間への戸惑いと歓喜で潤む目を、蘭篠に向ける。

「それは、お前を早く食いたくて仕方ないからだ」

視線を深く絡め合い、蘭篠は蓮の両脚を抱える。

「挿《い》れるぞ、蓮」

凶暴な怒張が襞をめりめりと引き伸ばし、亀頭の先が肉環を刺しくぐる。

「──あ、あ、あ！　おおき……っ」

肉筒は十分に濡れ、やわらかくなっている。だが、ひとりの侵入者も知らない狭い処女の路に、蘭篠の凶悪な形状を誇る亀頭は太すぎた。張り出したふちが、その巨大さに怯えてきつく収斂《しゅうれん》する粘膜に引っかかり、なかなか前に進まない。

「さすがに狭いな……」

蓮の脚を抱え直し、蘭篠が浅く腰を前後する。

「あっ、あぁ！」

最も大きい部分を咥えこまされたままの状態で肉環を小刻みにかき回され、蓮は空を蹴って身悶《みもだ》えた。

蘭篠の腰の動きに連動して根元からしなり揺れる蓮のペニスが垂らし続ける粘液には、白いものが薄く混ざりはじめている。初めて体内に受け入れるペニスがもたらしているのは、痛みばかりではない。そこには、叶《かな》わないと諦めていた初恋が成就した喜びも確かにあるけれど、圧迫感と媚肉《びにく》を灼く熱がとにかく凄《すさ》まじくて息が上がってしまう。

「蓮。ゆっくりやるほうが却って苦しいだろうから、一気に奥まで行くぞ」

怖くなかったと言えば嘘になる。だが、今この瞬間の息苦しさをどうにかしてほしい一心で蓮は頷く。

その直後、隘路の狭まりを猛々《たけだけ》しく撥ね返して侵入を深めた熱塊の先端が、何かを強く突き擦った。

「ひぅっ！」

肉筒の浅いところにある膨らみを亀頭のぶ厚くて硬いふちでずりんっと弾かれたとたん、目の眩む歓喜が全身を駆け抜けた。肉の剣で官能を深く強く串刺しにされたかのような衝撃に、蓮はひとたまりもなく陥落した。

「あぁ――」

淫らに膨張したペニスがびくんびくんと激しくしなり踊って白濁を噴き上げ、撒き散らすあいだも、蘭篠は挿入をとめなかった。

絶頂を迎えて波打ち、きゅうきゅうと啜《すす》り啼《な》いて収縮する粘膜の抵抗がきついのか、低く呻《うめ》きつつも路を強引に押し開き、ぬかるむ媚肉をすり潰して、潜りこんでくる。

「あ、あ、……ふ、くぅっ。入って、くる……」

太いだけでなく長い蘭篠のペニスは、歓喜の痙攣を広げる肉洞を擦り上げながら、ずりずりぬりぬりとどこまでも深く蓮の体内へ潜りこんでくる。

「あっ、あっ、あぁっ！　そん、な……、そんな奥まで……っ」

蘭篠の本性は狼で、今は人の姿をしているのに、何かもっと別の生きものと交わっているかのような奇妙な錯覚と強烈な愉悦。そして、好きでたまらない相手と、今まさに結ばれているのだというどうしようもない嬉しさ。

たくさんの感情が頭の中で渾然《こんぜん》一体となって溶け合い、感極まって涙をこぼしたとき、長いペニスがようやく根元まで埋まった。

臀部に、蘭篠の陰嚢のずっしりとした重みと強い茂りを感じる。

「全部入ったぞ、蓮」

抱えた蓮の脚に、蘭篠が優しくそっと唇を這わせる。

「痛いか？」

蓮は吐息を甘く弾ませ、首を振る。

「痛くは、ないです。あんまり大きいので少し苦しいですけど……、でも、それ以上にすごく嬉しいです。蘭篠さんだから……」

答えた蓮を見下ろす蘭篠が、「お前、やっぱり天然の男殺しだな」と黄金色の双眸に微苦笑の色を浮かべた。

「俺が周期外れに発情したのも、原因はたぶんお前だろうな」

「え？」

「お前が無自覚に垂れ流す色気に悩殺されたせいだ、きっと」

双眸に宿る煌めきを強くして笑い、蘭篠が腰を引いた。

ふたりぶんの淫液が混ざってぬかるむ媚肉が、入り口に向けてえぐり擦られる。抜け落ちる寸前でとまった亀頭冠のせいで、肉環が内側からぐぽっと盛り上がったのを感じ、蓮は足先を高く跳ねる。

「ああっ」

「座布団を嗅いで悦ぶような変態エクリン腺マンに惚《ほ》れるくらい俺をおかしくした責任は、ちゃんと取れよ、蓮」

蘭篠は言って、亀頭のふちに押されてめくれた肉襞の粘膜を指先でつまんでくすぐる。

「ふ、ぁんっ」

「俺は、お前の中を俺の精液で満たしたい。お前が俺のものになった証《あかし》を、お前の中に刻みつけたくてたまらない」

黄金色に燃える双眸を舌舐めずりをする獣のそれにして笑うと同時に、蘭篠が激しい抽《ちゅう》挿《そう》を開始した。

「——あああ！」

容赦のない速さで、蘭篠は蓮の中を出入りした。深い場所に苛烈《かれつ》な突きこみを受けて悲鳴を散らした次の瞬間には、もう抜け出そうな位置まで一気に後退した亀頭が肉襞をめくり上げている。

「蓮、蓮……」

汗の浮かぶ肌と肌とがぶつかる湿った音が、部屋中に響いていた。

空に浮いた身体を大きな律動で責められ、揺さぶられるせいで、突きこみのつど、蘭篠の陰嚢が臀部にびたんびたんと強く当たって跳ねる。その振動が身体中に伝播し、蓮の陰嚢とペニスも下腹部で卑猥にくねり回った。

「ひうぅっ。あっ、あっ……！」

体内をずんずんと突き捏ねられ、雄の象徴で尻を打擲《ちょうちゃく》されて、ペニスがぶるんぶるんと回転する悦楽を一度に感じるのは、たまらない刺激だった。射精をしたばかりなのに欲が再び萌《きざ》し、蓮のペニスは揺れ回りながら硬く膨らみ、蜜を飛ばした。

「く、ぅっ……。はや、い……、蘭篠さん、速い、ですっ。もっと、ゆっくり……して。ゆっくり突いてっ」

出入りの速度をゆるめてほしいと訴えたのに、返ってきたのは獣めいた唸り声と肉の凶器のさらなる膨張だった。

雄の脈動を粘膜へ直《じか》に伝えられ、脳裏で火花が散った。

「ああっ、あ、あ……」

太さと硬度を増した亀頭で粘膜をごりごりと掘りえぐられ、丸太のような砲身に隘路をみっしりと満たされる快感に脳髄《のうずい》が甘く痺れた。

下腹部で弾む陰嚢の皮膚がぴくぴくと引き攣《つ》り、根元からしなるペニスが薄く濁った蜜をだらだらと吐きこぼす。

「あ、あ……。も、だ、めぇ……。いくっ、また……、いきそうっ」

「好きなだけイけよ、蓮」

甘い声音で唆《そそのか》すように囁《ささや》いた蘭篠が、腰をゆっくりと引いた。

とろけた媚肉がかき分けられ、結合部からぬらぬらと光る赤黒いペニスがぬるぅっと長く抜け出た光景の淫猥さに網膜を犯され、蓮は二度目の極まりを迎えた。

「あああぁ――」

欲情がびゅしゅんと白くしぶき、雄の先端だけを咥《くわ》えた肉の洞に歓喜の波が広がる。

その瞬間を狙いすましたかのように襲われ、うねりながらぎゅっと収縮する媚肉をひと突きにされた。爛熟《らんじゅく》した粘膜がずりずりずりっと荒々しく掘りこまれ、串刺しにされた最奥に重い一撃が響く。

足先を引き攣らせ、声にならない悲鳴を上げた蓮の中で蘭篠が硬度を増して反り返った。うねる内壁を圧するその変化の意味に気づく前に、射精が始まった。

「あ、あ……、く、ふぅ……っ」

びしゃびしゃと打ちつけられる精液は凄まじい量と勢いで、粘膜を梳《くしけず》られているかのようだった。

「蓮、蓮……」

かすれる声で自分の名を切なげに繰り返す蘭篠がその胸に蓮の脚をしっかりと抱き、腰を強く擦りつけてくる。射精はまだ続いている。

量の多さが少し苦しくて困惑したけれど、自分を想う気持ちをそそぎこまれているようで、とても幸せだった。

「出、てる……。中で、蘭篠さんが……、すごくたくさん……」

「ああ。お前が俺のものになった証だ。お前はもう俺のものだ、蓮」

征服を高らかに宣言する雄の声が嬉しくて、心地いい。

全身がとろけてしまいそうな快感に浮かされ、いつしか蓮は自分から腰を振っていた。

蘭篠も小刻みな律動を再開する。肉と肉のあいだでぐちゅぐちゅと縺れて攪拌《かくはん》され、泡立った精液が結合部の隙間から漏れ出て、臀部の丸みを伝って畳の上へ落ちる。

肌の上で泡がぷちぷちと弾けてぬめる感覚すら気持ちいい。

「蓮、愛してる……。蓮……」

夢見心地で喘ぐ中、甘く優しい囁きが何度も繰り返される。

心も身体も、自分のすべてが愛おしい男で満たされ、溶け合う幸福に蓮は酔いしれた。


鼻先でやわらかいものがぺちぺちと弾み、甘いりんごの匂いがした。

胸にかすかな重みを感じ、『おたあさま』と呼ぶ声が頭の中で響く。

「……紅嵐？」

じんわりと熱を感じる瞼《まぶた》が上がらない。身体も何だか怠《だる》いけれど、気分は悪くない。蓮は心地よい微睡《まどろ》みに浸りながら、胸の上に乗っているらしい紅嵐を抱きしめた。

『おたあさま、起きてくださいませ』

鼻先で紅嵐の肉球がまたぺちぺちと弾み、蓮は頬をゆるませる。

「うん、もうちょっと……」

目を閉じたまま笑うと、頭上で『でも、おたあさま。もう朝でございますよ』と白嵐の声がして、枕がぽんぽんと揺れた。

「――ちゅうちゅうの時間だな」

紅嵐を胸に抱いたまま反射的に跳ね起きる。昨夜は大広間で何度も抱き合い、蘭篠の腕の中で気を失ったはずだが、寝ぼけまなこで見回したそこは自室のベッドの上だった。

蘭篠がここまで運び、新しいパジャマを着せてくれたようだ。紅嵐が張りついているそれは、昨夜のものとは違った。

部屋の中に蘭篠の姿はなく、布団がいつもの場所にきちんと畳まれている。きっと今頃、蘭篠はキッチンで朝食の準備中だろう。

今朝の食卓に並ぶ献立を想像した胸にひたひたと満ちた幸せは、枕元の目覚まし時計が視界に映った瞬間、吹き飛んだ。

――八時。いつもの起床時刻より二時間も遅い。

「ごめんな、お前たち。お腹空《なかす》いただろう」

幸福に浸っている場合ではない。枕元でちょこんと行儀よく座っていた白嵐を慌てて抱き上げ、蓮は腕の中のふたりに「寝坊してごめんな」と繰り返す。

「今すぐ、ちゅうちゅうにしような」

きっと空腹を我慢していたに違いないふたりにこのまま指を吸わせるつもりだった蓮に、白嵐が『ちゅうちゅうはここではなく、居間でいただきまする』と言った。

『ご飯をお布団の上でいただくのは、お行儀が悪うございますゆえ』

「だけど、お腹空いてるだろう？」

『大丈夫です。我らはもう小さいだけの毛玉ではなく、ご主人様から立派なお役目をいただいた一人前の白狐なので、少しくらいはちゅうちゅうを待てるのです』

紅嵐が誇らしげに胸を張って告げる。

『ご主人様が、おたあさまはとてもお疲れなので今朝はお寝坊をさせてあげなければならないと仰《おっしゃ》ったのです。だから、我らは猫又ニャードロンを見て、おたあさまのお目覚めをお待ちしていたのです』

白嵐がそう言うと、今度は紅嵐が『でも、でも！』と伸び上がる。

『猫又ニャードロンも、他のお話を全部見終わっても、おたあさまはお目覚めにならないので、ご主人様のお許しを得て、起こしに参ったのでございます』

白嵐と紅嵐の顔はとても嬉しげだ。昨日は見ようとしなかった新しいＤＶＤを今朝は見たということは、主従のあいだの蟠りを蘭篠はちゃんと解いてくれたようだ。

「そうか。ニャードロンはおもしろかったか？」

蓮の問いかけに、『はい！』と完璧な二重奏を返したふたりによると、猫又ニャードロンはかつお節におびき寄せられ、虫取り網で捕獲されたらしい。

ふたりはその方法を真似て、ライオン丸を捕獲する気満々だ。

ライオン丸相手に、はたしてそんな手が通じるのだろうかと苦笑しつつ蓮は抱いていたふたりを下ろし、着替えるために自分もベッドから降りる。

クローゼットを開けた蓮の足元から、白嵐と紅嵐がじっと見上げてくる。何やら変にそわそわして落ち着かない様子だが、空腹で待ちきれないといったふうでもない。

ジーンズを穿いた蓮はタートルネックのセーターに首を通し、「どうかしたか?」と問う。

『おたあさまは、悪者に狙われているお姫様だったのですね』

紅嵐が顔つきをきりりとさせて告げた言葉に、蓮は首を傾げる。

「……うん?」

『ご主人様が我々に教えてくださったのです。秦泉寺という悪の一族が、美しいお姫様のおたあさまを一族のものにしようと狙っていると』

紅嵐がそんな説明をすると、白嵐も凜々《りり》しい顔でさらに続ける。

『我々は今朝、ご主人様から、おたあさまをその悪の一族の魔手からお守りするお役目をいただき、わたくしは青の近衛《このえ》隊《たい》隊長を拝命いたしました』

胸を張った白嵐に続いて紅嵐が『わたくしは赤の近衛隊隊長でございます!』と声を大きくする。どうやら「お姫様」や「悪の一族」云々《うんぬん》は、蘭篠が今の小さなふたりに使鬼としての存在意義を与えるために創作した法螺《ほら》話《ばなし》らしい。

どうせ配役されるなら、もっとべつの男の役がよかったと思いつつも、せっかくふたりの機嫌が直っているので蓮は「お姫様」を演じることにした。

「それは頼もしいな。どうやって守ってくれるんだ？」

『怪しい輩《やから》が近づいてきたら、狐火をたくさん飛ばして脅かします。そして、敵がびっくりしているあいだにご主人様をお呼びするのです』

白嵐のそんな答えを、紅嵐が『ご主人様はとても強くて立派な狼なので、どんな敵もやっつけてくださいます』と継ぐ。

普通、「敵」と闘うのは、主人の鬼狩《おにか》り師《し》に召喚された使鬼だろうに、蘭篠とこのふたりのあいだではもうすっかりその関係が逆転してしまったようだ。

『おたあさまに危険が迫ったときに、ご主人様にすぐさまお知らせするための秘密の通信機もいただきました』

紅嵐が得意げに見せた左耳には、昨夜までなかった赤い蝶《ちょう》の模様が浮かんでいた。

『おたあさま、わたくしも』

白嵐が見せた右耳には、青い蝶の模様。

「この蝶が通信機なのか？」

さようにございます、とふたりは頷く。

『これは、ご主人様が我らのためだけに特別に作ってくださった通信機なのです。ご主人様のもとへゆけと念ずれば、光よりも速く飛んでゆくすごい蝶々なのでございます』

『電波が悪かったり、電池が切れたりして困ることもありませぬゆえ、携帯電話よりも便利でございます』

嬉しげなふたりの話を聞きながら居間へ行くと、ちょうど蘭篠がテーブルに朝食を並べていた。今朝はあさり粥《がゆ》に豆腐のみそ汁、焼き鮭と野菜の煮物だ。

「……おはようございます」

「おはよう」

匂い立つような笑みを浮かべた蘭篠は昨夜、狼化はしなかった。けれども、わけがわからなくなるほど大量の精を蓮にそそぎこんだ。そのせいか、発情期はまだ数日続くにもかかわらず、今朝の気配はとても穏やかだ。

「気分はどうだ、蓮」

「……大丈夫です、ありがとうございます」

初めてにしてはいささか刺激的な愛の交歓を経験した身体の調子を問われ、目がうろうろと泳いでしまう。

こみ上げてくる気恥ずかしさと、諦めようとしていた恋が実った実感ごと白嵐と紅嵐をぎゅっと抱き上げて、上気した頰をふたりの顔に擦りつけたときだった。

紅嵐が『ふお?』と訝《いぶか》しげな声を上げた。なぜか白嵐も首をかくんと傾げている。

「どうかしたのか、お前たち」

問うと、ふたりは顔を見合わせた。やがて白嵐が『何でもございませぬ』と答えて畳の上へ飛び降りる。紅嵐もそれに続く。ふたりは人型に変化《へんげ》し、並んで座った。

少し不思議に思いながらも、蓮は座って「さ、ちゅうちゅうにしような」と指を差し出す。

白嵐と紅嵐は行儀よく「いただきます」と小さな手を合わせた。そして、指を咥えた直後、ふたりは同時に「ふおおぉ！」と高い悲鳴を上げ、海老《えび》反《ぞ》りにばたりと倒れた。

「ど、どうしたんだ、お前たちっ」

「おたあさまのちゅうちゅうが、狼ぷんぷんに変わっておりまする！」

白嵐が叫んで転がれば、紅嵐も「ふおおぉ〜！」と悲しみ悶える顔で転がる。

「おたあさまからご主人様のにおいがぷぅんといたしましたゆえ、もしやと思いましたが、ちゅうちゅうがまるで狼汁のようでございまする！」

蘭篠の「狼ぷんぷん」はにおいとしては悪臭ではなくても、摂取するには向いていないようだ。狼汁はかなり衝撃的な味だったらしく、ふたりは涙目で悲嘆に暮れている。

もっとも、文句を発する声はしっかりしているし、外見に異常も現れていないので、狼汁に変わってしまったという蓮の精気はにおいが強烈になっただけで特に害はなさそうだ。

蓮は安堵と困惑を抱え、「狼汁とは何だ」と憤慨気味の蘭篠を苦笑いで見やる。

「シャワーを浴びてきたら、においは消えますか？」

精気の風味が狼汁に変わってしまった原因には、心当たりがありすぎる。しかし、蓮には対処法がわからない。

「体臭じゃないから、無理だな。乳離れのちょうどいい機会だし、そこらで鬼を狩ってきて、離乳食の訓練を始めるか」

そう告げた蘭篠のそばで、白嵐がむくりと起き上がる。

「もしや、ご主人様は我らに鬼の生肉を食べさせるおつもりですか？」

「それが本来のお前らの食い物だからな。しっかり歯が生えてるくせに、赤ん坊みたいにいつまでも蓮の指に吸いついてないで、妖狐なら妖狐らしく血の滴る生肉を食いちぎれ」

そう言った蘭篠の足元へ紅嵐が転がっていき、「鬼の生肉など食べたくありませぬ。おえーにございます」と渋面を作る。白嵐も首を振って拒絶する。

「鬼など不味《まず》いに決まっておりまする。ただでさえ不味い鬼の肉を生で食すなど、考えただけでお腹を壊しそうでございます」

「壊すわけあるか。いいか、よく聞け。お前らは覚えてないだけで、ほんのひと月前までは猛毒の妖獣や虫を皮と骨ごとばりばり食ってたんだぞ」

「おおぉ……！　何と野蛮な！」

白嵐と紅嵐が肩を寄せ合って震え上がる。

「我らは賢く上品で高貴な白狐！　そのようなワイルドなお食事はいたしませぬ！」

紅嵐が尻尾《しっぽ》でぽんぽんと畳を叩《たた》き、懸命に不満をあらわにする。その愛らしい姿には、獲物の皮を食いちぎり、骨をかみ砕いていた獰猛さなど影も形もない。

「スーパーで売っている安全な食べ物を、おたあさまのちゅうちゅうくらい美味《おい》しくお料理して食べさせてくださりませ」

「お前ら、僕の分際で主人の俺にメシの注文をつけるのか？」

眉根を寄せた蘭篠に臆《おく》することなく、白嵐が「でも、ご主人様。ただの我《わ》が儘《まま》注文ではございませぬ」とくるんくるんと尻尾を揺らして笑う。

「昔から、腹が減っては戦《いくさ》ができぬと申します。おたあさまの甘い甘いちゅうちゅうが、なぜか狼ぷんぷんに感染してしまった今、我らが立派な僕になるためには美味しいご飯が必要なのです。我らは生まれたときから、おたあさまの世界一美味なちゅうちゅうで育ったグルメ白狐にございますゆえ、不味い鬼の肉など舌が受けつけませぬ」

感染、という言葉を微妙に高く発した声はいささか非難がましかった。理由は理解できなくても、感染の原因は蘭篠なのだということを白嵐はちゃんと認識しているらしい。

感染源の蘭篠は片眉を撥ね上げ、「毛玉のくせに、一体何の戦をするつもりだ」と言いたげだ。また主従の仲に亀裂が入るのではないかと心配したのは、ほんの一瞬だった。

蘭篠が黙ったままキッチンへ入った。続いて、レンジの回る音がした。すぐに戻って来た蘭篠が持つトレイには、たくさんの小皿や小鉢が載っていた。

それぞれの器の中にはおじややにゅうめん、炒《い》り豆腐に白身の部分だけを盛りつけた煮魚、肉団子《にくだんご》、ほうれん草とにんじんの和《あ》え物、可愛《かわい》らしい一口サイズの玉子焼きなどが小分けにされて入っていた。りんごのコンポートのデザートまである。

温め直しただけらしいそれらの料理は、蓮の朝食と一緒に作っていたのだろう。どうやら、蘭篠にはこうなることが予想できたようだ。

「ほしいと申せばぱっと一瞬でできたてご飯を出してくださるご主人様の魔法は、ランプの精よりすごうございます！」

白嵐がぴょんと立ち上がり、両手を広げて主人を褒め称《たた》える。

「これは魔法じゃない。レンジでチンの単なる科学だ」

蘭篠が飛ばした訂正などまるで耳に入っていない様子で、紅嵐が「ご主人様は、すごぉい狼魔法使い！」と叫ぶ。そして、ふたりは腕を組み、くるくる回りながら歌いはじめた。

「我らのご主人様は狼！　すごぉく強いよ！　怒ると怖いよ、耳が出る！」

「我らのご主人様は狼！　すごぉくくさいよ！　今日もぷんぷん！　ぷんぷんぷん！」

「ぷんぷんが、おたあさまにも感染《うつ》ってぷんぷんぷん！　困ったな、困ったな！」

「でも大丈夫！　魔法でご飯が出てきたよ！　チーンでジャーンとほかほかご飯！」

「我らのご主人様は狼！　強くてくさくて魔法が使えるすごぉーい狼！」

いつも口ずさんでいる「我らのご主人様は狼」の新バージョンを披露しながら、ふたりは「チーンでジャーンの魔法のご飯！」と合唱を繰り返す。

即興の歌と踊りなのに、よくこれだけ息をぴったりと合わせられるものだと感心し、蓮は思わずふたりに拍手を贈った。すると、気をよくしたらしいふたりの周りには狐火が飛び出した。合唱のテンポも速くなり、踊りの仕種《しぐさ》まで大きくなる。

とても楽しいショーだが、いつまで続くのだろうと苦笑いを漏らした蓮の向かいに腰を下ろした蘭篠が、深くため息をつく。

「これで俺はいよいよ、こいつらのメシ炊き下男だな」

主従逆転もいいところだ、とぼやきつつも、「魔法のご飯」に全身で喜ぶふたりを眺める顔はまんざらでもなさそうだ。

「でも、毎日ご飯を作ってくれて、食べさせてくれる恩ってとても大きいですから、もう少し育ったら何かすごい恩返しをしてくれるかもしれませんよ」

「だが、でかくなったところで、あいつらはもう狩りには使えないしな」

「え……。どうしてですか？」

「まだ子供だってことを考慮しても、妖狐としての獰猛さがかけらもない上に、においに妙な反応をしたり、生肉を嫌がるあたり、あいつらは精気と一緒にお前の気質まで吸収したようだからな。なおかつ、あいつらの頭の中じゃ、この家のヒエラルキーのトップは大好きなおたあさまで、その次が賢い白狐、メシ炊き下男の俺は底辺だ。主従の規律から逸脱した、甘えるだけしか能のないあいつらを、以前と同じように扱うことは無理だ」

蘭篠は静かに言葉を紡ぎながら、「チーンでジャーンとほかほかご飯！　美味しい匂いもほかほかほか！」と尻尾を振り回して歌うふたりの姿に双眸を細める。

「人助けの退魔仕事ならともかく、金儲《かねもう》けのために野にある獣を生け捕りにすることについて、お前は何か思っても、それが俺の生業《なりわい》だからと理解を示して口出しは控えるだろう？」

今まであまり気にする機会がなかったが、これから関係が深まる中で狩りの詳細を知れば、蘭篠自身に命の危険がつきまとうことも含めて、複雑な気持ちになるかもしれない。けれど、いくら恋人同士でも踏みこんではならない領域があるし、蘭篠は目的を持って狩りをしている。そんなことを考えれば、やめてほしいとはきっと言えない。

「……たぶん」

「お前のものの考え方や感じ方を受け継いだ白嵐と紅嵐も、狩りを嫌なものだと思うだろう。だが、お前と違って、俺に対する遠慮がないあいつらは嫌なものは嫌だと言う。いつか妖力が戻ったとき、狩りに同行させようとしても、全力で拒むはずだ」

そう断言した声音は、確信に満ちていた。けれども、失望しているふうには聞こえない。

だから、蓮は思い切って尋ねてみた。

「……あの子たちとの契約を解くんですか？」

「最初はそのつもりだった」

だが、と言って、蘭篠は白嵐と紅嵐に向ける眼差《まなざ》しの色をやわらかくする。

「食いものはスーパーで買うものだと思ってるこんな状態で放り出したりしたら、速攻で捕食されるだろうからな。あいつらがあんな毛玉になった責任は俺にあることだし、自分でメシの確保ができるようになるまでは責任を持って面倒を見るさ。もし鬼仙界に馴染《なじ》めないようなら、こっちで人間社会に溶けこめるように育てて、ミュージカル俳優にでもする」

「ミュージカル俳優……ですか？」

「ああ。いつでもどこでも歌い出すあいつらには似合いの職業だろうし、人型の容姿は無駄にいいから案外スターになるかもな」

冗談なのか本気なのかよくわからない口調で明かされた将来設計に、蓮が「楽しみですね」と笑ったとき、踊り疲れたらしいふたりが蘭篠と蓮のあいだに座った。

「たくさん歌って踊って、お腹が空きました」

紅嵐が無邪気に笑い、白嵐が「ふう」と額に滲む汗をぬぐう。

「よし。じゃあ、食うぞ」

蘭篠の号令のもと、皆で「いただきます」と手を合わせる。

四人分の声が重なって耳の奥で心地よくこだました。

白嵐と紅嵐は狩りのパートナーには戻れないかもしれない。それでも、蘭篠は歌と踊りと妖怪アニメが大好きな今の白嵐と紅嵐を、大切に思っている。そのことがはっきりとわかったから、白嵐と紅嵐が自分に似ていると告げた蘭篠の言葉を蓮は嬉しく感じた。

「このにょろにょろ、とっても美味しゅうございます」

白嵐がにゅうめんをちゅるんと啜って感動をあらわにすると、肉団子を頬張った紅嵐が「お肉、美味しー」と尻尾で畳をぱんぱんと叩いて喜ぶ。

白嵐と紅嵐は小さなスプーンとフォークを器用に操り、器の中の料理を次々と平らげた。これも蓮の性質を吸収した影響なのか、あるいは蘭篠の料理の腕前によるものなのか、ふたりの口には人間の食事が合うようだ。

蓮の精気の風味が変化することは予想できても、白嵐たちが何を気に入り、どれだけ食べるかは蘭篠にもわからなかったからだろう。もともと二口ていどでなくなる量しか入っていなかった小皿も小鉢もあっという間に空になった。

それでは足らなかったようで、ふたりは蓮と蘭篠のあさり粥や焼き鮭にも手を出した。大人《おとな》の手を借りず、フォークと箸《はし》でちまちまと、けれどもとても上手《じょうず》に鮭の身をほぐした。

白嵐は鮭の皮まできれいに食べる派で、紅嵐は食べない派だった。一口嚙《かじ》って、あまり好みではないと感じたらしい。「皮はご主人様に差し上げまする」と無邪気に笑んで、紅嵐は皮と骨だけが残った皿を蘭篠の前へ戻した。

「……ずいぶんな差し上げものだな、おい」

鼻筋に皺《しわ》を寄せて、蘭篠は残った皮を口に放りこむ。

「このがっつきっぷりだと、昼からは俺らと同じ食事の薄口でよさそうだな」

そうですね、と応じたとき、蓮はあることに気づく。

初めての離乳食記念日だったのに、写真を撮るのを忘れていたのだ。ふたりが大きく開けた口へスプーンやフォークを運ぶ姿の愛らしさに感動したり、初めての離乳食を喉に詰まらせたりしないかを観察することに忙しく、うっかりしていた。

慌てて部屋から携帯電話を取ってこようとしたが、それより早く白嵐と紅嵐が箸を置き、「ごちそうさまでございました」と声を揃《そろ》える。

「お前たち。もうご飯はいいのか？」

「はい。お腹ぽんぽんでございますゆえ」

蓮の問いかけに白嵐と紅嵐は同時にこくりと細い頤を引くとテレビの前へ素早く移動し、DVDを見始める。

「蓮。茶漬けか何か、軽いものならすぐにできるが、食うか？」

食欲旺盛《おうせい》なふたりに朝食を半分ほど強奪されてしまったことを気遣われる。

蘭篠の優しさへの嬉しさと、初めての離乳食記念日を撮影できなかった残念さを半分ずつ感じながら、蓮は「いえ、大丈夫です」と首を振る。

「今朝はこれくらいで、ちょうどだったので」

「そうか。じゃあ、俺らも上がるか」

頷いて、蓮も「ごちそうさまでした」と手を合わせる。

「蓮、悪い。皿洗い、手伝ってくれ」

「あ、はい」

暖房器具の周りには結界が張ってあるし、居間とキッチンを区切るガラス戸は半透明なので中の様子が透けて見える。だから、これまでも時々、昼寝をしたり、テレビを見たりしている白嵐と紅嵐を居間に残し、ふたりでキッチンへ入ることはあった。

とは言え、脱走劇の昨日の今日だったので、蘭篠は自分がふたりのそばにいることを優先するかと思っていたけれど、そうではなかった。

それを少し意外に思いながら立ち上がると、蘭篠はふいに広げた掌に突然現れた小さな紙片をふたつにちぎり、息を吹きかけた。

ふわりと空に舞ったそれらは、白い袴《はかま》を纏った若い男になった。

式神《しきがみ》だ。蓮と同様、白嵐と紅嵐も生まれ直してからは初めて見たらしい。「ふおぉ、紙人間」と声を弾ませ、無表情の二体の式神を物珍しげに見上げている。

「俺と蓮はこれから皿を洗ったり、掃除をしたりで忙しい。この部屋を出るときは、こいつらの許可を取れ。お前らはもう小さい毛玉じゃなく、蓮の近衛隊隊長だ。俺の言いつけがちゃんと守れるな」

「もちろんでございます、ご主人様」

背筋と耳をぴんと伸ばして返事をしたふたりに「よし」と大きく頷き、空の食器を重ねて載せたトレイを持った蘭篠が視線で蓮についてくるように促す。

「お前たち、いい子でテレビを見ているんだぞ」

蓮は白嵐と紅嵐の頭を撫でる。「はい、おたあさま！」と元気のいい声を背にキッチンへ入る。食器を流しへ移す蘭篠の横で、洗いものをするためにセーターの袖《そで》をまくろうとしたとき、いきなり腰を抱き寄せられた。

「――え？」

驚いてまたたいた次の瞬間、周囲の光景が変わった。キッチンにいたはずなのに、蘭篠とふたりで立っている場所は風呂場だった。

「え？　どう、して……？」

「転移したんだ。温泉旅館の廊下みたいな長い道のりを、お前を抱えてちんたら歩く気分じゃなかったからな」

答えた蘭篠の目は金色だった。

――蘭篠は発情している。そう理解した瞬間、昨夜のめくるめく快感の嵐を思い出した全身の肌が深くざわめいた。

「いいか？」

蓮の首筋を舐め、蘭篠が低く笑う。

「もっとも、俺は今、嫌だと言われても引き下がれない病気だけどな」

今日に限って見張り役の式神を出したのは、自分を抱くためだったようだ。

愛し合うのは嫌ではないし、発情期の蘭篠を受け入れると約束もした。だが、朝食後の、それも朝陽が窓から明るく差しこむ風呂場でのセックスは、蓮にはハードルが高すぎた。

こんな健全な時間の情交を悦ぶのははしたないように思えたし、どんな反応をすればいいかわからなかった。かなりの悲鳴でなければ声など聞こえないていどに離れてはいるものの、居間で踊っているだろう白嵐たちの存在が脳裏をちらつき、背徳感も強く煽られた。

だから、忙《せわ》しなく目を泳がせつつ、ごく浅く顎《あご》を引くと同時に、変に間の抜けた質問が口からこぼれ出た。

「あの、転移って、いわゆる瞬間移動ですよね？　どんな場所へでもいけるんですか？」

「出発地と目的地を体感として知っていれば、理論上は可能だ。身体の中で勝手に座標計算がされて、目的地へ飛べる。だが、乗り物が動くのに燃料が必要なのと同じで、移動する距離に比例したエネルギーを消耗するから、個人の体力によって自《おの》ずと限界が生じる。俺の場合は最大で東京・大阪間くらいだな」

そんな説明をしながら、蘭篠が蓮のジーンズの前を開き、下着を引き下ろす。

覆いを取り去られ、ぷらりと垂れた薄桃色の性器に、獣の視線が絡みつく。

「俺には変態エクリン腺マンの気持ちは理解できないが、昨夜、このペニスや乳首を見て、お前のピンク色のぷにぷに好きは何となく理解できた」

「え……？」

「弄って、匂いを嗅いで、いつまでも握って舐め回していたい気分にさせられる」

「その理解の仕方はかなり明後日《あさって》というか、間違っています。俺は、肉球をそんな不純な目で見たりしていませんから」

肉球に性的興奮を覚えるのは本物の変態だ。誤解を避けるべく、毅然《きぜん》と訂正した蓮を見やって低く笑うと、蘭篠は自分のジーンズの前を寛《くつろ》げて、ペニスを取り出した。

蘭篠のペニスは、現れ出た瞬間は萎《な》えていた。それでも、何かの冗談のように丸々と太くて長大で、ずっしりと重たげなそれは、蘭篠が二、三度扱き上げただけでそそり勃った。

雄のペニスが捕食者の凶器となる淫靡な変化の瞬間が網膜に深く沁みこみ、劣情を煽られた。蓮のペニスも芯を持ってぴぃんと屹立し、空へ突き出た。

「あ……」

まだ何もされていないのに勃起してしまったことが恥ずかしく、蓮は思わず息を詰めて後ずさった。だが、愛の交歓の快楽を覚えたばかりの身体は羞恥心を興奮へと変えているのか、そのさなかもペニスは雄を誘うようにふらふらと揺れしなりながら硬く膨らんだ。

「ふ、ぅ……」

昨夜とは違って、朝陽が降りそそぐ中で見る自分の勃起はたまらなく卑猥だった。

羞恥心が胸を圧迫し、蓮はどうしようもなくてさらに後ずさる。だが、逃げ場所などどこにもなく、すぐに背が壁についてしまう。

壁に背を張りつけた蓮の頭上に、蘭篠が片手を突く。

「逃げるなよ、蓮。やっぱり嫌なのか？」

金色の双眸を愉しげにたわませ、蘭篠は蓮の唇を軽く啄む。捕らえた獲物をもてあそぶ獣の目なのに、ひどく優しいキスに眦がかすかに潤む。

「ん……っ。い、嫌なわけじゃ……」

首を振った直後、身を寄せてきた蘭篠にペニスを握られた。両手で、蘭篠の逞しい雄ごときつく――。

怒張の昂りに敏感な場所の皮膚をじゅっと灼かれ、腰が跳ねた。

「あっ。……で、でも、どうして、こんなところ……、く、ふぅ……っ」

蓮の勃起と重ね合わされた蘭篠のそれが、ゆっくりと上下に動く。

硬くて熱くて、太い血管が浮き出てごつごつしているのになめらかな弾力のある蘭篠のペニスに擦られると、気持ちがよくて息が上がった。

「主成分が蛋白質《たんぱくしつ》の精液は、水と違って蒸発させて消すことができないから、畳の部屋じゃ後始末に苦労する。その点、ここなら楽だ。お前もシャワーで洗ってやれるしな」

答える蘭篠の手が大きく上下する。

膨張したペニスとペニスがごりごりと擦れ、蘭篠の亀頭のぶ厚い笠のふちが蓮の浅いそこに引っかかって勢いよく撥ね上げられる。

「あっ、あっ……」

圧倒的な質量を誇る雄のペニスに自分のそれを押しつぶされる甘美な感覚が身体中に響き、背が震えた。いつの間にか、壁に背を預け、蘭篠のほうへ突き出す格好になっていた腰もがくがくと揺れている。

腰が前へ後ろへと卑猥に動くせいで、蘭篠の手の中で蓮のペニスも勝手に動く。太い熱塊の表面をずりっ、ずりっと擦りながら、蓮のペニスの穂先は蘭篠が両手で作った指の環をくぐっては戻ってくる。

そのさまが恥ずかしいのに、腰がどうしてもとまらない。

「蓮、気持ちがいいか？　お前のペニスの先の可愛い孔がぴくぴくひくついて、今にも泣き出しそうだぞ」

「ふっ、あ、あ、あ……っ」

胸を満たす恥ずかしさのせいで、素直に気持ちがいいと言えなかった。

代わりの照れ隠しに、まるで関係のないことが色づいた唇からこぼれ出る。

「あ、あの……っ、さっきの、近衛隊のた、……隊長って……っ」

脈絡のない言葉に一瞬不思議そうに双眸を細めた蘭篠が、「ああ」と淡く笑む。

「あいつらにしかできない仕事がほしいと言われたから、任命した。お前を守る騎士《きし》気取りのあいつらにぴったりの役目だと思ったが、お前は気に入らなかったのか？」

「ん、ぅ……っ。そう、いう、わけじゃ……っ。で、でも……っ」

「でも、何だ？」

最初はただ乾いた皮膚がぐにぐにと縺れ合うだけだったのに、いつしか双方の鈴口から溢れだした淫液でぐちゅう、ぐちゅうと粘る水音が散りはじめていた。

「ああいう作り話をする、なら……、は、ぁ……っ、お、お姫様、じゃなくて、男の役をつけて、ほしかったです……っ」

「丸っきり作り話というわけじゃないぞ。白嵐たちを見殺しにしようとした秦泉寺は俺にとってはもはや悪の一族だし、お前も立場的にはお姫様と言えなくもない」

肩をすくめた蘭篠の右手が、蓮のペニスの下へ潜りこむ。ついでのような手つきで陰嚢を何度か握って捏ねたあと、会陰の溝をぬるりと辿《たど》った指先が秘所の窄まりを突いた。

「ひぅっ。ど、どうして、ですか……っ」

ぬるついていた指先は、なめらかにつぷんと孔の奥へ入りこんだ。

「お前の中、すごくやわらかい」

「あっ、あぁ……っ」

蘭篠の左手はまだ、自身の雄と蓮の勃起を握ったままだ。

張《みなぎ》りと張りが擦れる摩擦熱と、後孔の肉環をじわりと広げられる甘い衝撃を一度に感じ、蓮は足先で床を引っかいた。

「俺の母親がどうやって生まれたか、覚えてるか？」

粘膜をぬりぬりと擦る指が一気に根元まで埋まり、返事をするどころではなかった。

「ひっ、ぁん！」

高く啼いた蓮のペニスの先端から、喜悦の雫がにゅうぅっと糸を引いて滴った。

「俺の母親の母親――祖母に手をつけた鬼仙族は王だった。母親が滅ぼしかけた国の王に容易に近づけたのもその血筋のおかげだし、だから血だけを見れば俺も王族の端くれで、その俺がそう思えばお前は姫君だ」

明かされた出生の秘密に驚くよりも、肉襞を突き穿《うが》つ指の動きに頭の中をかき回されて、思考が定まらない。壁にもたれて立っているだけで、精一杯だった。

「あ、あ、あ……っ。で、でも……っ、男で姫、はっ、かなり無理が……っ、あぁっ」

最後まで言葉を紡げずに首を振った蓮の中から、蘭篠が指をぬるりと引き抜く。そして、自分の鼻先へ指を近づける。

蓮の肉筒を捏ね回した指が纏う香りを何やら真剣に吟味するかのような目に、恥ずかしさが膨張する。蓮は狼狽えて叫んだ。

「――な、何で、嗅ぐんですか！　変態ですか！」

「俺にこの変態遊戯の愉しさを教えたのはお前だぞ。何、被害者みたいな顔してるんだ?」

蘭篠がおかしげに笑ったかと思うと、蓮の身体が浮いた。

「う、うわっ」

下着ごと引き下ろしたジーンズを浴槽のふちに掛け、蘭篠は蓮の腰を顔の高さまで浮かせた。そして、開いた脚のあいだに顔を埋めた。

尖った鼻先が肉環の中央にめりこむ。狭い孔を掘るように鼻先を動かされるつど、張り詰めたペニスや陰嚢がぴくぴくと痙攣した。

「あ、あ……っ。ふ、くぅ……」

「初摘《はつづ》みの桃の匂い」

襞の表面を舐め上げ、蘭篠が狼の顔で言う。

「……え?」

「昨夜、あれだけお前の中で何度も射精したのに、まだ処女の匂いのほうが強い」

どこが狼汁だ、と鼻を鳴らし、蘭篠は蓮の身体を下ろす。

足先が床に着いた振動で、反り返った屹立がぷりんと大きく揺れて蘭篠の腿に当たって跳ね返った。

「そ、そういう卑猥なセリフって、王子様が口にするものとしてはあまりふさわしくないと思いますけど……」

「ま、気にするな。俺の王族云々は、免許証を持ってるだけの医者の資格と同じくらい、大した実用性も意味もないものだからな」

笑って告げ、蘭篠は蓮の身体をひっくり返す。

「だけど、お前が姫君なのは本当だ」

「どうしてですか？」

「男が命を賭けて守りたい存在をそう呼ぶのは間違いじゃない。そうだろう？」

蘭篠に背を向けた格好の耳もとで「お前は俺の大切な宝石だ、蓮」と甘く囁かれ、顔が火を噴く勢いで真っ赤に染まる。

「……ど、どうも」

もっとほかに伝えたい気持ちはたくさんあったのに、嬉しさが喉に詰まり、そんな一言しか口にできなかった。

「寒くないか、蓮」

発火したような熱を帯びた肌は、少しも寒さを感じていない。壁のタイルの冷たさがむしろ心地いい。

「ない……、です」

答えると臀部の肉を鷲掴《わしづか》みにされ、左右にぐっと開かれる。いびつな形に引き伸ばされた窄まりに、熱塊が宛がわれた。

「ふっ……」

「挿れるぞ」

窪地にぴたりと吸いついていたぬるつく肉の杭の切っ先が、襞をぐにゅんとめくり上げたのを感じ、瞼の裏で火花が散った。

「あ、あ、あ……」

――入ってくる。

衝撃に備えてタイルの壁に手を突き、息を詰めた拍子に肉環をきつく引き絞ってしまい、埋まりかけていた亀頭が引っかかる。

敏感な浅い場所の粘膜で、雄の一番太いところを咥えこんでしまい、蓮は悲鳴を上げる。

「ひうっ、ん」

「一晩経って、また処女膜ができたみたいだな」

だから、匂いも処女っぽいのかもな、と獣の声音で笑い、蘭篠は腰を猛々しく突きこんだ。

ぐぽっと肉の割れる音がした。

「――あぁ！」

ぶ厚い笠のふちで粘膜をずりずりっと力強く擦り上げ、隘路の肉をぐいぐいとかき分けながら、蘭篠は一気に侵入してきた。挿入の勢いが凄まじかったせいで、それが根元まで埋まったとき、どっしりとした陰嚢が蓮の臀部を強《したた》かに打つ乾いた音が響いた。

「くひぃ――っ」

肉の凶器の切っ先で最奥をどすりと串刺しにされ、びくんびくんとわなないた蓮のペニスが秘裂を大きく開いて淫液を大量に飛ばした。

意図せず後孔がきゅっと締まり、背後で蘭篠が低く呻いた。

「……なあ、蓮。俺はここ何年も、自分の身体に発情期があることが煩わしかった。だけど、今はいいものだって思えてきた」

密着させた腰をねっとりと回し、蓮の中に埋めた肉の楔《くさび》で円を描きながら蘭篠は言う。

「うっ、うっ、ぁ……っ。な、何で……っ」

「発情期だからって印籠をかざして、お前を朝から抱けるから」

蓮のうなじを舐めた蘭篠が、長い怒張をずるぅっと引き出す。

内壁を深くえぐった笠のふちが肉環をぐぽっとくぐり、先端が抜け出る寸前にまた腰を激しく突き入れて蓮を貫いた。

「あぁっ。あっ、あっ……！」

「蓮……、蓮……っ」

最初は緩慢だった抜き挿しは、ほどなく速くなった。太さも長さもある雄のペニスが蓮の中を凄まじい速度で出入りし、容赦のない荒々しさで肉筒をかき混ぜた。

蘭篠がしとどに噴出する先走りを擦りつけられる内壁が、どんどん濡れてぐずぐずにぬかるんでゆくのがわかる。

「あっ、あっ。や……っ、あぁん……っ。らん、じょ……う、さんっ」

ぐちゅぐちゅと体内の肉がすり潰される音にかき消されそうなか細い声で「気持ちいい……」とこぼした瞬間、蘭篠の雄があからさまに体積を増した。

隘路が内側からさらに押し広げられ、粘膜を灼かれた。

「ああっ！」

「蓮……、お前の中は天国だ」

想いが通じ合っただけでも幸せなのに、命を賭けても守りたい大切な宝石だと告げてくれた男に愛される深い幸福感と快感が体内を駆け巡る。

人間離れした逞しいものをぐうっとねじりこまれ、奥をずんずんと突かれると気持ちがよくてたまらない。頭の芯が甘くとろけてゆくようで、波打つ下腹部では蘭篠の情熱的な抽挿に合わせて、膨らんだペニスがぷらんぷらんと根元からしなり躍っている。

開ききった秘裂からは薄く濁った淫液がぴゅんぴゅんと飛び散り、床を汚した。

「あっ、は……っ。んんっ。あ、あ、あ……！　もう、だめ……、だめっ！」

「何がどう駄目なんだ？」

意地の悪さと甘さが同居する声音で笑った蘭篠が、ぱんぱんに膨らんだ亀頭で蓮の奥深い場所をごりんと突き刺した。

「あぁっ！」

熟れて充血する粘膜を強く掘りこまれ、火花が散った。絶頂はもう目の前だった。

「蓮、言えよ。何が駄目なんだ？」

「あ、あ……。だめ……。い、い……、気持ち、い……っ。それ、だめ、だめっ」

「駄目なのか、いいのか、どっちだよ？」

激しく突き上げられ、揺さぶられる身体を眼前のタイルにすり寄せたときだった。

「雅誓《みやちか》さま」

風呂場の扉の向こうから、ふいに聞いたことのない声が上がった。

驚いた拍子にペニスがくねり躍り、ぷしゅっと精液が飛び出た。

「――く、ぅっ。ふ、ぅぅ……っ」

自制を試みたものの、ペニスの先からにゅるにゅると細く漏れる白濁はなかなかとまらない。蓮はタイルに爪《つめ》を立て、放ちたい嬌声をどうにかかみ殺したが、筋肉を強張らせたために締めつけた蘭篠を刺激してしまった。

ぐぐぐっと太く猛った怒張に、極まりの余韻で収縮する粘膜をずぼずぼと無遠慮にえぐられる尖った喜悦に苛《さいな》まれ、眦に涙が滲んだ。

「――ふっ、ぅぅ」

声を堪えれば堪えるほど全身を駆け巡る歓喜が増幅し、もはや精液なのか淫液なのかわからなくなった体液が鈴口から垂れ続ける。

「何だ？」

「白嵐殿《どの》と紅嵐殿が、厨《くりや》へ行きたいと騒ぎ出しました」

抑揚のない淡々とした声の主は、どうやら先ほどの式神の一体らしい。

「キッチン？　どうして？」

扉に向かって問いかける蘭篠は、蓮を突く腰の動きをとめない。それどころか、抽挿はますます獰猛なものになっていく。

「く、ふぅ……っ」

人の姿をして、言葉を話しても、式神は単なる紙だ。存在を気にする必要などないのかもしれないが、それでも蓮は声を上げて乱れることができなかった。

力の限りきつく後孔を引き絞り、凶暴な律動を阻止しようとした。けれども、蘭篠の腰遣いはあまりに強靱《きょうじん》で、まるで歯が立たなかった。

絡みつく媚肉をものともせず、蘭篠のペニスは自在に前進と後退を繰り返し、大きすぎる快感にうねって悶える肉筒を責めた。

「んっ、んっ、んぅぅ……っ」

粘膜を捏ね突く杭はひと突きごとに硬くなり、肉筒の奥へ奥へと伸びてくる。

――蘭篠は射精しようとしている。

そのことに気づいた瞬間、朦朧《もうろう》とした頭が痺れた。今、出されたら、きっとはしたなく叫んでしまう。

「――う、うぅっ。だめ、やめて……っ。お願い、だ、出さない、で……っ」

上擦る小声でとぎれとぎれに乞《こ》うても、雄の抽挿と膨張はとまらなかった。

じゅぽっ、じゅぽっと肉と肉が縺れて溶け合う淫らな水音が響き、結合部の隙間からは蘭篠の先走りが漏れ飛んでいる。

奥深い場所を串刺しにされたかと思うと、次の瞬間には肉環の襞を亀頭のふちでぬぽっとめくり上げられていて、絶え間なく襲い来る愉悦の波に意識を呑まれそうになる。

「踊り疲れて、喉が渇いたとか。冷たくて甘いものがほしいそうですが、いかがいたしましょう？」

「冷蔵庫にフルーツジュースがある。それを飲ませてやれ」

行け、と蘭篠が式神に命じたのと、最奥で熱い粘液がどっと噴き出したのを感じたのはほぼ同時だった。

「あああぁ――！」

重く粘りつく精液に爛熟した媚肉をびしゃびしゃと強かに叩き舐められる感覚に、脚から力が抜ける。吐精したばかりの蓮のペニスはさすがに勃起はしなかったものの、萎えたままの状態でぶるんと震えた。

もう立っていられなくなった身体は、蘭篠の腕にしっかりと抱きとめられた。

「蓮、愛してる」

愛の囁きには、かすかな吐息しか返せなかった。

質量をほんのわずかだけ小さくした蘭篠のペニスが抜き取られる。襞がじんじんと熱をはらみ、すぐには閉じない肉環の奥から精液が流れ出てきて、肌の上をすべる。

ひとつに繋がって愛された確かな証は、蘭篠がシャワーで洗い流した。

脱がされた下着とジーンズを穿いて、人心地がついた頃、蓮は小さく抗議した。

「……蘭篠さん、ひどいです」

「何が？」

「出さないでって言ったのに」

「あれはお前が悪いんだぞ。あんなとろけた顔と声であのセリフを口にされて、暴走しない狼はいない」

それに、と蘭篠は口の端をつり上げる。

普通は粗野にしか映らないのに、蘭篠のその表情からは優雅さと色気を感じた。

「天国が見えそうなほど気持ちよかっただろう？」

否定はできず、蓮は視線を泳がせる。

「でも、俺は初心者なんですから、いきなり変なプレイを教えられるのはちょっと……。もう少し手加減をお願いしたいです」

「発情中の狼の辞書に手加減の文字はない」

妙に迫力のある真顔で断言し、蘭篠は蓮の頤を指先で持ち上げる。

「その代わり、正気のときはお前に傅《かしず》いて何よりも大切にするから、それでチャラにしてくれ」

魅惑的な提案に、蓮ははにかみつつ頷いた。

嬉しげに笑んだ蘭篠と何度もキスを交わす。名残惜《なごりお》しそうに蓮の唇を甘噛みして買いものに出かけた蘭篠と別れ、居間へ戻ると、じゃれついてきた白嵐と紅嵐に「ふおぉ～、おたあさまの中の狼ぷんぷんがちょー強烈になっておりまする！」と悲しまれた。さらに「我らはご主人様と一緒にいても狼ぷんぷんは感染りませぬのに、どうしておたあさまには感染るのでございますか？」と質問され、返事に窮して困った。

――とても困ったけれど、幸せだった。


それからは毎日、朝と晩に抱かれた。耳と尾が出て半獣化することが多かったが狼化はせず、与えられる大きな快楽に蓮の身体がようやく慣れてきた頃、蘭篠の発情期は終わった。

毎日抱かれていたあいだはもちろん、発情期が終わったあともしばらくは、甘い倦怠感《けんたいかん》が残った。広い庭でライオン丸の捕獲に奮闘する白嵐と紅嵐を追うのは少々辛かったものの、蘭篠がたくさん出してくれた式神たちが蓮の手足になってくれたおかげで、日々は恙《つつが》なく過ぎていった。

『蓮、俺だ。今、いいか？』

春の香りが濃くなりはじめた三月上旬のある日、朝食をすませて買いものに出かけた蘭篠が電話を掛けてきた。

「ええ、大丈夫ですよ」

居間で解剖学のテキストを読んでいた蓮は、昨日買ってもらったばかりの新しい「妖怪ダイアリー」のＤＶＤに夢中になっているそばのふたりを見やって答える。

白嵐と紅嵐を大切にしている蘭篠は、ふたりの食事にも蓮と同じ高級食材を使っている。おかげで、すっかり人間の食事に馴染む一方で、着実に本物のグルメ白狐となりつつある白嵐は基本的に魚介類を好み、紅嵐のほうは肉を好む。そのため、これまでは蓮の体力増進の目的で肉中心だった一日の献立に、魚介類も多く出るようになった。

今朝は鮭の生姜《しょうが》焼きで、昼がビーフシチュー、夜が天ぷらの予定だ。

夜の天ぷらのメインは、白嵐が尻尾を振り回しながら「ほっぺが落ちそう、もちもち海老のお歌」を披露して喜ぶ海老だ。蘭篠は普段ならそろそろ帰宅する時間だが、今日はいい海老でも求めて駅向こうのデパートまで足を延ばしているのだろうか。

そう思ったけれど、蘭篠は今、この家のガレージにいるらしい。車を降りたところで、うっかり肝心の海老を買い忘れたことを思い出したそうだ。

『もう一度、買いに行ってくるから、ほかの食材を冷蔵庫に入れておいてくれ。荷物は式神に持っていかせる』

わかりました、と返し、蓮はふとあることを思いつく。

「今日のお昼、蘭篠さんの代わりに俺が作っていいですか？」

『お前が？』

「ええ。俺だって自炊歴は結構ありますし、シチューとカレーはわりと得意ですから」

そうか、と蘭篠はあまり当てにしていないような甘い声音で笑う。

「そうですよ。あ、それから、式神はすぐに消えないようにしておいてもらえますか？ シチューを作っているあいだ、白嵐たちを見ていてもらいたいんです」

式神は主人に命じられた用をすますと、その場で術が解けて紙きれに戻ってしまう。白嵐と紅嵐がこっそり部屋からいなくなるようなことはもうないだろうけれど、念のための見守る目がほしくて、蓮は言い添える。

『わかった。じゃあ、頼んだぞ』

電話を切った蓮を、紅嵐が「おたあさま」と呼ぶ。

「今日の昼餉《ひるげ》はおたあさまが作られるのですか？」

「そうだよ」

頷いて、蓮は「お昼は美味しいお肉がたっぷり入ったシチューだよ」と告げる。

紅嵐が「ふおぉ、お肉のシチュー！」と尻尾を揺らす。

「蜂蜜《はちみつ》をたくさん入れて、甘くしてくださいませ」

「ああ、わかった。その代わり、いい子でテレビを見てるんだぞ」

「はい、おたあさま」

声を揃えて応じたふたりの頭を撫で、キッチンへ行くと、スーパーのレジ袋を両手に抱えた式神が一体、勝手口から音もなく入ってきた。

「ありがとう」

礼を言って食材の詰まったレジ袋を受け取ったときだった。

「おたあさま！　敵がお庭に！　敵襲でございます！」

「紅嵐、早く狐火を飛ばすのだ！」

ふたりの甲高い声が耳に突き刺さる。

この家に来襲する敵などいるはずがないのに一体何事かと慌てて踵を返した居間では、白嵐と紅嵐が窓を開け、空に向かってたくさんの狐火を飛ばしていた。

狐火は普通の人間には見えないが、蘭篠が万が一のことを考えて、敷地の全体に目隠しと消音機能があるという結界を張っている。たとえ、お化けと妖怪の森に無数の鬼を召喚して大合戦をおこなったとしても、近隣住民には何も見えないし、聞こえないらしい。それを忘れたわけではないが、塀や木々を高く越え、パレードの祝砲のように派手に飛ばされている狐火に冷や汗が出た。

「ああっ。何をなさいます、おたあさま。敵が逃げていってしまいまする！」

蓮は急いでふたりを抱き上げて部屋の中へ入れ、窓をぴしゃりと閉める。

「今、やっつけないと、今度はきっと仲間を引きつれて襲ってきますのに！」

これは、新しい遊びのバトルごっこなのだろうか。腕の中でもがくふたりに、蓮は「どんな敵がいたんだ？」と苦笑して訊く。

「あの妖鳥です！」

紅嵐が叫んで空を指さす。その方向の上空に、遠ざかっていく黒い影が見えた。

「大きくて真っ黒い、目のぎょろぎょろした怪しい鳥にございます。鳥のくせにお庭をのし歩いてこちらへやって来て、窓の向こうから奇妙な嗄《しわが》れ声で鳴きました」

そんな報告をした白嵐が興奮気味に「あの不気味な妖鳥めは、きっと悪の一族・秦泉寺がおたあさまを探して攫《さら》うために放った鬼にございます」と声を高くする。

「そ、そうか……」

蓮は苦笑いをして、返す言葉を探す。

大きくて真っ黒い、目のぎょろぎょろした怪しい鳥とはおそらく烏《からす》で、白嵐と紅嵐の知識がアンバランスな頭の中からはその存在についての記憶が消えているらしい。

そして、蘭篠のでたらめな作り話を信じこんでいるふたりは、初めて見た黒ずくめの鳥に驚き、秦泉寺一族の使鬼だと勘違いしてしまったのだろう。

「敵」を追い払い、蓮の近衛隊隊長としてのふさわしい働きをしたと思っているのか、何だかとても誇らしげなふたりに、あれは鬼ではなく烏という名のただの鳥だと真実を告げるのは躊躇《ためら》われた。

かと言って、烏を「敵の鬼」にしておくのは危険だ。

烏は記憶力がいい上に利口で、猛禽類《もうきんるい》を集団で襲うような凶暴さもある。烏が「嫌がらせ」だと感じた行為をした人間の顔を覚えて、執拗《しつよう》に攻撃したりすることも珍しくない。もし、白嵐たちが標的として認識されれば、どんな仕返しを受けるかわからない。

「お前たちが立派な隊長になってくれて、俺はすごく嬉しい。今日は追い払ってくれただけで、十分だよ」

よくやってくれた、と蓮はふたりの頬に顔をすり寄せる。

「十分ではありませぬ、おたあさま」

白嵐がぶんぶんと首を振る。

「悪の秦泉寺一族にここが我らのお家で、おたあさまがいることが知れてしまうと一大事にございます。逃げた敵を早くやっつけに行かねば！」

「行かなくていいんだよ」

どうしてでございますか、と白嵐と紅嵐は不満げな顔をする。

「お前たちがあの妖鳥を追って行ってしまったら、誰が俺を守ってくれるんだ？　お前たちの役目は、俺とこの家を守ることだろう？」

蓮の問いかけに、鳥に追い打ちをかけようと勇《いさ》み立っていたふたりがはっとした表情になる。顔を見合わせた白嵐と紅嵐の目から、戦意が消えてゆく。

「秦泉寺の陣地は、ここからすごく遠い。あの妖鳥があちらへ辿りつく前に蘭篠さんが帰ってくるから、あとは蘭篠さんに任せよう」

「おたあさまは敵の陣地の場所をご存じなのですか？」

白嵐に問われ、蓮は「知っているよ」と頷く。

「ご主人様が、秦泉寺は魑魅魍魎《ちみもうりょう》がうようよしているとても恐ろしい鬼の住処《すみか》だと仰っておりました。そんな場所へ、おたあさまは行かれたことがあるのですか？」

蓮が口を開く前に、紅嵐が閃《ひらめ》いた顔で「悪の一族に捕まったおたあさまを、ご主人様がお助けしたのですね」と言う。すると、白嵐が「なるほど！」と手を打つ。

「それでご主人様は、お姫様であられるおたあさまをお助けした功労により、特別にお女中として召《め》し抱えられたのですね」

仲はよくなくても、べつに憎んでいるわけではない秦泉寺を悪の一族にしておくのは何だか申し訳ない。それに、当の本人に気にしている様子がないのでずっとそのままにしていたが、そろそろ蘭篠は「お女中」ではないと訂正したほうがいい気がした。

だが、蘭篠のいないところで勝手に本当のことを話すこともできない。

「……うん。まあ、そんな感じ、かな」

迷った末、蓮は曖昧《あいまい》な笑みを浮かべて、ふたりを畳の上に下ろした。

「それよりも、今からお前たちにとても大切なことを教えるから、よく聞いてくれ」

「どのようなことでございますか、おたあさま」

尋ねた白嵐と一緒に、紅嵐も真剣な眼差しで蓮を仰《あお》ぎ見る。

「この世界には、さっきの妖鳥とよく似た鳥という鳥がいるんだ。鳥は普通の鳥だけど真っ黒けで、妖鳥と見分けがつきにくい」

蓮が告げた言葉に、白嵐と紅嵐は不思議そうに顔を見合わせる。

「そのような鳥はまだ一度も見たことがありませぬ」

白嵐が言うと、紅嵐も「わたくしも」と続ける。

「鳥はどこにでもたくさんいるから、そのうちお庭にもやって来るかもしれない。間違って狐火を投げたりしたら可哀想《かわいそう》だから、今度もし真っ黒の鳥を見たら、狐火を出す前に蘭篠さんか俺を呼ぶんだよ」

近衛隊誕生の理由が崩れず、さらに鳥の攻撃の標的にならないように咄嗟に考えた出任せの話をふたりは素直に呑みこんでくれた様子で、「はあい」と可愛らしく返事をした。

再びテレビの前へ戻り、「ヨーヨーカイカイ！」を元気よく歌って踊りはじめたふたりのことは式神に任せ、蓮はビーフシチュー作りに取りかかった。

蘭篠がビーフシチュー用に買ってきた肉は、但馬牛《たじまうし》の赤身肉だった。そして、今日の買いものの中には、たくさんの食材に混じって缶ビールが二本入っていた。

最初は晩酌用かと思った。だが、蘭篠はビールを好んでは飲まないはずだ。もしかしたら、ビール煮こみのシチューにするつもりで買ったのだろうか。携帯電話でレシピを調べてみると、缶ビール一本半が四人分のシチューに使う量だったので、このビールは料理用だろうと蓮は判断した。

レシピに従って牛肉に焼き色をつけて一旦取り出し、野菜を炒《いた》めた鍋に肉を戻してビールを注いだ。沸騰すればアルコールは飛んでしまうが、ビールの苦みが残らないように蜂蜜をたっぷり入れたシチューを煮込んでいると、蘭篠が帰ってきた。

「ただいま」

勝手口から入ってきて、笑んだ蘭篠はスーパーの袋ではなく、発泡スチロールの箱を脇に抱えていた。買い忘れた海老が入っているにしては、やけに大きい。

「お帰りなさい。何を買ってきたんですか？」

「海老を四人前」

蘭篠がテーブルの上で開けた発泡スチロールの箱の中には、大きな伊勢《いせ》海老が四匹入っていた。しかも、生きている。思わず「うわ」と感嘆の声が出る。

「豪勢ですね。伊勢海老を天ぷらにするんですか？」

「ああ。新鮮な海老は刺身で食うのが一番美味いのに、この家には生は嫌だと文句を垂れる奴《やつ》ばかりだからな」

冗談めかして言って隣に立った蘭篠が、蓮が味見用に使っていたスプーンでシチューを掬い、口に入れた。

「蜂蜜入りか？」

「ええ。蘭篠さん的には駄目な甘さですか？」

「いや。かなりお子様味だが、まあまあだな」

そんな評価とともに、キスが降ってくる。

唇が一瞬重なるだけの短い口づけだったけれど、蜂蜜よりも甘いと感じた。

発情中の激情に毎日強く揺さぶられた身体を労《いたわ》ってくれているのか、その時期が終わってからはキスすら一度もなかった。蘭篠の優しさを嬉しく感じると同時に、少し物足りなく感じていた身体は、一週間ぶりの恋人らしい接触に肌をざわめかせた。

「それより、蓮。大きいほうの風呂、使うぞ」

一瞬、発情中のときのように風呂場へ連れこまれるのかと想像してしまったが、そうではなかった。普段は使っていない、かつての使用人用の大浴場に海水を張り、夕食まで海老を泳がせておくという。

「――どうぞ」

赤面して返事をしたとき、居間のほうからガラス戸が勢いよく開いた。

「お帰りなさいませ、ご主人様！」

危ないものがたくさんあるキッチンには入ってはならないという言いつけを守り、戸口の向こうから白嵐と紅嵐が賑《にぎ》やかに声を響かせる。

「ご報告いたします、ご主人様！　我らはご主人様のお留守のあいだに、おたあさまを狙う秦泉寺の放った妖鳥を追い払いました」

胸を張って告げた白嵐の横で、紅嵐が「こぉんなに大きかったのですよ」といささか大げさに両手を広げてみせる。

「大きくて真っ黒で不気味な化け物鳥でしたが、狐火を飛ばして追い払ったのです」

怪訝《けげん》そうに片眉を上げた蘭篠に、蓮は「鳥です」と小声で囁く。

その一言で、蘭篠は事のあらましを察したようだ。

「よくやった。さすがは俺が見込んだだけのことはある。お前たちは立派な隊長だ」

優しい声で褒められ、満面の笑顔になったふたりは尻尾を嬉しそうに振ったが、白嵐がふと真顔になる。

「ですが、とどめを刺すことはできず、逃がしてしまいましたゆえ、おたあさまを攫うためにまた襲ってくるやもしれませぬ。いかがいたしましょう？」

「そうだな、対策を考えておかないとな……」

白嵐と紅嵐を見殺しにされかけたことをよほど根深く恨みに思っているのだろう。蘭篠は秦泉寺家に悪役を押しつけたまま、芝居がかった仕種で重々しく頷くと、上に向けた掌から淡い光を放った。

きらきらと煌めくその光は天井を突き抜けた。流し台の窓や居間の窓から、光がドーム型に広がり、敷地全体を覆ったのが見える。白嵐と紅嵐が「ふおぉ。きれい、きれい！」と手を叩いたその光は、ほどなく消えた。

「結界を張ってこの家を見えなくしたから、これでもう大丈夫だ。悪の秦泉寺は攻めてこられない。だが、万が一ということもある。これからも引き続き、しっかり蓮を守るんだぞ」

「はい、ご主人様！」

「よし。じゃあ、昼メシができるまでは隊長の仕事は休憩だ。テレビの前で踊ってろ」

今度も「はぁい」と声を完璧に揃え、ふたりは居間の中へ引き返した。

「さっきの、本当に結界ですか？」

蓮は小声で問う。

「いや。空気を光らせただけだ」

「ちなみに、秦泉寺はいつまで悪の一族なんですか?」

「俺の気がすむまで」

笑って答え、蘭篠は伊勢海老の入った箱を抱えてキッチンを出ていった。

そう言えば、海老を入れる海水はどうやって用意をするのだろう。使鬼に運ばせるのだろうか。それとも、蘭篠が指を鳴らせば、一瞬で浴槽が海水で満たされたりするのだろうか。

そんなことを考えていると、ふいに小さく笑みがこぼれた。

蘭篠は、鬼狩り師が操る呪術《じゅじゅつ》とはその字のごとく「呪《のろ》う術」だと力説していたのに、この家の中では結局のところ生活を便利にするためにしか使っていない。

それに、蘭篠は白嵐と紅嵐を口では「毛玉」だの「僕」だのと呼ぶが、危険なことは決してさせず、ねだられれば拒むことなく妖怪アニメのＤＶＤを買い与える。以前のように狩りに同行させることは無理だと諦めても、ふたりを見放さないどころか、紅嵐が肉好きだとわかれば最高級のブランド肉を食べさせ、白嵐が海老が美味しいと喜べば伊勢海老を買ってくるのだから、まさに猫可愛がりだ。

事あるごとに主従逆転だとぶつぶつ言いはしても、この状態を楽しんでいるふうにしか見えない蘭篠は、可愛い子供にめろめろの父親のようだと蓮は思う。

蓮は鍋をかき混ぜながら、くすくすと笑った。何だか今なら、美味しくなあれ、と唱えれば本当に美味しくなる魔法が自分にも使えそうな気がした。

「おたあさまのシチューは蜂蜜たくさん甘々シチュー！　お肉も野菜もとーろとろ！　食べたらほっぺもとろとろぷるん！」

昼食を食べ終えた白嵐と紅嵐が披露してくれる喜びの歌を聞きながら、ふたりは将来本当にミュージカルスターになるかもしれないと思っていたとき、蓮の携帯電話が鳴った。

同じ研究室に所属している院生の先輩からだった。春休みに入る前に蓮が借りた本を論文の参考文献に使うため、至急返してほしいとのことだった。

ふたりのことは蘭篠に任せ、「一時間くらいで戻りますから」と蓮は借りた本を持って家を出た。大学の研究室で先輩に本を返し、大急ぎで約束通りの時間に戻った。

「ただいま」

玄関で靴とコートを脱いで帰宅を知らせたが、応じる声はない。どこかの座敷の押入を探検中か、庭へ出ているのかもしれないと思いながら居間へ入り、蓮は目を瞠《みは》った。

窓のそばの陽だまりの中で、白銀の狼が寝ていた。

――蘭篠だ。聞かされた通り、形は狼でも大きさは虎を幾分超えている。

狼化した蘭篠の隣では、白嵐と紅嵐が白狐の姿で眠っていた。

優しい陽光のもとで白銀の被毛を輝かせる蘭篠は、想像した以上に立派な狼だった。その顔は眠っていても凜と気高く、敏捷《びんしょう》さを感じさせる身体つきは美しくしなやかだ。

ようやく目にすることができた恋人の本性の堂々とした優雅さにひとしきり感動した胸に、今度は嬉しさが湧く。狼化は、蘭篠が完全に心を許してくれた証だからだ。

蓮は足音を忍ばせて蘭篠に近づいた。そして、黒い足裏をちらりとのぞかせている後ろ肢《あし》の上にそっと屈《かが》みこむ。

勝手に嗅ぐとあとで多少は怒られるかもしれないが、本気で拒むつもりならこんなふうに無防備に本性を晒したりはしないはずだ。それに、蘭篠だって発情期のあいだ、蓮が嫌だと言っても尻に鼻先を突っこむことをやめてくれなかったのだ。排泄《はいせつ》器官に鼻を埋めて、初摘みの桃だの葡萄《ぶどう》だのに匂いを喩《たと》える蘭篠のほうが世間的にはよっぽどおかしいことだろうし、あの恥ずかしい行為を強いられた自分には蘭篠の肉球を嗅ぐ権利がある。

そんな確固たる思いを胸に、蓮は息を吸いこんだ。

ほんのり焦げたバターの匂いが鼻腔にふわりと広がった。

その香ばしい匂いを嗅ぐうちに我慢ができなくなり、蓮は肉球に鼻を擦りつけた。さすがに白嵐たちのそれのようにやわらかくはないが、力強い張りが気持ちいい。

狼や肉球を愛する者の中には同じことを望んでいる者がきっといるだろうが、狼が相手ではそんな機会は持ち得ないし、たとえあったところで命を捨てる覚悟が必要になる。けれど

も、蘭篠なら、蓮が何をしても鋭い爪や牙《きば》で襲いかかってくることはない。せいぜい「変態エクリン腺マン」を連呼されるていどだ。

自分にだけ許された、美しい狼の肉球に触れられる幸運に頬をゆるませた蓮の耳もとで、ふいに大きなため息が響く。

『俺は今、変態に陵辱されている気分だ』

蘭篠の声が頭の中で響き、顔を上げると、黄金色の双眸と視線が絡んだ。呆《あき》れ混じりの非難の色は濃いけれど、特に怒ってはいないようだったので、蓮は強気に出てみた。

「どちらかと言うと、変態は蘭篠さんのほうで、陵辱されたのは俺だと思うんです。だから、肉球くらいけちけちせずに嗅がせてほしいです」

言って、蓮は肉球を指先でつつく。

蘭篠は嫌がる素振りを見せず、小さく鼻を鳴らした。

『蓮。昼の蜂蜜漬けのシチュー、ビールが入ってたのか？』

ええ、と頷いてから、蓮は首を傾げる。

「あのビール、煮込み用じゃなかったんですか？」

『違う。今晩、お前と飲むつもりだったんだ。お前がいいと言ったら』

「……俺がいいと言ったら？」

『ああ。俺はビールを飲んだら——と言うか、ホップを摂取したら、自分の意思に関係なく狼化する特異体質なんだ』

「へえ、ビールで狼になるんですか」

口にして、蓮はふと気づく。

「……もしかして、この前のチョコビールを飲まなかったのは、ビールが嫌いだからじゃなくて、狼になるのを避けるためだったんですか？」

『ああ。普通の人間にとって、俺はただの狼じゃなく、このでかさも含めて化け物だ。犬が好きな変態獣医の卵が俺の本性を実際に目にして、どんな反応をするのか、あのときの俺にはまだよくわからなかったからな』

今までにも何度かそう感じたけれど、蘭篠はやはり、深く信頼した誰かに見せた本性を拒まれたことがあるのだ。

こんなときに取るべき行動の正解が、恋愛経験のない蓮には見つけられなかった。だから、握っていた蘭篠の脚を胸もとに引き寄せ、きつく抱きしめた。

「俺は初めて会った子供のときから、狼になれることも込みで蘭篠さんが好きだったんです。狼の蘭篠さんを見て思うことは、格好いい、だけです」

きっぱりと告げ、蓮は「それから、変態なのは俺じゃなくて蘭篠さんです」と大事な訂正をする。

「前にも言いましたけど、肉球嗅ぎは犬や猫が好きな人なら誰でもする普通のことなんですよ？　でも、あんな場所に鼻を突っこむのは、変態の人しかやりません」

『座布団も嗅いだくせに』

「気の迷いの一回だけですから、俺は余裕のセーフです。だけど、蘭篠さんは常習犯なのでアウトです」

『俺には変態の屁理屈《へりくつ》にしか聞こえないぞ』

笑った蘭篠の長い尾が揺れる。

「屁理屈じゃなくて事実です」

留守中に狼化していたのはちょっとしたハプニングだったようだが、今晩一緒にビールを飲むつもりだったのなら、蘭篠は間違いなく自分に心を開いてくれているのだ。

蓮はくすぐったい気持ちを抱え、黒い肉球を揉んだ。バターの香りや弾力の感触を十分に楽しんでから尾を梳《す》いて、全身のつややかな毛並みに触れるついでに筋肉や骨格を確かめる。

大きさは虎サイズでも、構造はイヌ科の動物と同じようだ。

『俺が人間のときより嬉しそうだな、お前』

「より、ということはないですよ。どっちの姿でも、蘭篠さんは蘭篠さんですから。でも、普通は意識のある狼には触りたくても触れませんから、かなりテンションが上がります」

『なら、好きなだけ触らせてやるから、今晩からこの格好でいいか？　本当は毎晩、風呂上がりの一本をやりたくてたまらなかったんだ』

どうやら、蘭篠はビール党のようだ。この家に来て約ひと月のあいだ、我慢に我慢を重ねていたらしい口調に、蓮は笑みをこぼす。そして、「いいですよ」と答えようとした寸前、腹部の性器が視界をかすめ、言葉が喉に引っかかった。

「……べ、べつの意味で狼にならなければ」

『だけどお前、初めてのとき、狼のままでもいいって言ったよな?』

「あれは、その……、多分にあの場のやけくそ的勢いが成した発言と言うか、……やけくそじゃない頭では、ま、まだ、そこまで冒険する勇気が出ないと言うか……」

視線を泳がせ、ぼそぼそと告げていたさなか、唐突に立ち上がった蘭篠に肩を押された身体が畳の上へ仰向けに倒れる。

『狼の俺は嫌か、蓮』

金色の目でまっすぐに見据えられ、蓮は答えに詰まる。

狼と交わることに人としての禁忌を犯す恐怖はあるが、絶対的な嫌悪感まではない。拒絶が蘭篠の心を傷つけてしまうのなら、首を振ることはしたくない。

――けれども、怖い。

躊躇う理性と蘭篠に焦がれる恋心が頭の中でせめぎ合い、思考を揺らす。

なかなか見つからない答えの代わりに、汗がうっすら額に滲んだ直後だった。

『ふおぉ! ご主人様が狼!』

目を覚ましたらしい白嵐の声が甲高く響く。

『ふおぉぉ！　狼！　狼！　おっきな狼！』

今度は紅嵐が悲鳴のような興奮した声を発して蘭篠の前肢から背中へよじ登り、臀部のほうへころんと前転して、長い尾を『狼スライダー！』と雄叫《おたけ》びを上げてすべり落ちる。

楽しげな絶叫に、白嵐も目を輝かせて蘭篠の肢を登り出す。

『おい。お前ら、ひとの身体で遊ぶな』

『ご主人様、動いては駄目です！　じっとしていてくださいませ。上まで登る前に落ちてしまいます』

『……お前ら、「ご主人様」の意味がわかってるのか？』

もちろんです、とふたりは声を揃える。

『我ら僕がお仕えする、とても立派な方のことでございます』

蘭篠の背中に立った白嵐が「えへん」とでも言いたげに胸を反らせ、腰に手を当てる。

『どこの世界に、主人の背中を踏みつけて決めポーズを取る僕がいるんだよ』

ぶつぶつとぼやきつつも動きをとめて滑り台役を甘受した蘭篠のそばを、蓮はそそくさと転がって離れた。

「あの。俺、コンビニでビール買ってきますね」

答えが出たわけではない。だが、そんな口実を作り、蓮は居間から逃げ出した。

頭の中では、毛色が似ているせいか、蘭篠とあのふたりがじゃれ合っていると親子みたいだ、という考えが舞っていた。そして、そう見えることが蓮は何だか嬉しいと思った。

蓮がビールを買ってきたその晩から、蘭篠は風呂上がりの一本と狼化を始めた。急《せ》かされたりしないので、蘭篠の問いには答えを出していない。けれど、日々本性に接することで互いの心の距離はますます縮まり、以前は別々だった入浴を大浴場で共にするようになった。もちろん、白嵐と紅嵐も一緒だ。

ふたりには、広くて大きな浴槽がプールに見えているらしい。身体を洗ったあとはいつもお揃いの浮き輪にすぽんと身をくぐらせ、「ざぶーん！」「どぼーん！」とかけ声を響かせて飛びこみ、泳ぎの練習をする。暖かくなり、庭の池で釣りをするときに、うっかり落ちてしまっても大丈夫なように。

蓮と蘭篠は盛大な湯飛沫《ゆしぶき》が飛び交う浴槽に浸かり、ふたりのバタ足の上達ぶりを褒めちぎって満足させ、皆で風呂を出る。そして、蘭篠はビール、蓮はミネラルウォーター時々ビール、白嵐と紅嵐は牛乳を飲みながら居間で寛ぐのが夜の習慣になっていた。

蓮の春休みが終わるまであと一週間となったその夜も、いつもと同じように毛並みをふかふかにさせた風呂上がりの三匹に囲まれてテレビを見ていた。「妖怪ダイアリー」の主役声優がナレーターを務める、白嵐と紅嵐のお気に入りのグルメバラエティ番組だ。

蘭篠がビールを飲んで狼化するとなぜかつられて白狐の姿になるふたりは、番組が始まってしばらくは蓮の腕の中でくっついていた。しかし、画面にたくさんの種類のパンケーキが映ったとたん、『ふおぉ！』と絶叫して前のめりになった。

パンケーキを見て興奮しているようで、尻尾がぶんぶんと激しく揺れている。

「こちらのお店の一番人気は何と言ってもこちら！　もっちもちのパンケーキにこれでもかと載せられたホイップクリームを旬の苺《いちご》があざやかに彩って、本当に美味しそうです！」

女性タレントのリポートに『ふおぉ～』と頷きを返しつつ、白嵐と紅嵐はテレビの前へふらふらと引き寄せられていく。

「このほかにも、苺にラズベリーにブラックベリー、ブルーベリーなどが山盛りにされた豪華なベリーづくし！」

『ふおぉ～。ベリーがいっぱい、ベリー、ベリー』

パンケーキが見えないほどぎっしりと色とりどりのベリーが盛りつけられた皿が大写しにされた画面へ、ふたりはきらきらと輝かせた目を向ける。

「さらに、こちらのふんわり真っ白なマカダミアンナッツソース！」

白くてきれい、と紅嵐がとろけた声をうっとりと紡ぐ。

「そして、そして！　まるごと一本のバナナの上からとろとろのチョコレートソースをたっぷりなみなみと掛けたがっつりチョコバナナや、蜂蜜だけのシンプルなひと皿も根強い人気があるんですよ～」

女性リポーターの発言にいちいち反応しながらパンケーキ紹介コーナーを見終えたふたりは同時にすくっと立ち上がった。そして、蓮の背もたれになって寝そべる蘭篠の前へ足並みを揃えて歩いてきた。

『ご主人様。明日のおやつはパンケーキが食べとうございます』

白嵐がちょこんと貌《かお》を傾け、潤ませた青い目で蘭篠をじっと見つめる。天真爛漫《てんしんらんまん》な紅嵐と比べると澄ました表情が多い白嵐の甘えた顔は、殺人的に可愛らしい。

『ご主人様。わたくしはホイップクリームとベリー盛りにしてくださいませ』

敷地から出るな、キッチンに入るな、池で釣りをするな、と蘭篠は危険な行為に対してはあれこれ口うるさい代わりに、今までふたりが食べたいと言ったものに首を振ったことはない。だからだろう。もう要求は叶えられたと思っているらしい紅嵐が、嬉しげに目もとをゆるませメニューの注文をつける。

『わたくしも、ふわふわホイップクリームとベリーの山盛りがようございます』

白嵐が声を高くして、蘭篠の前肢をぺちぺち押して甘える。

『……まったく、ねだり方の腕だけは天才的だな、お前ら』

『そんなことはありませぬ。我らは賢き白狐ゆえ、色んなことに秀でております る』

白嵐が誇らしげに胸を張る。

『今日もおたあさまに、我らのお歌と踊りをブロードウェイのミュージカルスターのようだとお褒めいただきました』

自慢げにそんな報告をした白嵐の隣に紅嵐が並び、『そうなのです。我らのお歌はちょーブラボーなのです』と笑顔になる。

そして、ふたりは肩を寄せ合って右へ左へと揺れながら歌い出した。

『パンケーキ、パンケーキ！　もっちもちのパンケーキ！　どーんとそびえるクリームに、きらきらベリーの飾りつけ！　もっちりケーキにクリーム塗って、赤・青・黒のつぶつぶベリーとむしゃむしゃむしゃ！　とろけちゃう！　きっときっと、とろけちゃう！　甘くてほっぺがと～ろとろ！』

即興の歌のはずなのに、本当にみごとなシンクロぶりだ。蓮が贈った心からの拍手と「ブラボー」の連呼に浮かれたらしいふたりは、今度は踊りつきでパンケーキの歌を可愛らしく歌い出した。

つややかな白銀の被毛に覆われた贅沢《ぜいたく》な座席に身を沈め、オペラ座の観客にでもなった気分で白嵐と紅嵐の舞台を楽しんでいると、ふいに長い尾が身体に巻きついた。

『正しくはブラヴィーだ。男性複数形だからな』

「へえ。じゃあ、もしかして、女性形もあったりするんですか？」

『女性単数形はブラヴァー、複数形はブラヴェー、男女混合の場合もブラヴィー。イタリア語の発音だと、ブラーヴォやブラーヴィになる』

「詳しいんですね。クラシックとかオペラとか好きなんですか？」

『しょっちゅうコンサートに行くほどじゃないが、まあ、そうだな』

そのとき、蓮の脳裏にふとある可能性が浮かんだ。

「と言うことは、あの子たちがああやっていきなり歌って踊り出すのは、蘭篠さんの音楽好きが伝染してるんじゃないですか？　俺の生もの嫌いが伝染《うつ》ったみたいに」

『俺はあいつらの前で歌って踊ったことはないし、指を咥えさせたりもしていない。伝染なんて、しようがないだろう』

「あの子たちが無愛想狐だった頃、音楽を聴かせたりしなかったんですか？」

蘭篠は考えこむように金色の双眸を細める。

『俺がＣＤを聴いたり、テレビで舞台中継を見たりしてるとき、あいつらも近くにいたはいたが……、べつに何の興味も示していなかったぞ？』

白嵐と紅嵐は蘭篠にとっては特別な存在だ。そのため、ほかの使鬼が蘭篠の命を受けたとき以外は姿を潜ませているのに対し、ふたりは常にそばにいたという。

「無愛想なむっつり狐じゃ、本心では興味を抱いてもそれを素直に表せなくて、その頃に溜まった鬱憤《うっぷん》があの子たちの意識下で弾けてああなったんじゃないでしょうか」

そんな憶測をしながら、蓮はそうだったらいいのに——そうであってほしいと思った。

白嵐と紅嵐が生肉を嫌うようになったり、性格が別人のように穏やかになったりしたことが蓮の気質を吸収した影響ならば、ふたりの歌好きは蘭篠の影響であってほしい。

子供が両親の趣味嗜好を受け継ぐように、白嵐と紅嵐の心の一部が自分と蘭篠でできていれば、こんなに嬉しいことはない。

「俺は音痴ですし、赤ちゃんに戻ったあの子たちに特に音楽教育はしてないんですから、きっとそうですよ。あの子たちの突発性ミュージカル症の原因は、蘭篠さんです」

『まるで俺が病原菌みたいな言い種だな』

鼻先をふわんとはたいた白銀の尻尾を抱いて、蓮はとても愉快な気分で白嵐と紅嵐が見せてくれる可愛らしいパンケーキ・ショーを堪能した。

思う存分歌って踊ったふたりははしゃぎ疲れたようで、ショーが終了するとほどなく眠ってしまった。仲よく、まったく同じ大の字腹出しスタイルで。

やわらかに上下する白い腹をそっと撫で、蓮は微笑《ほほえ》む。

「この頃、いつも思うんです。このまま仲違《なかたが》いすることなく大きくなっていくこの子たちを見たいなって。それって、無理なことでしょうか？」

そう告げてから、蓮は自分の失敗に気づく。

単に、白嵐と紅嵐が大きく育った姿を見たいと思って口にしたが、聞きようによっては、そうなるまでずっと一緒にいたいという意味にとれなくもない。

心の奥底で抱いた、蘭篠たちとこのまま家族になりたいと願ってしまった図々《ずうずう》しい気持ちを無意識に放出してしまい、蓮は内心で焦る。

けれども、蘭篠は言葉の深読みはしなかった様子で『そうでもないさ』と笑った。

『ここまでお前に懐いたら、たとえ以前の記憶が戻ったとしても、お前が悲しむことはしないはずだ。お前がそばにいる限りは、お手々繋いでお歌を歌う仲良しこよしでいるだろうな、きっと』

言いながら立ち上がった蘭篠は、あどけなく眠るふたりのもとへ歩み寄る。

『最初はそれが不本意な嘘でも、つき続ければ本当になることもあるだろうし、もしかしたら憎み合っていた頃の記憶は戻らないかもしれない。どちらにしろ、こいつらはお前の前ではずっと歌って踊るシンクロ毛玉のままだろ』

そう告げて、蘭篠はおもむろにふたりを一緒に咥えた。

『布団に放りこんでくる』

直後、部屋の襖が自動ドアのように開いた。

鋭い牙で挟みこまれてもふたりはまったく目を覚まさず、蘭篠の口の両端からだらんと垂れ下がっている。紅嵐などはパンケーキの夢でも見ているのか、嬉しそうな表情でしきりに口を動かし、うっすら涎《よだれ》まで垂らしている。

安心しきって眠りこけている小さなふたりを蘭篠は大きな口で咥え、悠々と運んでいく。その姿は、本当の親子のようだった。

蘭篠が居間を出ると、襖がまたひとりでに閉まる。

誰もいなくなった部屋の中で、テレビの声だけが響く。小さくはない音なのにふいに静けさが身に染みて、首筋がひやりとした。

幸せなのに、不安だった。

あと数日で春休みが終わってしまう。授業が始まれば、平日のほとんどは夜遅くに寝に帰るだけになる。今までのように白嵐と紅嵐の世話をすることはとても無理だが、普通の食事ができるようになったふたりの生活において、もはや蓮はどうしても必要な存在ではない。

春休みが終わっても、蘭篠はこの家に留《とど》まってくれるだろうか。

蘭篠はとても優しい。好きだと言って、蓮を深く愛してくれる。何か確かな今後の約束はしていないが、ここにいてほしいと求めればその願いは叶えられる気がする。

本音では、蘭篠たちとずっと一緒にいたいと願っている。白嵐と紅嵐の歌声や笑い声が響く賑やかな日々にこんなにも慣れてしまったのに、今更ひとりぼっちに戻りたくない。

――けれども。

種族も生き方も違う蘭篠たちをこの家に縛りつけたいと願うことが正しいことなのか、蓮にはわからなかった。

初恋が成就しただけでも夢のように幸せなはずなのに、その幸せに馴染めば馴染むほど貪欲になっていく自分の心を持て余して苦笑を漏らしたとき、蘭篠が戻ってきた。

蘭篠はなぜか口でティッシュペーパーを数枚箱から引き抜き、また廊下へ出た。そして、少しして再び居間へ帰還すると、咥えていたティッシュペーパーをゴミ箱へ捨てた。

紅嵐が廊下に垂らした涎を拭《ふ》いていたそうだ。

『狼の口の中で涎を垂らして熟睡する狐なんて、見たこともない。あいつら、完全に野性を忘れて、お前の子供になってるな』

蘭篠は蓮の背後へ移動し、寝そべる。

「でも、あの子たち、見た目は蘭篠さんのほうに似てますよ。白い毛の色がほとんど同じだから……」

蓮は淡く笑んで、蘭篠の温かな被毛に上半身を埋める。白銀の煌めきを纏う被毛を指先でそっと梳く。暖かい。蘭篠や白嵐たちのやわらかな白い毛に触れていると、寒さを少しも感じなくなる。

「この姿だと、主従と言うより親子に見えます。まるで、甘えん坊の子供と、口うるさいけど優しいお父さんですよね」

『で、お前は過保護な母親か』

蘭篠も静かに笑う。

『誰ひとり血は繋がってないのに、いつの間にか四人家族になってるな』

穏やかな声音が紡いだそれは、「そうですね」と軽く笑って受け流すべき冗談だ。

だが、本当にそうなれたら、どんなにいいだろう、と思った拍子に胸がちりちりと鈍く疼き、発しようとした返事が喉に詰まった。

変に間が空いてしまい、よけいに返す言葉に迷った蓮に、蘭篠が囁いた。

『俺と本当に家族になるのは嫌か？』

「え？」

『俺は、お前に正式な伴侶になってほしい』

一瞬、何を言われたのか理解できず、蓮は蘭篠を見つめてぽかんとまたたく。

『俺の座った座布団を嗅いでにやついて嬉しがるお前を何よりも愛おしいと思うくらい、俺はお前に心底参ってる。こんな感情は、お前以外には一生抱けないとはっきり断言できる』

蓮を見つめて告げたあと、蘭篠は声音をやわらかくして『それに』と続ける。

『ずっと、風呂上がりに狼になってごろごろしても怒らない嫁《よめ》を探してたんだ』

どこか冗談めいた口調だった。だが、強い金の色を宿す目を見れば、その言葉が真実の吐露なのだとわかる。

蘭篠は、半人半獣である自分のすべてを受け入れてくれる人生の伴侶を心から求めているのだと。

『狼はつがい相手を選べば、浮気は絶対にしない。俺の嫁になってくれたら一生苦労はさせないし、必ず誰よりも幸せにする。お前が学生のあいだは朝晩のメシはもちろん、毎日弁当も作る。家事は俺が全部引き受けるし、庭の手入れもする。あの温室もちゃんと直す。相続税のことも俺に任せておけ。それから、お前が一人前の獣医になったら、好きな場所に設備の整った病院も建てる』

約束されたたくさんの贈りものよりも、そんなふうに自分のことを大切に考えてくれる蘭篠の気持ちに胸が深く震えた。

嬉しい。嬉しくてたまらないと訴えて強く跳ねる鼓動が耳の奥でうるさく響き、蘭篠の声がどこか遠い。

「ここに……、ずっといてくれるんですか？」

『ああ。お前のいるこの家にずっといたい』

言って、蘭篠は蓮の頬を鼻先で優しく擦る。

『白嵐と紅嵐もそうだ。もうすっかりここを自分たちの家だと思いこんでいるあいつらを、今更べつの場所へ移すのは不憫《ふびん》だ。それに何より、お前のいない世界に小さい毛玉のあいつらは耐えられないだろう。だから、これからもこの家に俺たちを置いてくれるか？』

もちろんです、と蓮は上擦る声を返す。

『俺と――あの食い意地の張った甘ったれ二匹も一緒に、家族になってくれるか？』

「はい」

黄金色の目で自分をまっすぐに見据える狼の首に抱きつき、蓮は何度も頷いた。

蘭篠は蓮の肌のあちこちを幅広の長い舌で舐め、蓮は蘭篠のつややかな白銀の被毛を梳き、のしかかってくる大きな獣を抱きしめた。

互いに全身を密着させて愛撫を深めていると、脚に何かが当たった。パジャマの布越しに、硬さと熱さを感じる。視線をやった先には、狼のペニスがあった。

下腹部からにゅっとせり出している赤いそれは人間のものとは形状が異なり、つるりとなめらかだ。そして太くて長い。

獲物に狙いを定める蛇《へび》のように怪しくしなるペニスのあまりの長さに目眩を覚えたとき、ふいに周りの景色が変わった。

暗くてよく見えないが、どこかの座敷へ転移している。白嵐と紅嵐の気配が強い居間での行為は憚《はばか》られたようだ。

『蓮……』

蓮を組み敷く蘭篠の影が、頭上で揺らめいた。

人の姿に戻ろうとしている獣に、蓮は思わず抱きついた。

「そのままでいいです」

『無理をしなくていい。俺は、お前がこの姿を恐れないでいてくれる気持ちだけで十分だ。それ以上のことをお前に強いるつもりはない』

優しく舐められた耳の奥で、やわらかな声が響く。

「無理なんてしてませんから。今晩は、このままがいいんです」

獣と交わる禁忌への恐怖心をすべて捨てられたわけではない。

それでも、今はどうしても蘭篠の本性と愛し合いたかった。長いあいだひとりぼっちだった自分に家族をくれた蘭篠の丸ごとを愛していることを、はっきりと示したかった。

そして、ほんの少しだけ嫉妬もあった。

「それに……、狼の蘭篠さんとした人はたくさんいるんでしょう？　だったら、俺もしたいです」

『十代の頃は発情期の興奮をコントロールできなくて褒められないこともまあ多少はしたが、それでもさすがにたくさんはいないぞ』

苦笑をにじませ、蘭篠が言う。

『なあ、蓮。お前はやっと見つけた嫁だ。大切にしたいんだ。本当に無理をしなくていい。お前に与えたいのは快楽で、苦痛じゃない』

「俺も本当に無理はしてません」

蘭篠の首筋に回した腕に強く力を込め、蓮は首を振る。

『さっき、俺のを見て顔を引き攣らせたくせに』

「あれは怖がったんじゃありません。サイズにびっくりしただけです。人間の蘭篠さんのものにだって、初めてのときはすごくびっくりしました」

自身の心を鼓舞するように早口で告げ、蓮は蘭篠の下肢へ手を伸ばす。

指先に触れた熱くてなめらかな肉を、きつく握りこむ。

蘭篠が低く唸り、蓮の手の中の熱塊が瞬く間に濡れてぬるついた。手を上下に動かすと、くちゅくちゅと淫らに粘る水音が響いた。

『――っ、蓮っ』

手の中でびくびくと跳ねる獣のペニスに確かな愛おしさを感じたとき、蓮の身体にも熱が灯った。蘭篠の昂りが伝染したかのように、ペニスが硬度を持って膨らんだ。

組み敷かれた体勢のまま、蓮は下着ごとパジャマのズボンをずらして自身の屹立を引っ張り出し、蘭篠のそれに擦りつけた。

「ふっ、ぁ……」

剝《む》き出しの皮膚と皮膚をぴったりと合わせても、何の恐怖も感じない。長大な肉茎の硬さと熱さに、身体が歓喜しているのがわかる。

蓮は腰を揺すって、雄を煽った。

「蘭篠、さん……っ」

『お前、いつの間にこんな技を覚えたんだ？』

双眸の色を濃くした蘭篠が下肢を蓮に押しつけ、腰を小刻みに振り始めた。

「あっ、あっ、あっ……」

ペニスとペニスがぬちゅぬちゅと擦れ合って弾む。蘭篠の雄は鋼のように硬い。さらに、のしかかられているずっしりとした重みが上から加わり、蓮の勃起はひしゃげた。

先端から、淫液がにゅるうっと細く漏れ出た。

「……お、俺、蘭篠さんが、好きっ、ですっ。狼でも、人でも……、本当に大好きですっ。だから、ら、蘭篠さんの……っ、あ、あ……っ、ぜ、全部を知りたいんですっ」

そう高く声を発した直後、獣の硬くて長い剛直を強くごりごりと押し当てられ、蓮のペニスはぐにゅんとつぶされた。

「ああっ」

眼前で火花が散り、激しい愉悦が全身を駆け抜ける。

腰がかくがくと飛び跳ね、前後に動き続けている剛直の硬さと圧力でいびつに形を変えたペニスがくねり躍って弾けた。痙攣する先端の割れ目からびゅるびゅると精液が噴出し、密着する蘭篠の被毛に吸いこまれる。

「あ、あ、あ……」

絶頂の余韻にわななく身体の上から蘭篠がゆっくりと退《ど》き、部屋の明かりがひとりでについた。辺りを見回してどこの部屋だろうかと考える余裕はなかった。

明るくなった視界に最初に飛びこんできたものが、ずれたズボンの隙間から体液にまみれた陰部を露出している自分の卑猥な姿だったせいだ。

慌てて隠そうとしたものの、間に合わなかった。

『ほんのひと月前は何も知らない処女だったお前に、こんなふうに堕とされるとは思わなかったな』

淫らな弧を描いて淡いピンクの穂先を垂らしていた半萎えのペニスを、蘭篠が右の前肢で軽く撥ね上げる。

「あっ」

漲りを中途半端に失ったやわらかなペニスがぷるんぷるんとしなり、その刺激に押し出されるようにして漏れてきた残滓《ざんし》を撒き散らす。

「ふっ、くぅ……っ」

快感にうち震える蓮の下肢から、蘭篠が前肢で器用に素早くズボンと下着を引っ張って脱がせた。

『蓮、うつ伏せて腰を上げろ』

獲物に食らいつく獣の声音と眼差しで命じられ、肌が熱く粟立《あわだ》った。

羞恥心よりももっと深い愉悦を求める衝動が勝り、背後の蘭篠に向けて腰を突き出す。

開いた脚のあいだで実る陰嚢を鼻先で突かれたかと思うと、弾んで揺れたそれをぬろりと舐められた。

「ひぁっ、ん」

双果を宿す赤い実は大きな舌の上で転がされ、舐めつぶされた。愛撫と呼ぶには荒々しいが、ぐにぐにと歪《ゆが》むそこからは快楽ばかりが湧き出てくる絶妙の力加減だった。

「あっ、あっ！」

敏感な皮膚を舐め回す舌の表面はほんの少しざらついていて、その接着面に広がる引っかかって粘りつくような抵抗感がたまらない。

気持ちがよくて、けれども決定的な刺激ではない感覚がもどかしくて、腰がはしたなく揺れ出すまでいくらもかからなかった。

再び硬度をはらんだペニスも、ぐぐぐぐっと角度を持って空へ突き出る。

「う、う……っ、あ、ぁ……んっ」

陰嚢がぐにゅんぐにゅんと揉みつぶされ、強く跳ね飛ばされる。

尖らせた舌先で陰嚢のつけ根をずりずりと掘りこむように擦られ、歓喜の痙攣を繰り返す皮膚を時折甘噛みされる。

そうした情熱的な責めを受けるつど、蓮のペニスはびくんびくんと躍り上がって喜悦の雫を飛ばした。

体内で快楽がうねり立ち、溜まった熱で視界のふちが滲む。

「ら、蘭篠さ……っ、あっ、んっ。らん、じょう……さんっ」

とろけきった声で愛おしい獣の名を呼び、畳に爪を食いこませる。

『何だ、蓮？』

頭の中で笑みを含んだひどく甘やかな声が響き、蓮の理性を梳る。

身体がより深い快感を求め、内腿が激しくわなないた。

「もっと……っ」

蓮は腰を振りながら高く突き出した。その弾みで双丘の割れ目がぐっと広がり、窄まりの肉襞も開いて内側の粘膜をちらつかせた。

あられもない場所に空気を感じ、そんな些細《ささい》な刺激にすら悦びを覚えた襞がひくんひくんと波打った瞬間だった。

さらに綻ぼうとしていた蕾の襞を、肉厚の長い舌でひと突きにされた。

「――ひうぅ！」

表面のざらつきで粘膜をぬりりっと擦った舌が、一気に蓮を貫いた。内奥を串刺しにされた甘美な衝撃が脳髄へ駆け抜け、蓮はまた極まった。

畳の上へぼとぼとと精液を落とし、激しく収斂する肉の襞を狼の長い舌は容赦なくじゅぽじゅぽとかき混ぜ、唾液《だえき》をなすりつけた。

『お前の匂いと味だ、蓮』

つやめかしい声に『美味い』と告げられ、軽い目眩が起こる。

「あ、あ、あ！　く、ひぃ……っ」

獣と化した蘭篠の舌は筋肉質で、人間のそれよりも遙《はる》かに獰猛で縦横無尽の動きを見せた。ぐりんぐりんと回転して肉筒のあらゆる場所を責め立て、粘膜をぬりぬりと擦りながら肉環から抜け出ようとしたかと思うと、一瞬の早業《はやわざ》で内部へ引き返してきて奥を突き刺す。そして時折、味見でもするかのような舌遣いでとろけた媚肉を舐め啜られる。

極まりの最中の、懸命に収縮しようとする隘路をそんなふうに強引に捏ね突かれ、吐精を終えたはずのペニスから間を空けずに薄く濁った蜜がとろとろと滴ってきた。

『蓮、だんだん旨味《うまみ》が増していくぞ。中を舐められて、匂いを嗅がれるのが気持ちがよくて、俺を誘ってるのか？』

「あっ、あっ！　や、ぁ……っ。そんな……、蘭篠さん、そんな……っ」

眦に涙を滲ませ、蓮は首と腰を振ったが、舌の動きはとまらない。それどころか、抜き挿しの速度が上がった。

「ああっ。やぁ……！　あぁん」

ぐぽぐぽずぽずぽと速い出入りを繰り返すざらつく舌で粘膜を擦り上げられるつど、淫液なのか精液なのか自分でもよくわからないものを、ひくつく秘唇が垂れこぼす。

『こんなに嬉しそうに俺に襞を絡ませてるくせに、何が嫌なんだ？』

「だ、だって……っ、あ、あ、あ……っ。俺、変……ですっ。何か、出て、る……っ。恥ずか、し……っ」

『ここにいるのは俺だけだぞ、蓮。恥ずかしがる必要はないだろう？　出るものは何でも出せばいい』

甘く笑った蘭篠の舌が、奥にずぼんと突き刺さる。

奥深い場所に沈めた舌の先を硬く尖らせ、れろんれろんと回され、蓮は畳をかきむしって悶えた。

堪えようとしても制御できない蜜液が、ぴゅんぴゅんと散って畳を汚す。ペニスの先端が妖しく蠕動《ぜんどう》し、その奥で熱溜まりがどんどん大きくなっているのを感じる。

「ああっ。い、いやぁ……っ」

肉筒の匂いと味の変化を確かめられながら達してしまうのは、恥ずかしすぎる。

「――っ、蘭篠さん、もう挿れて！　挿れて！」

畳を掻く指先と、獣の舌を咥えこむ肉環を精一杯力ませて蘭篠を締めつけ、蓮は嬌声を上げる。

直後、獣の低い唸り声が響き、舌がずりんと引き抜かれる。その強い摩擦熱に濡れた睫毛《まつげ》を震わせたときだった。

双丘の割れ目に、硬くて熱くてぬるつくものが当たった。

「あっ……」

これは自分で望んだ行為だ。本性の姿の蘭篠と愛し合いたい気持ちに偽りはない。人としての禁忌を犯す恐怖心は、とっくに愉悦の波に攫われた。

なのに、いざとなると臀部の筋肉が強張り、腰が逃げるように跳ねた。

『人のものとは違っても、お前を傷つけたりしない』

「は、い……」

目をきつく閉じて、蓮は頷く。深く息を吸い、引き絞った窄まりをゆるめる。

「挿れて、ください……」

なめらかな肉の棒が割れ目の溝をゆっくり上下する。同じ動作が二度ほど繰り返されたあと、蘭篠のペニスが蓮の肉環をぬぽっとくぐった。

「あっ、あぁ……」

人間の形状とは異なり、ぶ厚く張り出した笠がない代わりに異様に長くて太いそれは、狭い肉の路をぬるりぬるりと泳ぐように進み、今まで経験したことのない奥深い場所へ沈みこんできた。

「あ、あ……。長い……、蘭篠さんのすごく……長い」

『苦しいか？』

「……少し」

長大な熱塊のすべてを呑みこんだ体内で感じる圧迫感と違和感は大きく、蓮の脚のあいだで膨張していたペニスは小さく萎んでしまっている。だが、蘭篠の本性を受け入れられた喜びのほうが、苦しさを遥かに凌駕《りょうが》している。

これで自分は本当の意味で蘭篠の伴侶になれたのだと思うと、どうしようもない嬉しさが胸いっぱいに満ちた。

「でも、嬉しい、です……。蘭篠さんのもの、だから……」

涙でかすれる声で答えた瞬間、体内に収めきったはずのペニスの先がぐぽっと伸びて、さらに奥を穿たれた。

同時に蘭篠が射精を始めた。

「ああっ！」

『蓮、蓮……。お前が嫌だと泣いても、俺はもうお前を離さない。今だけじゃない、これからずっと、一生だ』

背後からのしかかってくる狼が激しく腰を振り出す。

『蓮、愛してる』

小刻みだが凄まじい速さで突き上げられ、下肢でペニスと陰嚢がぶるんぶるんと大きく揺れ回り、様々な体液で濡れた腹部や腿に当たって跳ね返った。

獣の射精するペニスを強く浅くねじ込まれ、その前方では自身の性器が回転する振動が深く響き、それらのすべての快感が集約して熱く燃える腰ががくがくと震えた。

「あ、あ、あっ」

イヌ科の獣は、人間のそれの比ではない大量の精液を長い時間をかけて射精する。粘膜を叩く勢いで噴き出し続ける蘭篠の精液は蓮の体内に収まりきらず、結合部の隙間からびゅうびゅうと漏れ散っていた。

「ふっ、くぅ……っ。あ、あ、あ……！」

浴びせかけられる精液と摩擦熱でどろどろにとろけてぬかるむ肉筒を高速の腰遣いで突き穿たれるうちに、蓮のペニスはまたゆるく萌した。

絶え間なく襲い来る悦楽の渦が頭の中でうねり、もうどうにかなってしまいそうだった。

『蓮、お前の中は熱いな……。繋がった場所がひとつに溶け合ってるみたいだ』

太くて長い蛇のようなペニスが熱い精液を散らしながら、爛熟した粘膜をぐちゅんぐちゅんと突き捏ね、擦り上げる。

「あ、あ、あっ」

体内を奥深くまで侵す雄の熱量が苦しい。だが、同時にその充溢感《じゅういつかん》は、脳髄が痺れるほど気持ちよさを生む。

蓮は畳を引っかき、腰を振り立てた。

「ら、蘭篠さん、好きっ。大好きっ」

声の限りに愛を叫んだとき、結合部に感じる圧力が急速に大きくなった。

延々と続く射精のあいだに繋がりがほどけてしまわないよう、亀頭球が膨らんでいるのだとわかり、蓮は息を詰めた。

「――ま、待って、蘭篠さん」

蓮は咄嗟に腰を引き、ぬるりと抜け出た太い根元を握ってさらに押しやる。

指先に触れる瘤状の亀頭球がじんじんと熱い。

『……これ以上は嫌か？』

問いながら射精を続ける蘭篠が体内でびくんびくんと脈動し、凶暴に膨張した。

中途半端に抜かれた根元をすぐさま突きこみたい衝動を懸命に堪えているのがわかる優しい獣の双眸を見つめ、蓮は首を振る。

「ここから先は長そうですから、向かい合わせがいいんです」

言って、蓮は荒ぶる雄を収めたまま蘭篠の下でゆっくり身体を返し、向き合う姿勢をとる。

そして、自分と蘭篠を繋ぐ長いペニスの露出部分に指を絡めた。人にはないその膨らみを恐れていないことを知らせ、挿入を促す。

蘭篠が低く唸り、腰を突き出す。

「――あっ」

ぐぽっと肉環が蘭篠の形に変形し、根元の瘤ごと雄のペニスがぐちゅうぅと粘りつく水音を響かせて体内に沈みこんだ。

しっかりと固定されたペニスから噴き出る精液の量が増える。

「あ、あ、あ……」

蓮は蘭篠に全身でしがみつき、音が聞こえてきそうな勢いで注ぎこまれる愛の証を受けとめた。愛おしい相手と身体も心もひとつに溶け合う幸福感に酔いしれながら。


翌朝、蓮はいつの間にか運ばれていた自分のベッドの中で目覚めた。

カーテンの隙間から漏れる朝陽が静かに舞っている。いつものように、蘭篠はもう布団を畳んで部屋を出ていた。枕元のクッションの上では、白嵐と紅嵐が仰向けの姿勢でぴったりと寄り添って眠っていた。

小さな白い前肢が、まるで握り合うように重なっている。

あどけない寝姿への愛おしさと、このふたりはこれから自分と蘭篠が育てていく子供なのだという責任感を胸に、蓮はベッドを降りた。

下半身が重くて脚が少しふらついたが、その怠さは幸せの証だ。頬をゆるませて着替えていると、白嵐と紅嵐が目を覚まし、「ふわわわ」とあくびと伸びをして人型になる。

「おはよう、お前たち」

「おはようございます、と返したふたりの視線がじっと蓮にそそがれる。

「おたあさま、今日はすごくお姫様みたいでございます」

紅嵐が赤く澄んだ目を輝かせて言った。

「お姫様？　どうして？」

セーターにジーンズという代わりばえのしない格好なのに、どこがどうお姫様っぽいのだろうか、と蓮は首を傾げる。

「何だかとってもきらきらだからでございます」

紅嵐がそう答え、白嵐が「お姫様オーラがぴかぴかしておりまする」と続ける。

「でも、昨日よりもすごくすごく狼ぷんぷんです」

言いながら、白嵐が鼻先を寄せてくる。紅嵐もその真似をして、「どうしてでございますか？」と無邪気な笑顔で尋ねてくる。

蓮は少し考えを巡らせ、口を開く。

「これからもずっと、お前たちのおたあさまでいられることが幸せだからだよ」

白嵐と紅嵐は一瞬不思議そうな顔をしたが、蓮の答えをふたりは気に入ったようだ。白い尻尾をふりふりと揺らし「我らも、おたあさまが我らのおたあさまでとても幸せでございます」と声を揃えた。

ご機嫌で「今日のおやつはパンケーキ！　でもその前に朝ご飯と昼ご飯！　美味しいご飯をぱっくんちょ！」と歌い出したふたりを連れて、居間へ行く。テーブルにはトーストにチーズと生ハム入りのふわふわのスクランブルエッグ、ほうれん草のポタージュにフルーツの盛り合わせが並んでいた。

嬉しそうに自分たちの席に座ったふたりの歌が、今日の朝ご飯の歌に変わる。

「朝ご飯はふわふわたまごともちもちパン！　ほうれん草のスープはほっかほか！」

「真っ赤な苺はつーやつや！　やわらかキウイはあーまあま！　オレンジちょっと酸っぱそう！」

賑やかに弾む歌声を聞きつけ、蘭篠がキッチンから牛乳入りのコップを四つ載せたトレイを持って入ってくる。皆で朝の挨拶をして、いただきますと手を合わせたところで蘭篠が妙に真面目《まじめ》な顔を白嵐と紅嵐に向けた。

「白嵐、紅嵐。今日から俺のことは『ご主人様』じゃなく、『お父様』と呼べ」

いきなりそんなことを言い出した蘭篠を、白嵐と紅嵐はぽかんと見上げた。

「ふおぉ……。ご主人様がご乱心でございます」

紅嵐がぎゅっと眉根を寄せ、怯えた顔で蓮に抱きつく。

「ご主人様はお脳のご病気でしょうか？　狼から、我らのようなかわゆき白狐は生まれませぬのに……」

白嵐も蓮にくっついて、心配そうに青い瞳を揺らす。

お脳の病気呼ばわりをされてしまった蘭篠は渋面を作り、「狼と狐でも、なろうと思えばその瞬間から親子だ」と重々しい口調で告げる。

「現に、蓮とお前らも、人と狐なのに親子だろうが」

「確かに、おたあさまは白狐ではあらせられませぬが、我らを生んでくださいました。だから、おたあさまはおたあさまなのです」

紅嵐が言う。続けて、今度は白嵐が「我らは賢き白狐。ゆえに、おたあさまに生んでいただいたことを、ちゃんと覚えておるのです」と言う。

「え。覚えてるのか？」

驚いて尋ねた蓮に、ふたりは「もちろんでございます」と胸を張る。

「我らはぴかっと光って、おたあさまの中から飛び出しました。寒い朝でしたが、おたあさまにたっぷり栄養をいただいたおかげで、我らはとても元気に生まれてきました」

紅嵐が頬を紅潮させて答え、白嵐が「それから、まだ狼汁ではなかったおたあさまの甘いちゅうちゅうを初めていただきました」とつけ加える。

「すごい記憶力だな」

蓮は左右からくっつくふたりの頭を撫でる。

「じゃあ、その前に蘭篠さんと一緒にいたときのことは何か思い出したか？」

ふたりは同時に同じ方向へ首を傾け、「なーんにも覚えておりませぬ」と笑った。

「でも、でも！　ご主人様が我らのご主人様で、強くて立派な狼だということは、ちゃんと知っているのでございます！」

叫んだ紅嵐がすくっと立ち上がり、腰に手を当てて上半身を反らす。

「我らは賢い白狐ゆえ、大切なことは教わらずとも最初から知っているのです」

白嵐も立ち上がり、紅嵐と腕を組んで合体する。そして、その場でくるくる回りながら「我らのご主人様は狼」を歌い出す。

楽しそうに「狼ぷんぷん！」と連呼してはしゃぐふたりを眺めながら蘭篠はため息をつき、トーストを囓る。今日から家族化計画の思惑が外れたことが不満なようで、むすりと鼻筋に皺を寄せている蘭篠を、蓮は苦笑を漏らして慰める。

「蘭篠さんのやってることって主人と言うより父親ですから、そのうちきっと蘭篠さんも『お父様』になりますよ」

「頭の中にはお前と食い物と妖怪アニメのことしかない恩知らずな毛玉ども相手じゃ、長そうな道のりだな」

だが、そのときはすぐに——数時間後のおやつ時にやって来た。

生クリームと数種類のベリーがたっぷり盛りつけられた初めてのパンケーキを目にして「ふおぉ！」とはちきれそうな笑顔を見せ、尻尾を振り回すふたりの前から蘭篠が皿を取り上げ、「これを食いたければ、お父様と呼べ」と大人げない手段に出たのだ。

ぽかんと呆《ほう》けた顔をしつつも、パンケーキの誘惑に勝てなかったらしい白嵐と紅嵐はあからさまな棒読みで「おもーさま」と言った。

「違う。お父様だ」

「なれど、おたあさまの対義語はおもうさまにございます。お父様では、言葉の時代が合いませぬ」

答えた白嵐が「早くパンケーキをくだされ」と、焦《じ》れたふうに頭上の皿へ小さな手を伸ばす。だが、パンケーキの載った皿は無慈悲にもますます高いところへ離れてゆく。

「家庭内のことに細かい時代考証は無用だ。おもうさまじゃ、まるで牛みたいだろ。お父様だ、お父様」

「かわゆき幼児に偽りを強要するような非道、立派な狼のすることとは思えませぬ」

白嵐がぷうっと頬を膨らませる。

「文句を垂れずに、お父様と呼べ」

「我らは小さくとも、ご主人様よりもずっとずっと年上のはず。なのに、ご主人様がおもうさまとはおかしゅうございます」

今度は、紅嵐がさくらんぼ色の唇を尖らせる。

「屁理屈を捏ねずに、お父様と呼べ、毛玉ども」

ブーイングを飛ばしつつも、早くパンケーキが食べたくて仕方ない白嵐と紅嵐は渋々「おとーさま、パンケーキをくださいませ」と声を揃える。

満足げに「よし」と人質ならぬパンケーキの皿質を解放した蘭篠はそのあとも再三、食事や「妖怪ダイアリー」のＤＶＤを誘惑の種にして、ふたりの口から「お父様」の言葉を引き出した。

蘭篠のしつこさの勝利か、翌日になると、ふたりは自主的に「お父様」と言いはじめた。もっとも、どうやら白狐の賢さをフル回転させ、「お父様」が自分たちの望みを叶えたいときの魔法の枕詞《まくらことば》だと認識したようだったけれども。

「お父様。今日のおやつはぷるぷるプリンが食べとうございます」

「お父様。ライオン丸が暴れても決して破れたりせぬ、丈夫な虫取り網を作ってくださりませ。ライオン丸めはいつもかつお節だけ食べて、逃げてしまうのです」

と、こんな具合に。だが、蘭篠は「お父様」のあまり正しいとは言えない使われ方を大して気にしていない。家族化計画が着々と進んでいることのほうに機嫌をよくしている様子で、ふたりから飛んでくるリクエストを鼻歌を歌いながら次々とこなしていた。

蘭篠には、上機嫌になると鼻歌を歌う癖があるらしい。白嵐と紅嵐の突発性ミュージカル症はやはり蘭篠からの遺伝だと確信し、蓮は嬉しくなった。

楽しそうな白嵐と紅嵐、陽気な鼻歌蘭篠に囲まれた幸せな日々が、ゆるやかに流れていった。

そのあいだに蘭篠は渋谷《しぶや》のマンションからの退去を決め、すべての荷物が蓮の家に移された。蘭篠が音楽を鑑賞する趣味の部屋や、白嵐たちを寝かしつけたあとにふたりで篭《こ》もる「つがい部屋」もでき、蓮がひとりぼっちで住んでいた家は四人の家族が暮らす、賑やかで居心地のいい場所となっていった。

そして、残すところあと三日となった春休みのうちに庭の手入れに着手しようと話していた日の夕方、蘭篠に得意先からの口利きで急ぎの依頼が入った。

鬼仙界での妖魔狩りではなく、退魔の仕事らしい。場所は、車で片道三時間ほどの群馬の山村だという。急ぐぶん報酬もかなりいいようで、このふた月ほどのあいだ狩りをしていなかった蘭篠は「ちょうどいいリハビリだ」と乗り気で、すぐに外出準備を始めた。

蓮は白嵐と紅嵐の手を引いて、玄関で蘭篠を見送る。

「民家で霊障があるそうだが、話を聞く限りじゃ、小物のちょっとした悪さみたいだ。もし手こずれば泊まりになるかもしれないが、できるだけ今晩中に戻れるように努力する」

「はい……。怪我をしないように、気をつけてくださいね」

「ああ。万が一のバックアップに使鬼は全員連れて行くし、お前には縫われたくないから怪我は全力で避ける。だから、心配するな」

蓮の頰を軽く撫で、蘭篠はあでやかに笑む。

「それより、悪いが晩メシのほうは頼んだぞ」

コートに袖を通した蘭篠が式神を出す。普段、一度に出す式神は二体ほどだが、廊下にはずらりと十体以上の式神が並んでいる。

白嵐と紅嵐は「ふおぉ〜。紙人間がいっぱい」とはしゃぐ。

「コンロにくべたり、風呂の底に沈めたりしない限りは、俺が帰ってくるまでは消えないようにしてある。自由に使え」

頷いた蓮と視線を絡めてから、蘭篠は白嵐と紅嵐を呼ぶ。

「俺が留守にしているあいだ、しっかり蓮の近衛隊を務めるんだぞ。いいな」

「はい、お父様！」

背をぴしりと伸ばして声を重ねたふたりの格好が、陣羽織《じんばおり》姿に変わった。白嵐は青と金の陣羽織、紅嵐は赤と金の陣羽織で、腰には小さな刀を佩《は》いている。

いつの間にか変化《へんげ》の能力が上がっていたようだ。

「我らはおたあさまの近衛隊隊長！　寝ずの番でしっかりお守りし、悪の秦泉寺一族がお父様の留守を狙って攻めてきても、一刀両断にいたしまする！」

ふたりは勇ましく叫んで、抜刀する。

刀身は狐火でできているのか、青と赤に光り、かすかに揺らいでいた。

「いや、寝ずの番も一刀両断もしなくていい。秦泉寺は夜に襲ってきたりはしない」

「悪の一族なのに、闇夜に紛れて妖しく蠢《うごめ》かぬのですか？」

不思議そうに白嵐がまたたく。

「ああ。秦泉寺は夜が苦手な昼行性の悪の一族だからな」

あくまで秦泉寺を悪の一族にしたまま、蘭篠はしかつめらしく告げる。

「夜は蓮と一緒に風呂に入って、しっかり寝ろ。それがお前らの夜の仕事だ」

はあい、と少しつまらなそうに返事をして、ふたりは刀をしまう。

「じゃあ、行ってくる。蓮、何かあったら、電話してくれ」

「わかりました」

笑んで応じた蓮の脇から紅嵐が「蝶々通信機のほうがケータイより早《はよ》うございます」と手を挙げ、赤い蝶の模様が浮かぶ耳を振る。

「お父様へのお知らせは我らが蝶々通信機でいたしまする」

「ん、言ってなかったか？　それは俺に報《しら》せに来るだけで、通話はできないぞ。その蝶じゃ、何かあったときに何があったのかわからないから、電話を使え」

蘭篠の言葉に、「何と！」と驚きの声を発したふたりの尻尾がピンと立つ。

「それでは通信機ではなく、ただの電波発信機でございます。遠くのお父様とお話ができなければ、つまりませぬ！」

「本物の通信機をくださりませ！」

不満そうな白嵐と紅嵐はどうやら、出先の蘭篠と通信をして遊ぶつもりだったようだ。

「今晩の留守番がちゃんとできたら、明日作ってやる。ふたりとも、しっかり隊長の務めを果たせよ」

父親の威厳を見せて言ったあと、蘭篠は白嵐と紅嵐の頭をくしゃくしゃと撫でてから家を出た。今晩か、明日には帰ってくるとわかっていても、蘭篠とこんなに長い時間離れるのは初めてのことだ。聞き慣れた車のエンジン音が遠ざかってゆくのが寂しい。

無事の帰宅を祈りながら、蓮はふたりの手を引いて居間へ戻る。後ろから式神たちがぞろぞろとついてくる。

白嵐と紅嵐は通信機をもらえず少し残念そうにしていたけれど、「妖怪ダイアリー」のDVDですぐに機嫌を直した。陣羽織をひらりひらりとはためかせ「ヨーヨーカイカイ！」を華麗に踊る様子をたくさん撮影した蓮は、ふたりの見守りは式神に任せ、夕食の支度《したく》に取りかかった。

今晩の献立だったハンバーグを焼いて、そら豆とポテトのサラダにオニオンリング、きのこたっぷりのコンソメスープを作り、炊きたてのご飯と一緒にテーブルに並べる。

白嵐と紅嵐が「晩ご飯はお肉！」と尻尾を振りながら、陣羽織や刀を装着したまま席に着く。紅葉《もみじ》のように可愛らしい手を合わせ、蓮が座布団に座るのを待っている。

「その格好だと、ご飯が食べにくいだろう。刀ぐらいは外したほうがよくないか?」

「お父様がお帰りになるまで、外しませぬ。全部こみこみセットでスペシャル隊長装備のコスチュームでございますゆえ」

「そうか……」

古語と現代俗語とカタカナ語が入り混じったちぐはぐな言葉遣いの面白みもさることながら、風呂や寝るときはどうするつもりなのだろうと蓮は内心で苦笑する。

鈴なりの式神たちにはしばらく廊下で待機してもらうことにして、三人で「いただきます」を言う。いつものように白嵐と紅嵐が即興で披露してくれる食べ物の歌が居間に響いたが、三人だけだと少し寂しいと思いながら食事を進めるうち、蓮はある異変に気づいた。

白嵐と紅嵐が、すべての皿の料理を少しずつ残している。

毎日三食蘭篠の料理を食べ、すっかりグルメ白狐になってしまったふたりの口には、蓮が作ったものは合わなくなってしまったのだろうか。

「今日の晩ご飯はあまり美味しくないか?」

「違いまする」

ふたりが即座にぶんぶんと首を振り、交互にわけを告げる。

「これはお父様に分けて差し上げるために残しているのです」

「真夜中に疲れて帰ってきたとき、美味しいご飯がないと、お可哀想でございますから」

聞かされた優しい言葉から、ふたりの蘭篠を深く慕う気持ちが伝わってきて、思わず胸が熱くなる。

「そうか。だけど、蘭篠さんのぶんはちゃんと冷蔵庫に入ってるから、それは」

お前たちが食べていいんだよ、と言おうとしたとき、突然掃き出し窓が開いた。冷たい夜気が一斉に流れこんでくる。大きく揺れたカーテンの向こうに、長身の人影がふたつ見えた。

驚く蓮の左右で白嵐と紅嵐が同時に立ち上がって抜刀し、叫ぶ。

「何奴っ！」

「秋俊《あきとし》さん……？」

「食事中に邪魔をするぞ、蓮」

暗がりのなかに秦泉寺家の従兄《いとこ》の姿を認め、蓮は目を見開く。

秋俊は、見知らぬ長身の男を従えていた。手ではなく、見えない力で窓が開いたということは、秦泉寺家お抱えの鬼狩り師だろうか。

「お知り合いでございますか、おたあさま」

白嵐に訊かれ、蓮は少し迷って「蘭篠さんのお友達だよ」と答える。秋俊のほうでは蓮を親族だとは認めていないかもしれないので、そう教えるのは躊躇われたのだ。

秋俊の登場はいささか乱暴だったが、秦泉寺の次期当主としては普通の行動なのかもしれないし、「悪の一族」は蘭篠の単なる創作話なのだから襲われる理由など何もない。

突然の訪問に驚きつつも、蓮は白嵐と紅嵐に刀をしまうように言う。

「あの、蘭篠さんにご用ですか？　でしたら、今は留守ですが……」

秋俊はこれまで一度もこの家に来たことがない。なのに、こうして訪ねてきたということは、蘭篠が秋俊に自分の滞在先を伝えたのだろうか。白嵐と紅嵐が今はこうして健《すこ》やかでいることで、冗談で「悪の一族」に仕立て上げはしても、蘭篠は秋俊とのあいだにできた蟠りを解いたのかもしれない。

きっと、親友同士だからこその事前連絡のない、いきなりの訪問なのだろう。鬼狩り師らしい随伴者がいるのだから、何か仕事の話でもあるのかもしれない。

そんなふうに考えた蓮に、秋俊は「ああ、知ってる」と返した。

「あの依頼は俺が出した嘘だからな。雅誓をここから遠ざけるために」

淡々と言葉を紡ぐ秋俊の黒い双眸は、ひどく冷たかった。そこに殺意が宿っていることをはっきりと感じ、背筋が粟立つ。

「どうして、そんな……」

秦泉寺から疎まれてはいても、殺されるほどの恨みを買った覚えなどない。

向けられる殺意のわけがわからないまま、それでも最も大切なものを危険から守ろうとする本能が働き、蓮は白嵐と紅嵐を両手で抱き寄せる。

「あいつがいると、その狐どもの始末ができないからだ」

「え……？」

「そいつらを渡せ、蓮」

秋俊は、蘭篠をこの家から遠ざけるために嘘の依頼をしたと言った。その言動から考えるなら、蘭篠は自分たちの居場所を秋俊には教えていないはずだ。にもかかわらず、秋俊がどうやってここに白嵐と紅嵐がいることを知ったのか、蓮には知るよしもない。

だが、はっきりわかることがある。白嵐と紅嵐を葬り去ろうとしている秋俊の意思は堅固だ。秋俊は、二ヵ月前の雪の日にやり損ねたことを遂行するためにここへ来たのだ。――おそらくは、蘭篠にもう危険な狩りをさせないように。

「秋俊さん、聞いてください。蘭篠さんは、」

「余計な話をする気はない」

秋俊が軽く顎先を動かすと、そばに控えていた男が手を前に突きだした。

直後、蓮の顔の横を疾風が吹き抜け、一筋の髪が切れて畳に散った。やはり、秋俊が従えている男は鬼狩り師のようだ。

「ああ！　おたあさまのおぐしが――」

甲高く叫んだ白嵐の口もとを「しっ」と押さえ、蓮はふたりを抱いたまま蓮は後ずさる。

「俺はお前と世間話をする気はない。さっさとそいつらを渡せ」

蓮は秋俊に「嫌です！」と強い拒絶を投げつけて、さらにじわりと後ろへ下がる。

蘭篠には、白嵐と紅嵐を狩りに使う気がもうないのだと説明したくても、秋俊は聞く耳を持ってくれない。秋俊の意に沿わないことを強引に口にすれば、きっとまた攻撃される。

鬼狩り師に面と向かって抗っても、何の力もない自分に勝ち目はない。蘭篠が預けてくれた式神に、鬼狩り師と闘えるだけの力はあるのだろうか。

もしなければ、どうやって白嵐と紅嵐を守ればいいのだろう。

「おたあさま、やはり秋俊なるこの男は敵なのですね！」

この危機的状況から脱する術《すべ》を必死で考えていた蓮の腕の中で、紅嵐が雄叫びを上げた。身体をくねらせてするりと畳の上に飛び降りた紅嵐のあとに、白嵐も続く。

「邪悪な敵め、我らのお家から失《う》せるがよい！」

声を合わせて高らかに叫んだふたりは再び抜刀し、とめる間もなく秋俊たちに向かってゆく。だが、鬼狩り師が手をかざすと、触れてもいない白嵐と紅嵐の身体が後方へ吹き飛んだ。

「白嵐、紅嵐！」

「ふおおぉ！」

甲高い悲鳴を上げながら畳に叩きつけられたふたりの身体が、小さな白狐の姿に戻る。呻きながらもすぐさま立ち上がり、全身の毛を逆立てて臨戦態勢を取るふたりを、蓮は素早く両脇に抱えた。

「この子たちは絶対に渡しません！　帰ってください！」

秋俊が煩わしげに眉根を寄せ、鬼狩り師を睨《にら》む。

「まったく、余計なことを。あのまま捕らえていれば、手間が省けたのに」

「申しわけありません。つい反応してしまいました」

頭を下げる鬼狩り師に「まあ、いい」と鼻を鳴らし、秋俊は蓮に向き直る。

「面倒をかけさせるな、蓮。用があるのはお前じゃなく、その狐どもだ。おとなしく渡せばお前には何の危害も加えないが、邪魔立てをするなら痛い目を見ることになるぞ」

「死んでも渡しませんっ！」

これまで一度も出したことのない大声を発し、蓮は廊下の式神を呼ぶ。

「式神、あのふたりを襲え！　手加減するな！」

壁や襖を擦り抜け、どっとなだれ込んできた式神たちが秋俊たちに襲いかかる。

蓮は蹴破るようにガラス戸を開けて、キッチンの勝手口から庭へ飛び出た。靴を履く余裕などなく、蓮は裸足《はだし》のままで温室を目指して全速力で走った。

「お前たち、蘭篠さんに蝶を飛ばすんだ」

『はい、おたあさま！』

直後、ふたりの耳に浮かんでいた赤と青の光の蝶が闇夜へ飛び立ち、消えた。

光よりも速く移動するというあの蝶を蘭篠が受け取り、自分たちと連絡が取れないとわかれば、車ではなく転移して戻ってきてくれるだろう。

異変を察知してさえくれたなら、きっと数分もかからない。それまでに何としても、蓮は白嵐と紅嵐を温室へ放りこむつもりだった。蘭篠ですら入れなかったのだから、父親があの温室に張り巡らせた結界はふたりを守る盾となってくれるはずだ。

『おたあさま、秋俊めが追いかけてきます！』

紅嵐が叫び、赤と青の狐火が入り乱れて後方へ流れ飛ぶ。

蓮は振り向く。何体もの式神たちが、身体の輪郭が崩れ、ぼやけた残像の帯のようになりながらも秋俊と鬼狩り師にまとわりついている。

紙だとわかっていても、自分の命令によって式神たちが無残な姿になった光景に眉根を寄せた瞬間、右の足首に激痛を感じ、身体が前方へ前のめった。

「――っ」

辛うじて左脚で踏ん張り、よろめきながら視線をやると右脚の踝《くるぶし》のあたりが切れて、血が噴き出ていた。先ほどの鎌鼬《かまいたち》を攻撃に使われたようだ。

『おたあさま！　足から血が出ておりまする！』

白嵐が泣きそうな声で訴えれば、紅嵐も『いっぱいいっぱい出ておりまする！』とおろおろと続ける。

「……大丈夫だ、何でもない」

白嵐と紅嵐を守るためなら、自分の脚などどうなってもいい。こんな痛み、温室までなら堪えられる。狼狽える白嵐と紅嵐に笑みを返し、蓮はまた走り出そうとした。

だが、今度は左脚のふくらはぎがジーンズの布地ごと裂け、血が飛び散った。

「──っ、う、ぁっ」

肉が深く切れた痛みに耐えきれず、蓮は地面に膝を突いた。

おたあさま、おたあさま、と両脇に抱えたふたりが悲鳴を上げる。

「蓮、遊びは終わりだ。いい加減、そいつらを渡せ。たかが狐のために、どうしてお前が身体を張る？」

式神たちを消滅させたらしい秋俊と鬼狩り師が、悠然と歩み寄ってくる。

「──たかが狐じゃないっ。俺の子だ！」

本当の親ではないが、自分が生み直し、育《はぐく》んだ命だ。何があっても守り抜くと自分自身に言い聞かせ、蓮は立ち上がる。

地面を踏みしめた足には、なぜか痛みを感じなかった。親としての使命感が鎮痛剤になっているのかと思ったが、違った。血はまだ皮膚を流れているのに、傷がすべて塞がっている。

何が起こったのかを考える前に、蓮は走り出していた。

「お前たち、あのふたりに狐火を投げてくれ。できるだけ、たくさん」

明るくて温かいだけの狐火に秋俊たちを撃退する力はないだろうけれど、数を出せばほんのわずかでも時間稼ぎの目眩ましになるかもしれない。

『はい、おたあさま！』

白嵐と紅嵐の声が響くと同時に、背後が赤と青の閃光《せんこう》に包まれる。今までのそれとは違う強烈な輝きが、空気を震わせた。

蘭篠と自分の大切な子供を抱え、蓮は慣れた庭を必死で走った。

逃げ足には元々多少の自信があったけれど、今は不思議と重力を感じないほどに下肢が軽く、脚が大きく速く回転する。

「これ以上、痛い思いをしたくなかったら、とまるんだ、蓮っ」

秋俊の制止を無視し、温室を目指し、前へ前へと踏み出す脚や背の皮膚や肉が次々と風の刃で切り裂かれ、血飛沫が散った。

そのつど、鋭い痛みで重心が崩れそうになったが、どういうわけか傷はできるそばから消えたし、温室へ辿りつくまでは決してとまることはできない。

無我夢中で地面を蹴り、視界の端に温室が見えたとき、背後から一陣の風が冷たく吹きつけたかと思うと、脇腹の肉を深くえぐった。

「――はっ、くぅ……っ」

飛び散った血飛沫が白嵐と紅嵐の白い被毛を赤く染め、鼻腔を突く鉄さびの臭いがいっそう濃くなる。

『おたあさま！』

『おのれ、秋俊！』

紅嵐が絶叫し、白嵐が咆哮《ほうこう》する。蓮の血を浴びた極度の興奮状態がそうさせているのか、毛を逆立てるふたりの小さな身体は白銀に煌めき、燐光《りんこう》を発していた。

『おたあさま、離してくださいませ！　あやつを八つ裂きにしてやりまする！』

秋俊たちと闘おうともがくふたりをぎゅっと抱え、よろめいた脚をまた前へ出す。

「……だめ、だっ」

傷はもう消えているが、灼かれるような痛みの衝撃がまだ響いていて、走る速度が上がらない。あと少し。温室まであと少しだ。歯を食いしばり、自身を鼓舞していたさなか、ふいに息がとまりそうな痛みを下肢に感じ、両脚が動かせなくなる。見ると、半透明の細い蔓《つる》のようなものが足首に巻きついて左右の甲を貫き、地面に突き刺さっていた。

「うっ、うぅ……っ」

振り向いてうかがった背後に、夜の闇に透ける蔓を操る鬼狩り師が迫ってくる。

右手に抱いていた紅嵐を左手で白嵐と一緒に抱え、蔓を引き抜こうとしたがびくともしない。蔓が食いこむ傷口から血が噴き出るばかりで、温室はすぐ目の前に見えているのに、もう一歩も前へ進めない。

「お前たち。まっすぐ温室へ走って飛びこむんだ。いいなっ」

『嫌でございます！　我ら近衛隊は逃げませぬ！』

『秋俊めを食い殺しまする！』

獣の唸り声を上げて、白嵐と紅嵐が高く叫ぶ。ふたりの身体が発する白い光がいっそう強くなり、眩しいほどに輝き出す。

「駄目だ！　狙われているのは俺じゃない、お前たちだ。温室へ逃げるんだっ」

白嵐と紅嵐は『嫌でございます！』と頑固に声を揃える。

『わたくしは赤の近衛隊隊長！　おたあさまのために闘う白狐でございまする！』

『わたしくは青の近衛隊隊長！　おたあさまをお守りするために生まれた白狐にございます！』

「馬鹿！　頼むから、言うことを聞いてくれっ。でないと、お前たちを放せない」

「ならば、その腕ごと切り落としてやろう」

鬼狩り師が新たな蔓を鞭《むち》のように振りかざす。しなった蔓の周辺で、夜気が澱《よど》んで不気味な唸りを上げる。

蓮は咄嗟に身を屈め、白嵐と紅嵐を自分の胸と腕で覆い隠す。力の限り、温室に向けて投げたとしても、このふたりはきっとすぐさま戻って来て、秋俊たちと闘おうとする。

ここに留めおけば、自分の身体ごと傷つけてしまうかもしれないが、もうほかにどうしようもなく、蓮は白嵐と紅嵐を抱いて地に伏した。

蔓が空を鋭く切る音が鼓膜に刺さる。蓮は目を閉じ、秋俊らへの敵意を剥き出しにして暴れるふたりを押さえつける腕にきつくきつく力を込める。どんなに辛い衝撃に襲われても、ふたりを決して離さないように。

「もう、いいっ。やめろ！　それ以上、傷つけるな」

ふいに秋俊の怒声が響く。

「しかし、秋俊様……」

戸惑う鬼狩り師に、秋俊は「いいから、やめろ。お前はもう手を出すな」と命じる。

足を地面に縫いつける蔓の力が弱まったのを感じ、蓮はそれらを力任せに甲から引き剝がした。どっと鮮血が噴き出す。だが、肉と骨を断ち、足の裏まで貫通していた傷はまたしても一瞬で塞がる。

「はっ、ぁ……っ」

白嵐と紅嵐を抱え、蓮はまた立ち上がる。

秋俊が気を変えた理由など、どうでもいい。今、蓮の頭の中にあるのは、白嵐と紅嵐の安全を確保することだけだった。痛みがじんじんと鈍く残る脚を引きずって温室へ向かう蓮の背後から、「どうしてだ！」と秋俊が腹立たしげに声を上げる。

「どうして、そいつらを庇《かば》う？　お前も知っているはずだ。そいつらは雅誓の命を奪う疫《やく》病神《びょうがみ》だぞ！」

「違います！」

蓮は振り向かずに叫び返す。

「違わない！　そいつらが元の身体に戻れば、雅誓はまた狩りに出る。化け物のそいつらに依存して、雅誓は自分の実力以上の獲物を狙う。そして、いつかまた無様に失敗して、今度こそ死ぬかもしれない！」

「このふたりは、生まれ直したんです！　以前とは、妖力も性格も違います。だから、この子たちはもう狩りには使えないと蘭篠さんは言っていました！」

「それは今だけの話だろうが！　妖力が戻れば、絶対にまた、そいつらと狩りを始めるぞ。母親を求める渇望が愚行を生むことも、周りがどれだけ忠告を繰り返しても何も耳に入れようとしないことも、お前は身をもって知っているはずだ、蓮！」

いつの間にか、追いつかれてしまっていた。背後から強く肩を摑まれる。

「もう二度と雅誓に馬鹿な真似をさせないために、今、そいつらを消す必要があるんだ。妖力が戻る前に」

「俺の命にかえても、この子たちには指一本触れさせません！　離してくださいっ」

振りほどこうとしたが、秋俊の指は深く肩に食いこんで離れない。

「治癒師《ちゆし》は現代医学では治せない病や怪我を癒《いや》せるが、万能の神じゃない。雅誓がもし狩りで致命傷を負えば、助けることはできないんだぞ、蓮！」

首を巡らせた先に、怒りとも悲しみともつかない色を湛えた双眸があった。

「知っているか、蓮。雅誓は、本来は調伏なんてできるはずもなかったそいつらを棚ぼたで手に入れた。あいつの狩りは子供がたまたま拾った機関銃を乱射しているようなもので、そいつらは雅誓が持っていていいものじゃない。大きすぎる力は災いにしかならないんだ。そいつらを、俺に渡せ」

「嫌です！」

即座に拒んで、蓮は肩を大きく揺すったが、秋俊の手を払うことはできなかった。

治癒師である秋俊に攻撃的な呪術は使えないが、蘭篠と変わらない長身で体格のいい秋俊の力に、蓮はとても敵わなかった。

「お前は、雅誓が死んでもいいと思ってるのか！」

怒号を発した秋俊の指が、肩の骨をぎしぎしと軋《きし》ませる。

「俺には、心をすべてさらけ出せる友は雅誓しかいない。だから、死んでほしくない。お前はあいつのつがいのくせに、どうしてあいつの身を案じないっ。雅誓よりも、その妖《あやかし》どもが大事だとでも言うのか！」

ただ純粋に、ひらすらに蘭篠を気遣う思いが痛いほどに胸へ沁みこんでくる秋俊の哮《たけ》りに、蓮は答えられなかった。

返す言葉に迷ったからではない。突然、地鳴りめいた轟音《ごうおん》が響いたかと思うと、周囲の景色が揺らぎ、ひずんだ闇の向こうから蘭篠が現れたのだ。

「秋俊ぃ、貴様ぁ！」

一撃で秋俊の身体をなぎ倒した蘭篠は、人でも獣でもない姿をしていた。服を纏う体軀《たいく》の輪郭は人間のそれだけれど、白銀の被毛に覆われた手の先にはぎらぎらと妖しい光を放つ鋭い爪があり、顔は双眸の黄金色が爛々《らんらん》と輝く狼のものだった。

強烈な威厳を感じさせ、神々《こうごう》しくさえある獣人王のような迫力に圧倒されて、蓮は目を瞠る。蓮の腕の中で、白嵐と紅嵐も『ふおぉ～、狼マン……』と呆けている。

「秋俊様っ」

助けに入ろうとした鬼狩り師の長軀も、蘭篠が手をひと振りした風圧で吹き飛んだ。

「秋俊っ、よくもこんな真似を！」

獣の咆哮のような凄まじい怒号を轟かせ、蘭篠が秋俊目がけて腕を振り下ろす。身体を回転させて辛うじて避けた秋俊の代わりに、蘭篠の爪に引っかかれた地面が深くえぐれる。

勢いよく飛び散った小石が顔に当たり、蓮は我に返る。

「お前のためだ、雅誓っ」

「黙れっ！　俺の家族を襲った報いを、その身で受けるがいい！」

「駄目です、蘭篠さんっ」

白嵐と紅嵐を地に下ろし、蓮は蘭篠の胴に腕を巻きつけた。

いきなり現れ、白嵐と紅嵐の命を奪おうとした秋俊に、蓮も怒りを覚えている。

けれども、蘭篠を案じる秋俊の気持ちも痛いほどわかる。夕方、狩りに出かける蘭篠を見送ったとき、蓮の胸も痛んだ。今回は簡単な退魔の仕事だとわかっていても、心配せずにはいられなかった。狩りに失敗し、瀕死《ひんし》の深手を負った蘭篠を実際に目《ま》の当たりにし、治療した秋俊なら、抱く憂慮は蓮の何倍も大きいはずだ。

蘭篠の身を本気で思いやっているからこそ、秋俊は白嵐と紅嵐を本気で殺そうとしたのだ。その選択は決して正しいとは思えないけれど、互いに互いをたったひとりの友と呼ぶ仲のふたりが殺し合っていいはずがない。

「落ち着いてください、蘭篠さん。この子たちも俺も、無事ですから、落ち着いてくださいっ」

「そんな血まみれで、どこが無事だ！」

「傷はもう治ってるんですっ。血もとまってます！　だから、落ち着いてくださいっ」

「落ち着いていられるかっ。どいてろ、蓮！　邪魔をするな！」

激昂《げっこう》している蘭篠の耳には、蓮の言葉のすべては届いていないようだ。蘭篠は怒気を少しも収めず、蓮の腕を引き剝がそうとする。

怒りに支配されている今の状態では、蘭篠は秋俊を殺してしまうかもしれない。そんなことは絶対にさせたくない。蓮は渾身の力を込め、蘭篠に抱きついた。だが、蓮の細い身体では、蘭篠の動きを制する重りとしては不十分だ。

「お前たちも手伝ってくれ！　蘭篠さんをとめるんだ！」

『はい、おたあさま！』

声を重ねた白嵐と紅嵐が、蘭篠の左右の脚にそれぞれ飛びつく。

「お前ら、放せっ」

「放しちゃ駄目だぞ、お前たちっ」

正反対の言葉が続けざまに飛んできて、白嵐と紅嵐は一瞬迷うように顔を見合わせたが、

『はい、おたあさま！』と蓮に返事をした。

四肢と尻尾を蘭篠の脚に絡みつかせてますますぎゅっとしがみつく白嵐と紅嵐は、とても軽い。三人合わせたところで大した重さにはならない。しかし、激怒しつつも、自分の家族を力任せに振り払えない理性が残っているらしい蘭篠の動きは鈍った。

「秋俊さん、今のうちに早く行ってくださいっ」

よろめく脚で立ち上がろうとする秋俊を助け起こした鬼狩り師に、蓮は「早く！」と叫ぶ。

鬼狩り師がその場で呼び出した化鳥に乗って、ふたりは闇夜に姿を消した。

「逃げられたじゃないか、蓮っ」

腹立たしげに唸った蘭篠に、蓮は「それでいいんです」と言う。

「たったひとりきりの友人同士で傷つけ合うなんて、間違ってますから」

「あいつはお前らを殺そうとした。もう友人でも何でもない」

「でも、秋俊さんの行動は、蘭篠さんのことを本気で心配しているからこそのものです」

告げながら、蓮は蘭篠の背に額を押し当てる。

「お互いに少し頭を冷やしてから、ちゃんと話し合ってください。お願いします」

「……だが、お前をこんなにも痛めつけた秋俊を、俺は許したくない」

「そんなことを言わずに仲直りをしてください」

愛おしい伴侶の大きな背を抱きしめ、蓮は笑う。

「秋俊さんに俺への本気の敵意はありませんでした。俺がこの子たちを絶対に離さないとわかって、俺への攻撃はやめてくれましたし……、なぜかわかりませんけど、傷は全部一瞬で消えてしまって、もう全然痛くありませんから」

「消えた？」

「ええ。……たぶん、火事場の馬鹿力的に治癒師として覚醒したんだと思います」

おそらく、これが伯父《おじ》の言っていた第二覚醒なのだろう。

「それに、俺は蘭篠さんの嫁で友達じゃありませんから、秋俊さんと絶交したら、蘭篠さん、友達がいなくなっちゃいますよ？」

「お前がそばにいてくれれば、それでいい」

「駄目ですよ。誰にとっても家族は大切な存在ですけど、家族だけしか親しい人がいない人生って、ちょっと寂しいと思いますけど」

「突発性ミュージカル症を患った毛玉どもが賑やかすぎて、うるさいくらいだ。俺の人生は、お前らだけで十分豊かだ」

　蘭篠の背に頬をすり寄せ、蓮は苦笑する。

「狼さんは、どうしてそんなに頑固なんですか？」

「我を忘れるくらい、お前を愛しているからだ」

　首を巡らせた蘭篠の、雄の眼差しに胸が震えた。美しい流線型を描く口吻《マズル》に自分の鼻先で触れたとき、ふと肌に刺さる視線を感じた。

　見ると、蘭篠の脚にしがみついたままの白嵐と紅嵐が、赤と青の瞳を輝かせてじっとこちらを仰いでいる。

『ふおぉ～。お父様とおたあさまが超ラブラブでございます』

　これまでは教育的配慮で、子供たちの前ではあからさまな睦《むつ》み合いを意識的に避けていたせいか、紅嵐が目を丸くしている。

『お父様はおたあさまのお女中ではなく、背の君だったのですか？』

　白嵐からも驚いた声音で問われ、蓮は気恥ずかしさを覚えつつ「そうだよ」と答えた。

「だから、蘭篠さんは狼でもお前たちのお父さんなんだよ」

　ふおぉ～、と白嵐と紅嵐が妙に腑《ふ》に落ちた表情で頷いた。

『ならば、我らはおたあさまとお父様の愛の結晶なのですね』

白嵐が嬉しげな声を上げ、蘭篠の肩口へよじ登った。

『我らはずっと、我らがどうしてここにいるのか不思議でございました。けれど、やっとわかりました！　お父様が我らをおたあさまとの子供に選んでくださり、おたあさまがお父様の魔法で我らを生んでくださったのですね！』

目をいきいきと輝かせ、尻尾をぶんぶん振り回す白嵐の勢いに気圧《けお》されたのか、蘭篠が少し仰《の》け反《ぞ》り気味に「お、おぅ」と頷いた。

「まあ、大体そんなところだ。多少順番が違うところもあるが、結果は間違ってないから細かいことは気にするな」

『はい、気にしませぬ。我らは愛の結晶でございますゆえ！』

白嵐が嬉しげな声を上げると、紅嵐も尻尾を振って『我らは愛の結晶！』と叫んだ。

地面に飛び降りたふたりは尻尾をふりふりと揺らし、弾む足取りで肩を寄せ合って歌いはじめた。

『我らは愛の結晶！　なぜならば、お父様はおたあさまをアイ・ラブ・ユー！　超超ラブラブ、アイ・ラブ・ユー！』

『お父様は狼なのに、おたあさまにめーろめろ！　おたあさまも狼ぷんぷんだーい好き！くんくんくんくんお座布団！　だから我らが生まれたよ！　愛の結晶、かわゆき白狐！』

ウォ～ウウォォウ愛の結晶～と熱唱するふたりに、蓮と蘭篠は苦笑交じりの視線を交わす。

蘭篠が気にするなと言った順番の誤差はともかく、実際に誘惑に負けたのは一回だけなのに、座布団嗅ぎの常習犯めいた歌詞が恥ずかしい。

とても嬉しそうに「我らは愛の結晶の歌」を歌うふたりに訂正を求めて水を差すような真似をするつもりはなかったものの、どうにも面映《おもは》ゆかった。照れ臭くて、反応に困ってしまった蓮の代わりに、蘭篠が「妙な歌は歌わなくていい」とふたりを抱え上げた。

堂々とした体軀の輪郭がわずかに揺らぎ、獣人だった姿が耳と尾を残して人に戻る。

『妙な歌ではございませぬ』

紅嵐が小さな四肢をばたつかせて抗議する。

『我らがおたあさまとお父様の愛の結晶だった、喜びのお歌でございます！』

「もう十分、喜んだだろう。それより、今から風呂へ入るから、風呂の歌を作って蓮に聞かせてやれ」

「俺も、お前たちの作ったお風呂の歌が聞きたいな」

嬉しいけれど恥ずかしい歌よりは、恥ずかしくなくて楽しい歌のほうがいい。

これ幸いと歌の軌道修正を希望した蓮に、白嵐と紅嵐が蘭篠の両脇から可愛らしく垂れたままの格好で『わかりました』と尻尾を揺らす。

『今日のお風呂は真っ赤か！　にっくき秋俊やっつけた誉《ほま》れの赤に染まっちゃう！』

『ざぶんと飛びこめば、真っ赤な血飛沫咲き乱れる！』

『どぼんともぐれば、真っ赤なお湯がぐつぐつ滾《たぎ》る！』

そんな、楽しいや勇ましいを通り越したいささか物騒な歌を聞きながら、皆で風呂場に向かった。汚れをきれいに洗い流し、真っ白になった白嵐と紅嵐の毛を蘭篠がふわふわに乾かして、蓮のベッドの上のクッションへ運んだ。やけに急く足取りで。

「さあ、寝ろ。今すぐ寝るんだ、毛玉ども」

作務衣姿の蘭篠が長い尾を床の上でぽんぽんと弾ませ、ほとんどすごむように命じると、白嵐が不満そうに口角を下げる。

『どうしてでございますか、お父様。わたくしはまだ少しも眠くありませぬ』

紅嵐も『わたくしも』と高い声で訴える。

秋俊に襲われたときの興奮がいまだに尾を引いているのか、ふたりの目は確かに炯々《けいけい》と輝いている。電気を消しても夜空でまたたく星のような青と、煌めくルビーのような赤が闇に浮かび上がりそうで、確かに睡魔はしばらく寄りつかないだろう。

「小さい毛玉は寝る時間だ」

『でも、でも！　ちっとも眠くありませぬ』

『眠くないのに眠るのは至難の業にございます』

寝床のクッションからブーイング二重奏を飛ばす白嵐と紅嵐の頭を撫で、蓮はベッドのふちに腰を下ろす。

「じゃあ、目を閉じてごらん、お前たち」

素直にぱっと瞼を落とした子供たちへの愛おしさを強く感じながら、蓮はブラームスの子守歌をハミングした。以前、蘭篠がそうしてくれたように。

相変わらず音程は外れていたけれど、蓮は白嵐と紅嵐を眠らせられる気がした。そして、その予感通り、ふたりは間もなく大きなあくびをして安らかな寝息を立てはじめた。

「かなり音痴なのに、ちゃんと子守歌になってるな」

感心した表情で、蘭篠が三角耳を閃かす。

「かなり音痴、はよけいです」

少し尖らせた唇を、そっと啄まれる。

「こういうことをしている治癒師は見たことがないが、これも目覚めた能力のひとつか？」

「たぶん、そうだと思います」

便利な機能だ、と笑って、蘭篠は蓮を抱きしめる。

「蓮、悪かった」

「え？」

「秋俊のことで、お前を辛い目に遭わせた……。あいつがあんな行動に出ると予想できず、お前たちを守れなかった俺を許してくれ」

「秋俊さんと、ちゃんと仲直りをしてくれるなら」

蓮は淡く微笑んで、蘭篠の背に腕を回す。それから、小さく息を吸って言葉を継ぐ。

「……蘭篠さん。蘭篠さんは、お母さんに一日でも早く会いたいですか？」

唐突な問いに戸惑うような間が一瞬空き、蘭篠が「そういうわけじゃない」と答えた。

「母性なんてかけらもない淫魔じゃ、俺の存在を覚えているかどうかも怪しい。いつ会おうと反応は変わらないだろうし、人間との混血の俺には人間と同じ寿命しかないが、鬼仙界の血だけを宿す母親は俺よりずっと長く生きる。特に急ぐ理由はないが……」

「じゃあ、お母さんとの面会金集め、俺にも協力させてくれませんか？」

「お前に？」

「ええ。俺、早く一人前の獣医になって稼ぎます。伯父さんがいいと言ってくれたら、秦泉寺で治癒師のバイトもします。だから……、死ぬような目に遭う狩りはもうしないでほしいんです」

淫魔である母親に会ったところで、おそらく別離を悔いる言葉も、生き別れた子を慈しむ言葉も出てこない。それを十分にわかっていながら母親との面会を望む気持ちは自身の根源を求める本能であり、理性や理屈ではどうしようもできない。

以前、蘭篠が語ったそんな言葉を、よく似た経験をした蓮は理解できる。理解できるからこそ、本能の欲求を圧する願いを軽々しい思いで口にしたわけではない。かつて自分が旭陽《あさひ》や伯父たちから、母親には会うべきではないと忠告されて憤ったように、蘭篠を怒らせてしまうかもしれないと覚悟してのことだ。

「……俺は両親や旭陽を見てきましたから、ただ蘭篠さんを好きな気持ちだけで伴侶になったわけじゃありません。俺を誰よりも幸せにすると言ってくれた蘭篠さんの言葉を信じて、しっかり腹を括《くく》ってるつもりですし、転職してほしいなんてことは思ってません。でも……、それでも、蘭篠さんのことが心配だから、秋俊さんの気持ちがわかるんです。それに、蘭篠さんが危険な狩りをしなくなれば、この子たちは秋俊さんにとっての排除対象じゃなくなると思うんです」

蘭篠は黙っていた。だが、その沈黙に蓮が不安を覚える前に、笑って言った。

「お前と二人三脚で面会金集めか。秦泉寺からバイト代をぼったくりでもしない限り、目標額達成まで何十年もかかりそうだな」

「俺たち、一生を共にするつがいでしょう？　目標を達成するまで、一緒に頑張りましょう」

「ああ、そうだな。そうしよう」

やわらかな声音で応じた蘭篠が、ふいに蓮を抱えて立ち上がる。

「さてと。そろそろ限界も近いし、メシにするか」

「夕食、蘭篠さんのぶんも作ってあるので、温め直したらすぐ食べられますよ」

「そりゃ、サンキュ」

破顔した蘭篠に、蓮は白嵐と紅嵐が夕餉の食卓に参加できずに仕事をしている「お父様」

のためにした可愛らしい行為を教えようとして、その言葉を呑みこんだ。

廊下へ出た蘭篠が、居間とは反対の方向へ歩いて行ったからだ。

この先にあるのはつがい部屋だ。

「……ご飯、食べるんじゃないんですか？」

「ああ。これから、お前を食うんだ」

「すごく狼的な発言ですね」

狼だからな、と蘭篠は獣めいた笑みをにやりと浮かべる。

「そう言えば、秋俊さん、俺たちがつがいになったことを知ってましたけど、どうしてでしょうか？　情報源、蘭篠さんじゃないですよね？」

違う、と答えたあと、蘭篠の眉がふいに寄った。

「何か心当たりがあるんですか？」

「ある気もするが、今はあいつのことは考えたくない」

むすりと言って、蘭篠はつがい部屋に入る。襖が自動ドアのようにひとりでに開いて、閉まる。蓮の身体をベッドの上に下ろした蘭篠は、双眸の色を煌めく黄金に変えていた。

長い指が、纏っていたパジャマと下着を魔法のような素早さで奪い去る。蘭篠も着ていた作務衣を脱ぐ。

獣欲の形をしていなくても、鼻腔に残る蓮の血の匂いで蘭篠もまた興奮しているらしい。

長大なペニスはもう隆々とそそり勃っており、淫液を噴き出していた。

「痛かっただろう……」

風呂場ですでに見たはずなのに、蘭篠は蓮の身体の状態を隅々まで確認した。

皮膚がうっすらと赤くなっている脇腹の傷痕に、蘭篠の唇がそっと這う。

「あの子たちを守るためだったんですから、平気です」

蓮は笑んで、腹部に載る蘭篠の頭を抱いた。

「こういう言い方は変かもしれませんが、今晩負った怪我は、白嵐と紅嵐の親になるための儀式だったように感じます」

「儀式？」

「ええ……。女の人って、男には想像もできない苦しみを乗り越えて出産するでしょう？その産みの苦しみには遠く及ばないでしょうけれど、あの子たちのために流す血に耐えられたことで、俺は本当の親になる覚悟ができた気がするんです」

身を起こした蘭篠が蓮の肩口に両手をつき、「そうか」と優美な微笑みを降らす。

「この家に来る前、蘭篠さんとあの子たちはお互いを守るために血を流したでしょう？俺も今晩、流しました。……俺たちのあいだに血縁関係はなくても、俺たちは血の絆で結ばれた家族だなって思うんです」

「ああ、そうだな」

蘭篠の唇に甘やかな笑みが浮かぶ。だが、それはすぐに獣の妖しい含み笑いに変わった。

「なら、身体もちゃんと親の自覚ができているか、確かめないとな」

「身体の……？　どうやってですか？」

「決まってる。お前の可愛い孔の匂いを嗅いで確かめるんだ。今まで、何度抱いても取れなかった処女の匂いが、ちゃんと取れてるかどうか」


深い口づけを二度交わしたあと、四つん這いになって脚を開くように求められた。

「……やっぱり嗅ぐんですか？」

「当然だ。嫁の身体の変化を調べて確認するのは、夫の義務で、権利でもあるからな」

蓮にはよくわからない言い分をさも自明の理のごとく告げる口調には、妙な迫力があった。

妖しい魅惑の光を放つ金色の眼差しに操られるようにして応じると、脚の動きに連動して襞を開いた蕾の表面を蘭篠の尖った鼻先でつつかれた。

「あっ」

肉環の表面に圧力がかかり、襞がにゅうっとめくれる。

内側の湿った粘膜がわずかにのぞき、空気に触れたのを感じた。

「ふっ、くぅ……」

「初摘みの桃だ。やっぱりまだ処女みたいな匂いだな、蓮」

蘭篠の喩える匂いを狼の嗅覚《きゅうかく》が本当に捉えているのか、それとも単なる睦言なのかはわからない。どちらにしろ、そんなふうに喩えられることには正直戸惑ってしまう。

それでも、濃密な欲情が滴る獣の声音に身体は反応し、襞が波打った。肉環の窄まりが綻んだ瞬間、蘭篠の鼻先がそこへぬぽっと埋まり、同時に陰嚢を握られた。

「ひぅっ」

「陰嚢を弄ると、匂いが濃くなるな」

笑みを含んだ声音で言って、蘭篠は蓮の双果を宿す蜜袋を捏ねた。

「あっ、ふぅ……っ」

震える肉環のふちや、ごく浅い部分の粘膜と一緒に、敏感な赤い実を擦られ、内腿がどうしようもなくわななないた。

崩れおちそうな脚のあいだで、気づけば半勃ちになっていたペニスがぷらんぷらんと揺れ動いて、その先端に透明な蜜を滲ませている。

「うっ、うっ……。あぁあっ。ら……、蘭篠さんっ、離してっ」

「無理な相談だ。甘くて瑞々《みずみず》しくて色っぽい匂いが俺を誘惑して、この魅惑の孔に引きつけているんだからな」

放たれる匂いのすべてを吸収するかのような強引さで、蘭篠の鼻先が窄まりをずぼずぼと出入りする。

何度されても慣れなくて恥ずかしい、だが確かな快感もある荒々しい愛撫を受けている孔の下では、陰嚢が大きな掌の上で転がされ、やわらかな皮膚を指で戯れにくいくいと引っ張られる。

自分ですら知らない秘所の匂いを容赦なく嗅ぎとられながら、欲情の源でもある陰嚢を責められて、体内の熱が一気にうねり立つ。

「あ、あ、あ……っ。も……っ、だめっ。それ……、いやぁ……！」

「嘘をつくな、蓮。鈴口からいやらしい汁が溢れて、もう陰嚢までぬるぬるだぞ？」

蓮のペニスはいつしかぱんぱんに膨れ、淫液を飛び散らせていた。

その濡れ具合を知らしめる手つきで陰嚢を握られる。蘭篠の手の中で、張り詰めた実がにゅるりとねじれた。

「ひ、ぁんっ」

「認めろよ、蓮。俺に孔の匂いを嗅がれるのが本当は好きなんだろう？ 匂いを嗅がれながら、イってみろよ」

後孔を指でも舌でもペニスでもない鼻で突きこまれ、匂いを嗅がれて恥ずかしいのに気持ちがいい。たまらなくいい。

けれども、口に出して認める勇気はなかった。きっと普通とは言い難《がた》いだろうこんな愛撫で達してしまうことに、理性が懸命に首を振っている。

「ふっ、あ、あっ、は……っ」

蓮は蘭篠に向けて突き出した尻を振り立て、浅く穿たれ続けている後孔をぎゅっと必死に収縮させる。前方のペニスから淫液をぽたぽたと滴らせつつ精一杯力み、蓮はそこに埋まっていた蘭篠の鼻を弾き飛ばす。

「はっ、ぁ……、あっ」

甘美な刺激に痺れ、閉じる慎みを忘れて綻びっぱなしの肉環をまた突き刺されてしまわないように、蓮は素早く身を反転させ、枕元のほうへずり上がった。

「蓮、逃げるなよ。孔を嗅がれるのは、気持ちがいいだろう?」

妖艶な笑みを浮かべる蘭篠の表情はまさに舌舐めずりをする狼のそれで、蓮の首筋はぞわぞわと粟立った。

「……はい、と言えるほど、ま、まだ、羞恥心を捨てきれてはいません」

「俺の足の裏に嬉々《きき》として顔を突っこんだくせに、恥ずかしいなんてかなり今更だと思うが?」

意地の悪い、けれどもやけにつやめかしい声音を放ち、蘭篠は笑う。

「ほら、もう一度、桃味の尻を出せよ、蓮。俺に匂いを嗅がれながらイけたら、俺の足の裏にも好きなだけ顔を突っこませてやるぞ?」

ぬれぬれと淫靡に光る赤黒い怒張を堂々と晒して、美しい捕食者が間合いを詰める。

「……お、俺が嗅ぎたいのは肉球で、人間の足の裏じゃありません」

「意地を張るなよ。変態エクリン腺マンは肉球も足の裏も、どっちも嗅ぎたいんだろう？　嗅がせてやるから、俺にもお前の孔を寄こせよ」

指淫や舌技を受けてならともかく、匂いを嗅がれて絶頂を迎えるのはたまらなく恥ずかしい。

理性はそう抗うものの、蓮は自分の心の中には愛おしい男のすべてを知りたい願望が潜んでいることに気づいている。

蘭篠が人間だったならば、きっとそんなおかしな欲望は決して抱かなかったはずだ。けれど、焦がれ続けた肉球に触れた日から、狼のときと人の姿のときのそこを嗅ぎ比べしたいと密かに思うようになっていた。

しかし、それを認めれば、本物の変態エクリン腺マンになってしまうことも自覚している。蠱惑的《こわくてき》な誘惑に心を搦《から》め捕られる前に、蓮は咄嗟に伸ばした足の裏で蘭篠のペニスを挟みこんだ。

「そういうプレイよりも、今はこれがほしいです」

硬くて熱くてしとどに濡れている肉の棒をにゅるにゅると擦り上げてその逞しい形をなぞり、蓮は雄の劣情を誘った。

「俺は、こっちでイきたい、です……」

蘭篠を煽るはずが、足の裏で感じるとても硬いのにねっとりと弾力のある初めての肌触りに蓮のほうが興奮を深めてしまい、下腹部の屹立が淫らにくねり躍った。

「あっ、ぁ……っ」

「匂いは初々しいままのくせに、俺の煽り方がどんどん大胆になるな」

わずかに上擦る声で笑った蘭篠のペニスが、蓮の足裏のあいだでさらに昂った。

太く張って脈動する赤黒いそれを、蓮は夢中で擦った。いつもとは違う場所で感じる雄の猛々しさが、気持ちよかった。

はちきれそうなまでに激しく膨張し、笠を凶悪な角度で張り出させた肉の杭が噴き出す粘液で、蓮の足裏も爪先もぐっしょりと濡れた。

「蓮……、もういい」

そこに絡みつく蓮の足を剝がした蘭篠の目は、金の輝きを濃くしていた。

蘭篠は自身のペニスを数度扱き上げる。力強く手筒が上下する反動でその下に重たげに実っている大きな陰嚢が、ぶらんぶらんと勢いよく揺れて弾んだ。

眼前の卑猥な光景に恍惚として息を吞んだとき、蘭篠の右手が伸びてきた。たっぷり濡れた指は会陰をぬるりとすべり、蓮の蕾を挿した。

「あっ」

長い指は何の抵抗もなく、ぬぷぬぷと根元まで沈んでいった。なめらかにもぐりこんできた異物にしゃぶりつき、くちゅうと切なげに啼いた粘膜が小刻みに強く突かれる。

「うっ、は、ぁ……っ」

ぐっ、ぐっと体内を押し開かれる甘美な刺激に波打った隘路を掘る指は、すぐにその数を増やした。

情熱的な愛撫を悦ぶ襞に、指のぬめりがぐいぐいと塗り広げられていく。いくらも経たないうちに、肉の路はすっかりぬかるんだ。

「あ、あっ……、んっ、は……っ。ああ！」

腰全体が甘痒《あまがゆ》い疼きに支配され、空へ向かってまっすぐ突き出たペニスの吐く雫の粘り気が濃くなってゆく。

あとからあとから湧き立つ愉悦の波が、視界のふちを白く滲ませた。もっと大きな快感が欲しくて、蓮はやわらかく、熱く熟れた内部を速い動きでにゅっ、にゅっと突き擦る指を締めつけた。

「蘭篠、さん……っ」

湿った吐息をこぼした直後、纏わりつく媚肉を深くえぐって指が抜け出た。ふいの喪失感に抗議する間もなく、襞をうねらせていた後孔へ熱塊が宛がわれた。

爛熟した果物がひしゃげるような、ひどく淫猥な音とともに肉環がぐぼっと貫かれる。息がとまりそうなほどの圧倒的な衝撃に、蓮は両脚を高く撥ね上げる。

「――あぁ！」

「蓮……」

背を屈めた蘭篠が蓮の唇を啄みながら、腰を前へ突き出した。

太くて長い肉茎がずぶずぶと体内に埋まる。蘭篠との結合は嬉しいのに生理的な反応で、そこへの侵入を阻止しようと懸命に狭まる粘膜が強引にこじ開けられてゆく。

容赦なく圧せられてさらにわななく内壁をえぐるように突き刺され、強烈な歓喜が湧き起こる。自分の身体を躊躇《ちゅうちょ》なく求めてくる雄に深い愛おしさを覚えて背を弓なりにしならせたとき、脈動する怒張が根元まで埋まった。

「ふ、くっ……、あぁ……！」

太い亀頭で奥の粘膜を凄まじい威力で押しつぶされ、感電でもしたかのような痺れが全身に走る。空を蹴って身悶えた蓮のペニスが激しくくねり躍って、痙攣する秘唇から白く濁った精液を飛ばした。

「――あ、あ、あ」

爪先をきつくきつく丸め、尖りきった快楽によがり狂うかのように大きく波打つ媚肉で、長大な熱塊を食いしめた次の瞬間、蘭篠が弾けた。

大量の精液が、びゅるびゅるどろどろと撒き散らされる。内壁に跳ね返って逆巻いた白濁が、繋がっている部分のわずかな狭間から漏れ散る。

「あ、あ……っ。で、出て、る……っ。蘭篠、さんっ、すごく、出て……っ」

体内をみっしりと満たす熱に冒され、快楽神経が灼き切れてしまいそうで、蓮は腰を高く浮かせて啜り啼いた。

「お願……い、とめて……」

「無茶言うなよ、蓮」

困ったふうに金色の双眸がたわみ、あやすような優しいキスが降ってくる。

「我慢してくれ。お前があんなにぎゅうぎゅう締めつけるから、予定より早く出たんだぞ」

「ふ、うぅ……。だ、だけど、蘭篠さんが……っ」

「俺が何だ?」

「つ、突くから……」

「セックスしてるんだから、可愛い孔は突かなきゃならないだろう?」

かすれる声音で笑った蘭篠に唇を何度も甘噛みされ、捉えられた舌を吸われる。身の内に溢れかえる雄の精液と快感と幸福感に溺《おぼ》れ、蓮は夢中で舌を絡みつかせた。

長い射精が終わってもしばらくのあいだキスを交わし続けていたが、やがて蘭篠の唇は離れ、逞しい腰が前後に動き出す。

「あっ、あっ……」

「蓮、愛してる。蓮……」

最初の何度かはゆるやかだった抜き挿しが、じょじょに速くなっていく。

雄の精液が満遍なく浸潤して爛《ただ》れた媚肉を、射精してもなお容積をほとんど変えないペニスでごりんごりんと擦られ、かき回される。

苛烈な重さと速さの律動に、肉環の襞がぐぽっとめくれては内側へずるりと巻きこまれる。強烈な突きを受けるつど、内奥で感じる衝撃が増幅して深い快感を生んだ。

「あ、あ、あ！」

ベッドが激しく軋む音と荒い息遣い、そして肉を穿つ粘る水音。

官能を煽るいくつもの淫らな音が渾然一体となって、部屋の中に響く。

「あぁぁっ」

角度や速度を変え、肉筒を縦横無尽に突き上げられ、蓮はシーツをかきむしった。

とろけきった隘路に幾本もの血管を浮き立たせた硬いペニスが荒々しくねじ込まれ、媚肉がじゅぷじゅぷと猥りがわしく回される。

情熱のままに強靱な腰を使われて愛され、たまらなく気持ちがよかった。

結合部の隙間からは、雄の精液が漏れ出ている。泡立った白濁が、腿の薄い皮膚を舐めてすべり落ちていく。あとからあとから湧き出てくる快感で膝が震え、はしたない腰の揺れがとまらなくなる。

蓮のペニスは、いつの間にか再び屹立していた。

「あっ、あっ、あ……！　らん、じょうさん……っ」

「気持ちがいいか、蓮」

根元まで沈ませたペニスの太い先端で奥をどすりどすりと串刺しにされ、大きな陰嚢で臀部をぐにぐにと捏ねられ、眼前に火花が散った。

「ああっ」

粘り気のある蜜液がぷしゅっと飛んで、乱れたシーツを汚す。

「あ、あ、あ……。いいっ、いい……！」

「俺のペニスはそんなにいいか？」

「うっ、く……っ。あっ、あっ、あっ！　す、すごい……っ」

くねらせた腰と一緒に、ペニスとその根元で張り詰めている陰嚢を揺さぶって蓮は叫ぶ。

「そうか、俺はすごいか」

満足げな笑みを含んだ声が聞こえたかと思うと、蘭篠の動きが前後の出し入れから円を描くものに変わった。猛々しい質量を誇示する男根が凄まじい力強さで右へ左へと回転し、最奥が限界を超えて掘りこまれた。

「ひうぅぅ……っ」

硬い亀頭の切っ先で押し開かれた奥の粘膜が、ぐちゅっぐちゅっと強く深く擦られる。体内で生まれる強烈な快感が全身へ駆け抜け、下腹部で揺れるペニスがびくびくと小刻みな痙攣を繰り返しているのがわかる。

「あっ、も……、だめぇ……っ。溶け、そう……っ」

蓮のペニスがぶるんとしなって膨張し、白い蜜を噴き上げた。

一度目に極まったとき、蘭篠は抽挿をとめてくれた。けれども、今度は違った。収斂してわななく粘膜を何の躊躇いもなく刺し貫かれ、擦られ、かき混ぜられた。

「――や、やめっ。今は……、ま、待ってっ。待って！」

涙目の悲鳴に返されたのは、欲情だけが塗りこめられて金色に煌めく獣の眼差しだった。

「だから、無茶は言うなよ、蓮。狼は犬じゃない。待てはできないんだ」

「で、でも……っ」

絶頂の余韻に過敏になっている肉筒をこれ以上突かれたら、きっとどうにかなってしまう。

蓮は咄嗟で蘭篠の腰に両脚を回し、長い尾のつけ根に爪先を差しこむ。

「とまって……っ」

足裏でぎゅっと挟んだ尾を、蓮は必死で後ろへ引っ張った。だが、力ではまるで敵わなかったどころか、蘭篠のペニスは形を変えて蓮の中を突き刺した。

内奥に沈んでいた先端がぐぽぽっと粘膜をえぐってさらに奥へと伸び上がり、浅い部分に感じる圧迫感がいきなり大きくなる。

「――え？」

反射的に会陰部へ手をやると、皮膚がいびつに盛り上がっていた。

蘭篠のペニスが人のものから、幹の根元に亀頭球を持つ狼のそれへと変貌している。そう理解すると同時に射精が始まり、どっと噴き出した夥《おびただ》しい量の粘液に熟れきった柔襞を強かに叩かれた。

「ひうぅ！」

「蓮。お前の中に入ってる最中に俺の尾に触ったら、こうなるんだぞ」

この上なく艶冶《えんや》で獰猛な笑みを滴らせた狼に、そんな大事なことはもっと早くに教えてほしかったと抗議する暇もなかった。

凄まじい勢いの抽挿を繰り出され、蓮はただ次々と襲い来る狂気にも似た快楽に揺さぶられることしかできなかった。

「あっ、あっ……、あぁ……！」

「蓮……、蓮っ。愛してる。お前と家族になれて、俺は幸せだ」

告げられた愛の言葉が、心に深く沁み入る。

蓮はたまらず、震える腕で蘭篠の背をかき抱いた。

自分を穿ち、貫き、精のすべてを撒き切るために躍動する筋肉の雄々しさや肌を濡らす汗を感じながら、「俺もです」とわななく声を返す。

「だから……、あとで、ちゃんと嗅がせて……ください ね」

「どっちを？」

肉洞に精液を撒き散らす太いペニスの切っ先がまた伸びてきて、蓮はたまらず腰を浮かせた。そのせいで、より密着した蘭篠をよけいに奥深い場所へ迎え入れてしまい、うねり立った歓喜で脳髄が痺れた。

「あっ、う……っ。りょ、両方、嗅ぎたい……」

甘美な熱に浮かされ、蓮は心の中の欲望をうっとりと吐露する。

「ついに正体を現したな、変態エクリン腺マン」

「だって、家族なんですから……、蘭篠さんのこと、全部知りたい、です」

「なら、俺の名前を呼べよ、蓮。家族なのに名字《みょうじ》呼びはおかしいだろう？」

体内をたっぷりと満たす熱い精を感じながら、蓮は愛おしい獣の名を呼んだ。

「雅誓さん……」

＊＊＊

春休みが終わり、数日が過ぎた四月上旬の日曜日、いかにも高級そうなスーツに身を固めた秋俊が診察鞄を携えてやって来た。昨夜、秦泉寺家でおこなわれた蘭篠との話し合いで、蓮や蘭篠では現在の発育ぶりが順調なのかどうか判断が下せない白嵐と紅嵐の診察も和解条件に入っていたからだ。

蓮と顔を合わせた際に「この前は悪かったな」と謝罪したあと、淡々と問診や触診を進める秋俊に対し、白嵐と紅嵐は始終、警戒心を剝き出しにしていた。

『秋俊さんはお父様のお友達で、おたあさまの従兄なんだよ。この前はちょっとした間違いであんなことになったけど、もう仲直りをしたから、お前たちもいい子で秋俊さんの診察を受けるんだよ。秦泉寺は悪の一族じゃなくて、本当は魔法のお医者さん一族なんだから』

予《あらかじ》めそんなふうに言い聞かせてはいたが、すっかり秋俊を敵だと認識しているふたりはとても不服そうだった。尾や耳に触れられるたびに威嚇《いかく》の唸り声を上げるふたりが秋俊に嚙みつかないか、蓮は診察のあいだ、はらはらし通しだった。

「狐の姿でも、人もどきの姿でも、今のところ特に健康状態に異常は見られない。胎袋丸《たいていがん》で赤ん坊に再生した症例は俺も知らないから、」

「我らをただの狐扱いするとは、何と無礼な秋俊め！」

診察を終え、聴診器を外した秋俊の言葉を遮り、白嵐が吠えた。簡易診察台だった座布団から一緒にすくっと立ち上がった紅嵐と腕を組み、それぞれ反対側の手と脚を高く上げる。

今朝方、三本に増えた尻尾がきれいな扇形に大きく広がり、華やかさを添えている。歌劇団のトップスターが背負う羽根のようで、蓮は我が子の成長ぶりに胸を熱くする。

「我らは賢き白狐！　おたあさまとお父様のかわゆい愛の結晶ぞ！」

「妖怪ダイアリー」の主人公ふたり組を真似て作ったらしい名乗りのポーズを取り、白嵐と紅嵐は声を揃えて叫ぶ。

「またあるときは、青の近衛隊隊長！」

くるりと回った白嵐が、青く輝く陣羽織姿に変身する。

「そして、赤の近衛隊隊長！」

紅嵐も赤い陣羽織姿になり、ふたりは腰に差した狐火刀を抜く。

「我ら、悪の秦泉寺一族からおたあさまをお守りする正義の白狐！」

勇ましい雄叫びと華麗な決めポーズを無表情で受け流し、秋俊は眇《すが》めた目をすぐそばで茶を飲んでいた作務衣姿の蘭篠に向ける。

「どういう教育をしてるんだ、お前ら。誰が悪の一族だ」

「小悪党な響きの、のぞき魔一族よりましだろうが」

「のぞきと偵察は違う。一緒にするな」

「同じだろうが、この出歯亀が」

「お父様。出歯亀とは何でございますか？」

首を傾げて尋ねた紅嵐に蘭篠が「変態のことだ」と答えれば、秋俊が「『変態』は、妙な場所の嗅ぎ合いをしているお前ら夫婦にこそ似合いの言葉だと思うが？」とせせら笑う。

「……てめえ。一体、どこまでのぞいてんだっ。通報するぞ！」

「面白い冗談だな。蓮に恥をかかせるだけだと思うが、できるものならやってみろ」

「お前、本当に性格悪いな。それでも医者か」

「無様に負傷したお前の治療を何度もしてやったはずだが、色ボケが過ぎて忘れたのか？」

「虚しい独り身の遠吠えか、秋俊」

不愉快そうに眉間《みけん》に皺を寄せた秋俊の頬には、青あざが浮かんでいる。昨夜、秋俊との話し合いの最中に蘭篠が殴《なぐ》った痕だ。

仲違いをした親友同士の話し合いなので参加を遠慮した蓮に蘭篠が説明してくれたところによると、秋俊が蘭篠たちの居場所を知るきっかけになったのは伯父の気まぐれだったらしい。蓮からの借金の援助の願い出に一度は難色を示したものの、しばらくして無条件で肩代わりをしてもいいと思い直した伯父の名代として宇田川に会い、蘭篠からすでに支払いを受けたことや、柚木《ゆずき》家に白狐の仔が二匹いたことを聞いたそうだ。

以降、秋俊は部下の鬼狩り師が操る使鬼にこの家の偵察をさせ、白嵐と紅嵐を抹殺する機会をうかがっていたという。白嵐と紅嵐が追い払った烏も、本当に使鬼だったらしい。

烏や虫に姿を変えた使鬼たちは大抵、蘭篠が買い出しで留守にする時間を狙って偵察に来ていたが、何度か夜に侵入したこともあるそうだ。その気配に蘭篠が気づけなかったのは、蓮との情交に没頭していたからのようだ。そのことに「セックスを覚えたての猿じゃあるまいし、もう少し余裕を持てよ。敵の多い商売なんだから、いつか寝首をかかれるぞ」と妙な忠告を受け、喧嘩になったらしい。

蘭篠が殴ってできた秋俊の青あざには、治癒師でもしばらく消せない腹いせの呪《しゅ》がかかっているという。それでも、こうして白嵐と紅嵐の往診に来てくれたのだから、和解はちゃんと成立したようだ。蘭篠は秋俊の暴走を許し、秋俊は今後の面会金集めについて蓮の提案した案に賛同してくれたのだ。

情事をのぞかれていたと知り、蓮は驚いたり、恥ずかしかったりだったが、それよりも蘭篠と秋俊の言い争いが子供の喧嘩《けんか》のようでおかしかった。そして、蘭篠と秋俊が下らない売り言葉に買い言葉の応酬が気兼ねなくできる仲に戻ったことが嬉しかった。

「あの、ところで、秋俊さん。この子たちが以前の妖力や記憶を取り戻すことはあるんでしょうか?」

「判断材料が少なすぎて、何とも言えないな」

肩をすくめ、秋俊は診察道具を鞄に詰める。

「胎袋丸での治療に関しては百年以上前の症例がいくつかあるだけだが、文献に書かれてあることにお前らの状態はまったく当てはまらないからな。ただ、胎袋から出てきたこの二ヵ月の経過に基づいて憶測すれば、ある日いきなり元に戻るよりは、このまま生まれ直した白狐として成長していく可能性のほうが高い気がする」

「その場合は、どのくらいで大人になるんですか?」

「普通、白狐は成体になるまで三十年前後かかる。だが、成長速度が通常より速いことを考慮すれば、おそらく十年から十数年だな」

そう告げながら秋俊は薄手のコートに袖を通し、帰り支度をすませる。

「どうせ家族ごっこをするなら、今日明日に成体になられてもつまらないだろう。せいぜいのんびり子育てを楽しむといい」

じゃあな、と居間を出ていきかけた秋俊がふいに足をとめ、肩越しに振り返る。

「ペーパー医者と獣医の卵じゃ心もとない。しばらくは、定期的にそいつらを診せろよ」

閉まった襖を見やり、「あいつ、定期健診代をぼったくる気満々だな」と鼻筋に皺を寄せた蘭篠の作務衣を、白嵐と紅嵐が引っ張った。

「お父様。にっくき秋俊めに噛みつきたいのを、おたあさまのお言いつけ通りにちゃんと我慢できた我らは、とてもよい子でした」

白嵐がにっこりと笑って言い、紅嵐が愛らしい声で「よい子にしていたご褒美に、パンケーキを焼いてほしゅうございます」とねだる。

「遠くへ持って行けるように、バスケットに入れてくださりませ」

白嵐の追加注文に、蘭篠が「どこで食うつもりだ?」と怪訝そうに片眉を上げる。

「お化けと妖怪の森です。昨日、ライオン丸の探索中に、ピンク色のきれいな花が咲いている木を見つけましたゆえ、お花見ケーキをするのでございます」

「ピンクの花？　庭に桜の木なんてあったか？」

「いえ、桜じゃなくて、花梨《かりん》です。庭の奥のほうにあるんです。小さいせいで、周りの木に埋もれていてわかりづらいですけど」

「花梨か。なら、今年の冬は砂糖漬けと花梨酒ができるな」

声を弾ませた蘭篠の足もとで、白嵐と紅嵐が繋いだ手と尻尾をふりんふりんと揺らしながら歌い出す。

「パンケーキ、パンケーキ！　もっちりふわふわパンケーキ！　とってもとっても大好きなのは、どーんとそびえるクリームときらきらベリーの飾りつけ！　でもでも今日は、チョコもたっぷりほしい気分！」

「クリームベリーのチョコがけケーキが食べたいな！　お父様のケーキが食べたいな！　ふわとろの狼ケーキをもぐもぐしたい！」

「狼特製パンケーキ！　チョコをかければ美味しさアップの愛がたっぷり魔法のケーキ！　甘々チョコもたっぷりぷりぷり食べたいな！」

可愛らしさ全開で甘えられ、蘭篠が苦笑気味に「わかった、わかった」と応じたときだった。ふたりが窓の外へ視線を移し、同時に「ふおぉ、ライオン丸！」と叫んだ。

白嵐と紅嵐の仕掛ける捕獲作戦に嫌気がさしたのか、ここしばらく姿を現さなかったライオン丸が庭をのし歩いている。

「おたあさま、今日こそはライオン丸を捕らえてみせまする！」

紅嵐が凜々しく宣言をして、庭へ飛び出る。白嵐もすぐさま後に続く。ライオン丸の発見に備えて、窓辺にはかつお節を入れた容器を置いているのだが、久しぶりの遭遇に興奮しているふたりはすっかり忘れてしまっているようだ。

紅嵐の開けた窓から、やわらかな春の風がふんわりと吹きこんでくる。

綿菓子のような雲が浮かぶ青空の下、ふたりは外壁に立てかけていた虫取り網を持ち、もう片方の手をしっかり繋ぐ。そして、ライオン丸目がけて走り出す。

待ちわびていた再会がよほど嬉しいらしい。餌《えさ》を撒いて罠《わな》を仕掛ける作戦などすっかり吹き飛び、頭の中にあるのはただただライオン丸に近づきたい気持ちだけのようだ。

当のライオン丸は今日も逃げおおせる自信があるのか、突進してくる白嵐と紅嵐を気にとめている様子はない。丸々とした巨体を悠然と揺らして遠ざかってゆく。

「じゃあ、俺も追いかけてきます」

「ああ。パンケーキは焼けたら、持って行く」

お願いしますと言いかけ、ふとある考えが浮かぶ。

「せっかくのいいお天気ですから、皆でお花見ケーキをしませんか？」

「庭でピクニックか。日曜日の家族っぽいイベントだな」

あでやかな笑みを浮かべた唇で優しいキスを落とし、蘭篠はパンケーキを焼くためにキッチンへ行った。蓮もかつお節を一袋持ち、靴脱ぎ石の上のスニーカーを履いて庭へ出る。

青と赤の水干《すいかん》の袖を翻し、勢いよく走っていく白嵐と紅嵐の背を見つめ、蓮は思った。

将来、白嵐と紅嵐がどの世界でどんな生き方を選ぶにしろ、大人になっても楽しいときには手を繋いで歌い出すふたりでいてほしい。大の男がそんな真似をすれば普通は不気味なだけだろうけど、白嵐と紅嵐ならばきっととびきり魅力的に違いない。

成長したふたりの姿を想像しながら、蓮は春の庭を駆けた。

あとがき

今年は何かとびっくりすることの連続で、チキンな私のガラスのハートはぴしぴしヒビ割れながら縮み上がっていたのですが、あとがきを書くためにルチル文庫さんで出していただいた一冊目を引っ張り出して奥付を見、「おおぉ……！」とムンクの叫びを上げてしまいました。実に約三年ぶりの二冊目。月日の経つ速さとはげに恐ろしきものでありますよ……。

そんなこんなで、あまりに時間が空いてしまったあいだに色々なことがあり、最初に依頼をいただいた時点でプロットは二本通っていましたので一冊目のあとがきで「次は頭突き犬・次郎の話です」と予告しましたが諸々を経て、今作は狼と狐の匂いを嗅いで喜ぶ獣医の卵の話になりました。頭突き犬・次郎には「すまぬ……」ですが、結果的により私らしいものが書けたと思っています。私にとっては通算二〇冊目の超個人的にめでたい本なので、お楽しみいただけましたら嬉しいです。

コウキ。先生、本当に素敵なイラストをありがとうございます。ライオン丸のぬいぐるみラフが可愛すぎて悶絶しました。表に出ないのがもったいないです……！

担当様はじめ今作に関わって下さった全ての皆様、そして何よりもこの本を手に取って下さった皆様に心より感謝申し上げます。

またいつか、どこかでお会いできますように。

鳥谷しず（@shizu_toritani）

✦初出　愛しのオオカミ、恋家族……………書き下ろし

鳥谷しず先生、コウキ。先生へのお便り、本作品に関するご意見、ご感想などは
〒151-0051 東京都渋谷区千駄ヶ谷 4-9-7
幻冬舎コミックス　ルチル文庫「愛しのオオカミ、恋家族」係まで。

RB 幻冬舎ルチル文庫

愛しのオオカミ、恋家族

2016年10月20日　第1刷発行

✦著者	鳥谷しず　とりたに しず
✦発行人	石原正康
✦発行元	株式会社 幻冬舎コミックス 〒151-0051 東京都渋谷区千駄ヶ谷 4-9-7 電話 03(5411)6431［編集］
✦発売元	株式会社 幻冬舎 〒151-0051 東京都渋谷区千駄ヶ谷 4-9-7 電話 03(5411)6222［営業］ 振替 00120-8-767643
✦印刷・製本所	中央精版印刷株式会社

✦検印廃止

ISBN978-4-344-83834-5　C0193　Printed in Japan